海よ、やすらかに　目次

Prologue

忍び込んだ研究室の片隅。深夜〇時三十五分。
わたしは、一匹の白ギスをさばこうとしていた。
正確に言うなら、〈検屍《けんし》〉しようとしていた。
いつ警備員が巡回にくるかわからない。部屋の明かりはつけない。
携帯用のペンシルライトだけをつける。
わたしは、氷水の中から、その白ギスをとり出した。
まな板ならぬ発泡スチロールの上に魚を置いた。
〈パール色〉などと呼ばれているその魚体。
確かに真珠を思わせる光沢がある。ざっと見たところ、外傷はない。
とりあえず、魚の長さを測ることにした。メジャーをとり出した。

多くの人が、魚の長さを測るとき、口の先から尾ビレの先端まで測ろうとする。
が、それは正確なデータにならない。
魚の尾ビレは、多くの場合、V字型に切れ込んでいる。
その切れ込んだところから、口の先端までを測る。
これは、魚の〈尾叉長《びさちよう》〉と呼ばれ、科学的なデータとして使用される。
わたしは、ひんやりとした白ギスの魚体にメジャーをあてた。
その尾叉長を測った。二一六ミリ。
相模湾《さがみわん》に生息する白ギスとしては、中型といえる。
頭の中に〈尾叉長二一六ミリ〉とメモをした。
わたしは、ペンシルライトの光を、白ギスの眼に当てた。しばらく見つめる。
心の中に、かすかな疑問がわき上がった。
魚の口の中を調べる必要がありそうだった。
といっても、白ギスの口はあまり大きく開かない。
わたしは、ポケットから、折りたたみ式の小型ナイフをとり出した。
ナイフの刃を起こす。
白ギスの口、その両端に少し切れ込みをいれた。

口を上下に開いた。

開いた口の中へ、ペンシルライトの光を当てた。ノドの奥まで、じっと見る。

やがて、探していたものを見つけた。

わたしは、かすかに、うなずいた。

人間を相手にした検屍官なら、報告書に〈他殺〉と記入するだろう。

1　何かが起きている

迷惑な電話は、たいてい間の悪い時にかかってくる。

ハワイ。ホノルル。カピオラニ通りにあるわたしの部屋だ。夜の九時十分過ぎ。その夜のデートは、盛り上がろうとしていた。デートの相手は、ビリー・ハース。わたしが仕事をしている海洋生物研究所のスタッフではない。

趣味としてやっている女子サッカー。そのチームのトレイナーだ。

三ヵ月ほど前。わたしたちのチームは、マウイ島から遠征してきた女子チームと練習試合をした。試合は、三対一で、わたしたちが勝った。けれど、わたしは左足首を軽くひねってしまった。

トレイナーのビリーが、わたしの足首を看《み》る。

結局、足首の怪我《けが》はたいしたことがなかった。一週間ほど、軽く足を引きずっていたけれど……。その一週間も、ビリーは、親切にわたしのケアをしてくれた。彼は、病院に勤務している若い外科医だった。いわばボランティアで、わたしたちのチームのトレイナーをしてくれている。わたしは、一日おきに、彼が勤めているサウス・キング通りの病院にいった。彼はハワイ育ちらしい気さくな性格だった。

やがて、わたしとビリーは、個人的に会うようになった。まずは、ハンバーガー・ショップで軽い昼食。先週は、彼の車でカイルアのビーチまでドライヴをした。そして今夜。わたしの部屋。ラザニアを食べながらカリフォルニア産の赤ワインを飲んだ。会話も、はずんだ。このままいけば、何かが起きると思われた。

わたしは、食後のコーヒーを淹《い》れた。コナ・コーヒーに、ウイスキーをたらした。テーブルの上では、半分ぐらいになったローソクの火が揺れている。オーディオからは、K《ケアリィ》・レイシェルの曲が低く流れている。

いい雰囲気だった。サッカーで言えば、ゴール前に絶妙なセンタリング。あとは、それをゴールに蹴《け》り込むだけ。そんな状況だ。ふと、会話がとぎれた。テーブルの上。彼の手が、わたしの指先に触れた。いよいよ……。

そのとき、ふいに電話が鳴った。しかも、キッチン・カウンターにある固定電話が鳴りはじめた。

〈SHIT!《なんてことだ》〉わたしは、心の中で叫んでいた。

たとえ日本からの電話でも、ほとんどは携帯にかかってくる。この電話にかけてくるのは、九十パーセントが母だ。わたしは、時計を見た。いま午後九時過ぎ。日本は、午後の四時過ぎだ。

一瞬、電話を無視することも考えた。母からかかってくる電話の多くは、他愛ない用件だ。ただし、今回もそうとは断言できない。母や妹に何かが起きたのかもしれない。電話は鳴り続けている。わたしは、軽くため息。

「ごめん」とビリーに言った。立ち上がる。キッチンとリビングを仕切っているカウンター。そこに置いてある電話をとった。「もしもし」と日本語で言った。

「あ、浩美《ひろみ》」と母の声。「どうしたの？」わたしは訊《き》いた。その声が少し不機嫌なのは、自分でもわかる。それにはおかまいなしに、「それが、ちょっと困ったことになっちゃってさ。いま、漁協の根本《ねもと》さんや、市役所の人もきてて」母親は、まくしたてる。周囲のざわざわした人声も、かすかにきこえていた。

わたしの実家は、鎌倉にある。腰越《こしごえ》で、魚介類の仲買い業を営んでいる。そこへ、漁協の人や市役所の人が……。

「何がどうしたの」わたしは母に訊いた。

「それが、砂浜にキスが打ち上がっちゃってね」と母。「キス？　白ギス？」と、わたし。「そう、白ギスが、片瀬の砂浜に打ち上がってるのさ、ここ三日ぐらい前から」

母は、いつもの早口で言う。

「それって、大量に？」訊くと、「そう。私も見にいったけど、かなりの数だよ。こんなの、生まれて初めて見たねえ」という答えが返ってきた。

「白ギスが……」わたしは、つぶやいた。わたしも、そんな話はきいたことがない。

電話でやりとりをしていると、ビリーが立ち上がった。彼には、日本語の会話が理解できない。

「なんか、とりこんでるみたいだから、僕は失礼するよ」と言った。わたしは、受話器を手でふさぐ。「ちょっと待ってて」彼は、柔らかい微笑を浮かべる。「また次を楽しみにしてるよ」と言った。わたしの頬に軽くキス。そっと部屋を出ていってしまった。

　まあ、仕方ない。わたしは、受話器を握りなおした。「それで？」

母は、また説明を続ける。三日ほど前から、白ギスが砂浜に打ち上がりはじめた。

主に片瀬海岸の東浜と西浜。その数は、かなりだという。一部、鎌倉の七里ヶ浜にも

白ギスは打ち上げられているという。

「で？」わたしは言った。だから、わたしにどうしろと言うのだ。「あ、いま市役所の人とかわるから」母は言った。五、六秒して、男の声が受話器から聞こえた。

「あ、銛《もり》浩美さんですか？　わたくし、藤沢市役所のウシジマと申します。突然、こんなお電話をさしあげて申しわけありません」と自称ウシジマ。

その声は、かん高い。受話器を両手で握りしめ、おじぎをくり返しながら話している、そんな感じだった。いかにも小心な人間という印象ではある。

「いま、お母様がおっしゃられたように、相当数の白ギスが片瀬海岸に打ち上げられておりまして、藤沢市としては、対策本部を設置しようという段階になっているのですが……」

ウシジマは言った。わたしは、胸の中でうなずいていた。いま話に出ているあたりは、鎌倉市と藤沢市のボーダーラインにある。わたしの実家がある腰越も、鎌倉市と藤沢市のさかい目にある。ただし、白ギスが打ち上がっているのは、主に藤沢市側の片瀬海岸だという。そこで藤沢市役所があわてているということだろう……。

「で、白ギスが死んだ原因は？」わたしは訊いた。「それが、いまのところ、まったく不明なんです。これから、さらに調査を進めるつもりなんですが……」とウシジマ。あい変わらず、おどおどとした口調で言った。

「それで、わたしにどうしろっていうの？」ずばりと訊いた。ウシジマは、数秒間、無言でいた。やがて、意を決したという口調で話しはじめた。

「あの、こんなお願いをするのは、本当に厚かましいし失礼だとはわかっているのですが、銛さんのお力を貸していただけないかと考えているしだいなのですが……」ウシジマは言った。わたしの心に、嫌《いや》な予感がこみ上げてきた。

「わたしの力？……なんでわたしなの？　藤沢市には、ちゃんと水産課があるでしょう？」と言ってやった。藤沢市には、海岸線がある。砂浜がある。漁港もある。魚の水揚げもある。それなりに、水質調査などをするセクションがあったはずだ。

「おっしゃる通り、市には環境保全課と農業水産課があるのですが、これが、慢性的に人手不足でして。例の東日本大震災から、海水中の放射能を計測するのに、かなりの人数をさかねばならぬ事情もありまして」

　とウシジマ。そこで、少し声のトーンが落ちる。

「しかも、うちの市役所には、魚の生態に詳しい者が誰もおりません。お恥ずかしい話なんですが……。そこで、銛さんのことを漁協の根本さんからうかがいました。日本の海洋大学を出られて、ハワイの海洋生物研究所で研究員をやられているとうかがい、これはひとつ、地元のために、お力を貸していただけないかと考え、厚かましいとは思いましたが、モリ水産様にうかがっているしだいなんです」

と言った。〈モリ水産〉というのは、わたしの母が社長をやっている魚介類の仲買い業の社名だ。そこで、「あ、ちょっと」という声がした。電話の相手が変わった。

「あ、漁協の根本。ひさしぶりだね」と言った。腰越漁協の副組合長をやっている根本。確かいま五十歳ぐらい。わたしがランドセルを背負っていた頃からよく知っている。

「なんとかならないかな。こっちも困ってるんだよ。これ以上魚が死んだら、漁師たちも困るし、モリ水産にもいいことはないはずだし」と根本。しゃがれた声で言った。

根本が言った〈漁師たちも困るし〉の言葉が、心のすみをチクリと刺した。

わたしは、小さい頃から海で育った。泳ぎ、潜り、釣りをして大人になっていった。仲のいい地元の漁師は、たくさんいる。彼らの顔が脳裏に浮かんだ。確かに、原因のわからない魚の死が続けば、彼らが困窮《こんきゅう》するのは目に見えている。

「なんとか、そっちの方、早めの夏休みをとって、戻ってくること出来ないかな」と根本。わたしは、しばらく考える。

「……わかった。三日待って」と言った。「三日？」と根本。わたしは、受話器を握って小さくうなずいた。「三日たっても、白ギスの大量死が止まらなくて、わたしが、こっちの研究所を休めると決まったら、日本に帰るわ」と言った。

翌朝、八時半。快晴。わたしは、キッチン・カウンターで朝食を食べていた。半分に切ったパパイヤ。焼いたスパムが二切れ。マウイ島産のレタス。それにコーヒーだ。わたしの部屋は、アパートメントの十四階にある。窓からは、風に揺れるヤシの葉が見える。ヤシの葉の先には、アラモアナのショッピングセンターが望める。今朝のホノルルは気温二十六度。湿度は低く、風が片栗粉《かたくりこ》のようにサラサラと軽い。

もしかしたら、この朝食は、ビリーと一緒に食べていたかもしれない。あの電話さえこなければ……。そう思うと、少し残念だった。ただ、少し残念という以上の感情はわいてこない。ビリーとのつき合いは、その程度のものだったのかもしれない。

わたしは、スプーンを使いながら、壁にあるカレンダーを見た。カレンダーは、簡単なスケジュール表になっている。その上に、〈ONO〉という文字が走り書きされていた。

それは、魚の名前だった。ハワイの言葉で〈ONO《オノ》〉。学名は、〈Acanthocybium solandri〉と、やたらに長い。英語で〈WAHOO《ワフー》〉。日本では、〈カマスサワラ〉と呼ばれている。大きいと、三十キロ、四十キロをこえるものもある。ハワイでは、カジキやキハダマグロを釣るためにトローリングをしていると、よく釣れる。ハワイの漁師たちも獲《と》る。

日本では、大味だと言われ、あまり店には並ばない。けれど、ハワイの人たちは、この〈ONO〉をよく食べる。フライにして、バター焼きにして、ときにはバーベキューで食べる。くせのない白身だから……。とにかく、ハワイの人たちにとっては大事な魚類資源だ。

この七ヵ月以上、わたしたちの研究チームは、この〈ONO〉の生息状況を調べてきた。ときには、マウイ島やハワイ島まで足をのばして……。

そんな一連の調査が、つい先週終わったところだった。研究チームは、ひと休み。つぎの仕事がはじまるまでは、少しのんびりしていられる。

その間に、やりたいことはあった。まずは、自分の手入れ。研究活動中は、ほとんどの時間、海の上にいる。髪は、潮灼《しおや》けしてしまっている。顔も体も、陽灼けしすぎている。そろそろ、肌にも気をつけなければならない年齢《とし》だ。友人のミッシェルが教えてくれたエステサロンに行ってもいいかなと思っていたところだ。

わたしは、朝食の片づけをはじめた。皿やグラスを、アパートメントにそなえつけてある食器洗い機に入れる。カウンターの端にあるミニ・コンポからは、HAPA《ハパ》の古い曲が流れている。

手を動かしながら、わたしは考えていた。日本に帰るべきかどうか、考えていた。

白ギスが、砂浜に打ち上げられている。それは、海のそばで育ったわたしも、初めてきいた話だった。それが、もし一過性のものでないとすると、何かが起きている。海の中で何かが起きている可能性がある……。わたしの背筋を、一瞬、冷たいものが走った。

同時に、〈くるべきものがきたか〉という思いがわき上がっていた。

相模湾では、数多くの遊漁船、つまり乗り合いの釣り船が営業している。その遊漁船の多くが、コマセを使う。オキアミ、あるいはオキアミに鰯《イワシ》のミンチを混ぜたものをコマセとして使っている。それも大量に。

神奈川県内の申し合わせで、使用していいコマセの量は決まっている。けれど、それを守っている遊漁船は、ほとんどいないだろう。理由はいたって簡単。コマセを撒《ま》けば撒くほど、下手《へた》な釣り客でも、魚が釣れるからだ。釣り客がくればくるほど、遊漁船にとっての現金収入になる。

そうやって、毎日のように、大量のコマセが海に撒き散らされる。絨毯爆撃《じゅうたんばくげき》のように……。そんなコマセが、海底に積もるのは言うまでもない。

結果、海底の根が腐って死んでいく。根に生息している魚たちも、それと同時に姿を消していく。その代表的な魚は、真鯛《マダイ》だろう。わたしが子供の頃は、まだ、真鯛はそこそこ釣れていたと思う。四キロ、五キロなどの大物もよく釣れていた。そんな写真が、遊漁船の店先に貼られていた時代もあった。

その真鯛も、釣れなくなった。わたしが成長するにしたがって、真鯛は確実に釣れなくなった。その原因は、少女だったわたしにもわかっていた。

海洋大に通っていた頃、わたしはさんざん遊漁船の連中に言ったものだった。そんなことをしていたら、将来、一匹の魚もいなくなると……。けれど、返ってくる言葉は決まっていた。〈大学生の小娘が何を言ってる〉〈釣り客がこなきゃ、飯の食い上げになっちまうんだ。ほっといてくれ〉などという言葉が投げ返されてきた。

実は、彼らにしてもわかっているのだ。自分たちが撒いているコマセが海にどんな影響を与えているか……。けれど、コマセを使わなければ、釣り客はこない。

「結局、一番馬鹿なのは釣り客なんだよね」と、わたしは海洋大学の友人に話したことがある。一日分の乗船料を払って遊漁船に乗る。すると、それに見合う、あるいはそれ以上の魚を持ち帰ろうとする。

「あの釣り客たちの意地汚さが変わらなけりゃ、駄目ね」とも、わたしは言った。まる一日、海の上で遊んだら、それでいいではないか。釣果など二の次と考えられないものだろうか……。ただ釣ることだけしか頭にない連中には、たぶん、考えられないのだ。

状況は全く変わらなかった。釣り客たちの多くは意地汚い。さらにスポーツ新聞には〈爆釣〉だの〈クーラー満タン〉だのという文字がおどっている。

海洋大学三年のとき、わたしは、ハワイに行くことを決意した。日本の釣りや漁業にまつわるすべてに見切りをつけたい気分でもあった。とりあえず、留学生としてハワイ大学にいくことにした。

そんなことを考えていると、携帯電話が鳴った。友人のミッシェルからだった。

「おはよう、ヒロミ。ところで、あのエステサロン、もう行った？」と彼女。「まだ行ってないや。いろいろ、やっかいなことが起きてて」と、わたし。

「やっかいなこと？」

「うん、そのうち、ゆっくり話すよ」わたしは言った。けれど、ゆっくり話している時間はなかった。また日本から電話がきたのは、その日の午後八時だった。

2　785便に乗って

その午後。サウス・ベレタニア通りにある店に行き、いたんだ髪のケアだけは、なんとかしてもらった。帰り道、ケエアウモク通りにある練《リン》さんのダイナーに寄り、生春巻《サマー・ロール》とチャーハンをテイクアウトした。

自分の部屋に帰る。冷蔵庫からBUD《バドワイザー》を一缶出す。テレビをつけ、ABCのニュースに合わせた。BUDを飲みながら、サマー・ロールやチャーハンを食べる。その気楽な夕食が終わろうとする頃だった。カウンターで電話が鳴った。また日本からだろう。仕方がない。わたしは、コードレスの受話器をとった。

「あ、浩美」と母の声。わたしの返事もきかず「いま、市役所の人とかわるからね」と言った。五、六秒して、相手が出た。

「あ、たびたび申しわけございません。藤沢市役所のウシジマでございます」と彼。

「返事は三日後って言ったはずだけど」わたしは、ぴしゃりと言った。が、相手はめげない。

「それがですね……こちらも、いろいろと状況が変わってきておりまして……」

「変わった？　今度は、マグロでも打ち上がったの？」と言った。が、敵がひるんだ様子はない。「その、海岸に打ち上げられている白ギスの数が、また増えてきていて、きょうの昼はＮＨＫのニュースでも報道されまして。こちらでは、大騒ぎになりはじめてしまって」

「そりゃ大変ね。がんばって」わたしは言った。

「いえ、私どもがいくらがんばっても、ほとんど何も解決しないわけで、ここは、なんとか銛さんのお力をお借りしたいのです。市長、副市長からも、そういう指示が出ておりまして……なんとか、一日も早く、帰国していただくわけにはいきませんでしょうか」ウシジマは言った。

そんなウシジマの言葉とは関係なく、わたしは、一瞬、思い浮かべていた。砂浜に打ち上げられている白ギスの姿を思い浮かべていた。そのとき、心の中で、何かのスイッチが入ったのを感じた。スイッチが入り、電流が流れはじめた。

わたしは、ため息をついた。五秒、六秒、七秒……。やがて、受話器を口に当てた。

「わかった。明日、研究所に休みをとるための届けを出してみる」と言った。すぐに、「ありがとうございます！　これで先行きが見えてきました。さっそく、対策本部を設置する準備に入ります」とウシジマ。「ちょっと待って。休みの届けを出すだけで、休みをとって帰国できるかどうか、決まったわけじゃないのよ」わたしは言った。けれど、ウシジマの耳には入らなかったようだ。「さっそく、市長や副市長にも知らせます」と言った。電話の向こうは、何やら騒がしくなっている。

研究チームの責任者であるルイス・フォレストのオフィスは、大変に、にぎやかだった。窓ぎわにアメリカ国旗が立ててあるところは、大統領の執務室と同じだろう。右側の壁には、魚の剝製《はくせい》がいくつか飾られている。キハダマグロ、ボーンフィッシュ、オパカパカ、などなど、リアルに彩色された剝製が並んでいる。そのわきには、ハワイ諸島近海の海図が貼られている。

左側には、ガラスばりのショーケースがあり、いくつものトロフィーやメダルが並んでいる。ほとんどが、水泳選手としてルイスが獲得したものだ。ショーケースのわきは、書架になっていて、魚や海に関する専門書がずらりと並んでいる。

彼のデスクはマホガニー。その上には、ノート型のパソコン。そして、ワイフと息子の写真が入ったフォトフレームが三つも置かれている。いま修理しているらしいPENN《ペン》のリールや、巻き貝《スピンドル》もデスクの上にある。ワイキキの通りと同じぐらいにぎやかで楽しげだった。ただし、ABCストアはない。

ルイスは、パソコンに向かっていた。陽灼《ひや》けした指で、キーを叩《たた》いていた。やがて、その動作をやめた。仕事の区切りがついたらしい。顔を上げ、わたしを見た。「休みをとりたいんだって?」と訊《き》いた。

わたしは、うなずく。ルイスに説明をはじめた。いま相模湾で起きていることを、ごく簡単に説明した。ルイスは、アロハシャツから出ているごつい腕を組んで、話をきいている。話し終わった。

「日本の連中は、君を必要としている?」

「少なくとも、彼らはそう言っているわ」

「彼らは、混乱しているのか?」

「電話の感じでは、かなり混乱しているわ。彼らは、魚の大量死について、何も専門的な知識を持っていない。原因の糸口さえつかめていないようだった」

「素人の集まり?」

「こういうことに関してはね」

「君が行けば、問題は解決する？」

「それは、まったくわからない。魚の異変は起きたばかりだし、海の中のことだから」

「そう。海の中で起きていることは、誰にも予想がつかない」とルイス。「だから、われわれの仕事は永遠に終わらない」わたしは微笑した。「確かに、終わりはないわね」

「どのぐらい日本に帰っているつもりだ？」

「それもわからないわ。最低一ヵ月は必要だと思う。もしかしたら、それ以上」

ルイスが、小さくうなずいた。「君が、うちのチームにとって大事なスタッフであることは言うまでもない。もしかしたら、日本の連中にとっても同じかもしれない」

「あるいは……」わたしは言った。ルイスが、またうなずいた。

「仕方ないな。行ってこいよ。ただし、しばらくしたら、ブルー・マーリンの調査がはじまる。そのことを頭に入れておいてくれ」

ルイスは言った。立ち上がった。わたしと彼は、腕相撲のようなハワイ式の握手をした。わたしはオフィスを出ていこうとした。そのとき、背中でルイスの声がした。

「今度の日本でのことが、簡単に片づいて、君にとって一種の気分転換になるといいのだが」

「そう願ってるわ」

微笑しながら、わたしは言った。ドアに向かって歩きはじめた。部屋のドアには、小さめのプレートが貼りつけてある。真鍮《しんちゅう》のプレート。そこに刻まれている言葉は、こうだ。〈海と魚に関して、我々が知り得ていることは、その二パーセントに過ぎない〉。わたしは、ドアを開けルイスのオフィスを出た。

旅行代理店に寄った。明日の午前中に成田に飛ぶ便の席をとった。いまは五月の後半。いわゆるゴールデンウィークはとっくに過ぎている。ホノルル―成田便は、すいているようだ。

ＪＡＬの７８５便は、定刻の十時十五分を少し過ぎて離陸した。機内は、予想通りすいていた。キャビン・アテンダントから、ＢＵＤをもらった。プラスチックのカップに注ぎ、口をつけた。イヤホーンを耳にあてた。Ｊ・Ｄ・サウザーの〈You're Only Lonely《ユア・オンリー・ロンリー》〉が流れている。窓の外。白い雲海が拡がっていた。それは、日本の夏雲を連想させた。わたしの記憶は、ふと、過ぎた夏にさかのぼっていた。

あれは、わたしがまだ十九歳の夏だった。当時、わたしは海洋大学に通っていた。

夏休みのある土曜。浩一《こういち》から、釣り船の手伝いを頼まれた。

浩一は、中学時代からの仲間で、高校卒業後も、わたしたちは友達づきあいをしていた。彼は、腰越漁港の釣り船屋の後継《つ》ぎ。高校を卒業すると、〈翔洋丸〉という釣り船の舵《かじ》を握るようになっていた。

夏休みの間、〈翔洋丸〉では〈ショート・キス〉という看板を出して営業していた。文字通り、短い時間のキス釣り。港を出て三時間ほどで戻ってくる。親子連れを狙った夏休み中の営業だった。白ギス釣りは、遠出をしない。港を出て五、六分で釣り場に着く。釣り方も簡単だし、子供でも釣れる。夏休みの釣りものには向いている。〈翔洋丸〉のショート・キスは、午前九時と午後一時の二回出船する。その日、午後の出船では客が満員だという。ほとんどが親子連れ。中には、船酔いする子供もいるだろう。シカケをからませたり、根がかりすることも多いだろう。そんなことで、わたしは手伝いを頼まれた。

船は港を出た。ポイントが近いので、ゆっくりと走る。青空には、ソフトクリームのような雲が、こんもりと盛り上がっている。海面にまぶしい陽射しがはじけている。お客の中、一組の親子に、わたしは気づいた。三十代の中頃と思える父親と小学校五年生ぐらいの男の子だった。

船の上の子供たちは、たいてい興奮していた。ときには、緊張している子もいる。けれど、その子だけは違っていた。腰かけたまま、うつ向いている。その視線が、ぼんやりとうつろだった。わたしは、その親子に近づいていった。父親に、「坊や、船酔いでも？」と訊いた。父親は、曖昧《あいまい》な表情を浮かべた。「いや、そうじゃないんだ」と言った。息子と少し離れたところへ行く。説明をした。

彼らは練馬《ねりま》区からやってきたという。十歳になるその息子は、どうやら心を病《や》んでいるという。原因は、医者にもカウンセラーにもわからない。一年ほど前から、口数が減った。その三ヵ月後には、ほとんど口をきかなくなった。半年前からは、学校にも行かなくなった。いまは、一日のほとんどを部屋にこもって過ごしているという。

たまたま、少年が部屋で釣りのテレビゲームをやっているのを父親が見かけた。もしかしたら、釣りに興味を持っているのかもしれない。そう思った父親が、少年を無理やり連れ出してきたという。

やがて、釣りのポイントに着いた。船上の親子たちは、にぎやかに釣りのしたくをはじめた。わたしはその父親に、「キス釣りの経験は？」と訊いた。父親は、首を横に振った。

わたしは、貸し竿《ざお》を手にとった。小型のスピニング・リールがついている。釣り糸の先に片テンビンと十五号の錘《おもり》をつけた。二本バリの仕掛けをセットした。ジャリメの頭を切り、七号の釣りバリに通した。その仕掛けを海に放り込んだ。水深は十一メートル。仕掛けは、すぐに着底した。

わたしは、リールを少し巻く。糸ふけをとった。釣り糸がピンと張った。その釣り竿を、少年に持たせた。うつろな目をしていた少年は、無表情のまま釣り竿を握った。数分後だった。釣り竿の先が、ツッと動いた。続けて、ツッツッと引かれた。

「かかった。巻いて！」わたしは少年に言った。少年の表情が一変した。わたしをふり向いた。一瞬、とまどっている。わたしはまた手ぶりをまじえ、「巻いて！」と言った。少年は、リールのハンドルに手をかける。ゆっくりと巻きはじめた。

キスは、確実にハリがかりしているようだった。しかも、釣り竿の曲がりからして、そこそこの大きさがある。少年の頰が紅潮している。ぎくしゃくした動作でリールを巻いている。父親も、真剣な表情で息子の姿を見つめている。

やがて、魚が海面に上がってきた。二十五センチぐらいの白ギスだった。相模湾のキスとしては、なかなかいいサイズだった。わたしは、海水をくんだポリバケツにキスを入れた。少年は、目を見開いて、自分が釣ったキスを見ている。うつろだった表情が、ワイパーでぬぐったように消えていた。普通の少年の顔になっていた。それは、釣りが、釣り以上のものになった瞬間だった。

その日、少年は、六匹の白ギスを釣った。下船する頃には、顔つきが完全に変わっていた。

その夏、父親と少年は、三回、キス釣りにやってきた。三回目のときは、笑顔さえ見せて、父親と何か話していた。

九月の中旬。父親から〈翔洋丸〉あてに葉書がきた。息子が、学校に通いはじめたという知らせだった。感謝の言葉がそえてあった。出来すぎだが、事実だった。浩一とわたしは、貸し竿の片づけをしながら、その葉書を読んだ。十九歳の夏が過ぎ去ろうとしていた。


わたしは、BUDをゆっくりと飲みながら、そんな出来事を思い返していた。都会の子だけでなく、湘南に育った子にとっても、白ギスは特に親しみのある魚だ。少年、あるいは少女が、初めて釣ったのが白ギスということは多い。砂浜からの投げ釣りで。岸壁からの投げ釣りで。あるいは船からの釣りで……。

わたしにとっても、生まれて初めて釣った魚は白ギスだったような気がする。そんな白ギスが大量死しはじめているという知らせは、心の中を波立たせた。自分の中で、何かのスイッチが入ったのがわかった。過去への郷愁《きょうしゅう》などという言葉でくってしまうのは少し違うだろう。もっと切実に心に響いてくる。ティーンエイジャーだった頃に聴いたバラードに再会した。そんな気持ちに近いかもしれない。とりあえず、わたしが帰国を決めた理由には、それがある。

ホノルルを午前中に離陸して、日本に向かう、そんな飛行機で、ぐっすり眠るのはいつも難しい。わたしは、機内に持ち込んだディパックから、ファイルをとり出した。魚類に関する資料のコピーだ。白ギス。学名は〈Sillago japonica〉。後ろに〈japonica《ジャポニカ》〉とついているのは、日本の固有種、または主な生息地が日本であることを示している。朝鮮半島や中国の沿岸にも生息していることがわかっている。

そんな白ギスに関する資料を、二回ほど読み返した。が、何も得ることはなかった。わたしは、アメリカ人作家のミステリー小説をとり出した。ぶ厚いペーパーバックのページをめくりはじめた。機内食は質素だが、気にならなかった。飛行機は雲海のレストランではない。ちゃんと飛んでくれればいい。

ペーパーバックの中では、探偵が犯人を追いつめようとしていた。ポンと音がして、

〈シートベルト着用〉のサインがついた。785便は、間もなく成田に着陸しようとしていた。やがて、滑走路にソフト・ランディング。機長の腕がいい。ただし、成田への到着は、予定より二十分ぐらい遅れている。いま、午後の三時近い。わたしは、腕のダイバーズ・ウォッチを、日本時間に合わせた。

その二十五分後。わたしは税関を通過しようとしていた。案の定、ひっかかった。ハワイから一人で帰国すると、よくこうなる。ハワイは、家族や恋人たちで行く観光地なのだろう。一人で帰国しようとする人間は例外的とみなされる。

「観光で？」エラの張った係官が、わたしのパスポートを手にして訊いた。パスポートに押されているスタンプを見れば、そんなことはわかるはずだ。前回、わたしが日本を出国したのは、一年半ほど前のことだ。わたしは首を横に振った。

「お仕事で？」と係官が訊いた。すでに、パスポートではなく、眼を細めわたしの表情をじっと見ている。

「まあ、そんなようなものね」わたしは言った。係官の中で、何かのブザーが鳴ったようだ。ちょっと失礼、と言った。カウンターにある、わたしの小型スーツケースを開けた。

十分後。係官の表情に、かすかな落胆の色が見えた。スーツケースからもディパックからもマリファナの種ひとつ発見できなかった、当然のように。魚が釣れたと思ってリールを巻いたら、上がってきたのはビニールのゴミだったというような気分なのだろう。

「ご苦労さん」わたしは言った。パスポートを係官からうけとった。スーツケースを引っぱりながら税関のカウンターを抜ける。自動ドアを通り抜け、到着ロビーに出た。日本の空気は重さを感じる。それはたぶん湿度のせいだろう。

到着ロビーには、そこそこの人間がいた。税関を通って出てくる到着客を出迎えていた。その最前列。〈銛浩美様〉と書いた紙を持った男がいた。

3　血筋かもしれない

わたしは、その男の方に歩いていく。六、七メートル手前で、相手の正体がわかった。小太りの中年男。ワイシャツに地味なネクタイ。その上に、薄いグリーンのジャンパーを着込んでいる。市役所や町役場の職員によくあるスタイルだった。

四、五メートル手前までくると、ジャンパーの胸に縫《ぬ》い込まれた〈藤沢市〉の文字が見えた。何を意味するのかわからない市のマークも縫い込まれている。相手も、わたしに気づいた。

「あ、銛浩美さんですか？」と言った。その声は、電話でさんざん話した藤沢市役所のウシジマだ。わたしがうなずくと、ウシジマは、ポケットから名刺をとり出した。

両手で、うやうやしくわたしに差し出した。

「電話では、失礼いたしました。わたくし、藤沢市役所のウシジマでございます」

と言った。わたしは、ちらりと名刺を見た。

『藤沢市役所　環境保全課　課長　牛島次郎』と印刷されていた。ウシジマのフルネームが〈牛島次郎〉だということはわかった。それだけのことだ。

「長旅、ご苦労さまでした」牛島は言った。

「わたしがこの飛行機で帰ってくると、誰からきいたの?」と言った。牛島は、「それは、あの、お母様から教えていただきまして……」と言った。色白で小太り。フレームのない眼鏡をかけている。とり出したハンカチで、首筋のあたりを拭《ふ》いている。生まれつき汗かきなのだろう。

牛島の斜め後ろに、もう一人いるのに、わたしは気づいた。相手も、わたしを見ている。牛島が、それに気づいた。

「あ、ご紹介させていただきます。藤沢市副市長のマキノでございます」と言った。その男が、一歩前に出て、わたしと向かい合った。

上質なダークスーツを着ている。比較的背が高い。五十歳ぐらいか。市役所の人間というよりは、民間企業の管理職に見える。七三に分けた髪は、少し後退しかけている。鼻が太く大きい。

「副市長のマキノです」と、よく通るバリトンで言った。スーツの内ポケットから、高級そうな革の名刺入れをとり出した。名刺を一枚とり出した。片手で、わたしに差し出した。名刺を渡すことに慣れた人間の動作だった。『藤沢市　副市長　牧野政一《せいいち》郎《ろう》』と印刷されていた。彼は口を開いた。

「牛島からきいたが、君は、ハワイ大学の海上生物研究所で研究をしているらしいね。その能力を、ぜひ藤沢市でいかしてくれることを期待しているよ」

　と、滑らかな口調で言った。市役所に新しく入った職員に訓示するような態度と口調だった。わたしは、彼をまっすぐに見た。

「よくきいて、おじさん。あなたは、二つも間違いをしているわ」と言った。牧野は、ぽかんとしている。自分が何を言われたのか、わからないようだ。

「あなたの間違い、その一。わたしがいるのは、海上生物研究所じゃなくて、海洋生物研究所」わたしは言った。「そして、間違い、その二。わたしは、あなたたち藤沢市に協力するなどと一度も言っていないわ。電話で泣きつかれたから一応帰国しただけよ。わかった、おじさん」

　牧野は、あっけにとられた表情で牛島を見た。牛島は、酸素欠乏におちいった魚のように口をパクパクと開閉している。

「この小娘は、何を言ってるんだ」牧野が牛島に言った。牛島の顔は紅潮している。

汗が吹き出しはじめている。

「ブーッ」わたしは言った。「あなたの間違い、その三。わたしはもう小娘ではないわ」

わたしは、実年齢より若く見られることが多い。それにしても、〈小娘〉と呼ばれるほどではない。「わかった?」わたしは牧野に言った。彼の名刺を、本人の上着の胸ポケットに突っ込んだ。彼らのわきを通り歩き出した。

牛島が顔を赤くし息を切らして追いかけてきた。「あの……お迎えの車を用意してあります。その中ででも、ゆっくりとお話を……」

「したくないわ」わたしは言い、携帯電話をとり出した。すでにメールが着信している。妹の貴美《たかみ》からだ。〈もう到着ロビーの外にいるよ。〉という文面だった。

わたしは、到着ロビーの出入口に歩く。外に出た。何台かの車が駐車していた。濃紺のプジョーのドアが開き、貴美がおりてきた。

貴美は、スミレ色のカットソーを着て、オフ・ホワイトのコットンパンツをはいていた。きれいな栗色に染めた髪は、ボブヘアー。薄いピンクの口紅をつけている。カットソーも、コットンパンツも、体にぴっちりしている。

近くを通りかかった旅行者らしい白人の男が、立ち止まりふり返って貴美を見ていた。声はかけてこなかったが、名残りおしそうに数秒ほど彼女を見ていた。

貴美は、わたしを見ると、うなずいた。わたしも、うなずき返す。車に歩いていく。

「ご苦労さん」わたしは言った。貴美が、車のトランクを開けた。わたしは、スーツケースとデイパックを入れた。助手席に乗り込んだ。貴美はスムーズな運転で車を出した。すぐに高速道路にのった。遅い午後の高速を百十キロで飛ばしていく。

「飛行機、遅れた？」と貴美。「それもあるし、市役所の馬鹿な連中が迎えにきてて、手間どった」と、わたし。カーステレオは、インターFMにチューニングされていた。いまは、ビヨンセの曲が軽快に流れている。

「白ギス騒ぎは？」わたしは訊《き》いた。

「騒いでる人は騒いでるみたい。テレビのニュースでも流れてたし」と貴美。あまり興味がなさそうに言った。わたしは、うなずいた。少し眠けがやってきた。わたしはアクビをしながら、「車、変えたんだ……」と言った。貴美は、うなずく。車線変更し、シャトルバスを一気に追い抜いた。

「ということは、男も変えた？」訊くと、うなずいた。貴美は、男を変えると車も変えるくせがある。この前わたしが帰国したのは、約一年半前の正月だった。その頃、貴美はヘアー・サロンのオーナーとつき合っていた。乗っていた車は、マツダのクーぺだった。

「今度のは?」

「フレンチ・レストランのシェフ」

「料理人か……。女もうまく料理する?」

「いまいちかな……。ミシュランのガイドブックなら、せいぜい星一つね」

貴美は言った。きれいに銀色のマニキュアをした指が、ステアリングを切った。トヨタのセダンを右側から抜き去った。カーステレオからは、相変わらずビヨンセが流れている。

妹の貴美は、少女の頃から、すでに女だった。一年中陽灼《ひや》けして、海に潜ったり、サッカーボールを追いかけているわたしとは、まったく対照的だった。

貴美は、小学生の頃から、ファッション誌をめくっていた。中学生になると、すでに陽灼けしないことに気を遣《つか》っていた。大人用のスキンケア用品を使いはじめていた。

もともと、顔立ちは可愛い。ファースト・キスは中学一年だったと思う。貴美は、そのあたりは隠さずわたしに話す。自慢げでもなく、興奮した様子もまったくなく……。初体験は、確か高校一年。相手は一学年上のバスケ選手だった。その報告も淡々としたものだった。

貴美は、横浜の短大に入った。短大時代の一時期、あるファッション誌のモデルをやっていた。が、「馬鹿馬鹿しくてやってられないよ」と言いやめた。短大を卒業後、就職はしなかった。知人がやっているネイル・アートの教室に、しばらく通っていた。その後、鎌倉にあるネイル・サロンの手伝いをはじめた。いまも、週に二、三回は、そのネイル・サロンでバイトをしているようだ。もちろん、その収入で自活していけるはずはない。貴美は実家から出ず、モリ水産を経営している母から小遣《こづか》いをせびりとっているようだ。

わたしと貴美が並んで歩いていても、二人が姉妹だと気づく人は少ないだろう。共通点があるとすれば、身長がほぼ同じ。その身長に対して顔が小さめということぐらいだろう。わたしはいつも陽灼けし、ややボーイッシュな顔立ちをしている。貴美は、色白。唇は、ぽってりとしていて形がいい。いかにも男がキスをしたくなるような唇だ。

それにしても、感心するのは、貴美の男づきあいだ。いつの間にか前の男を振って、もう次の男を見つけている。男だったら、〈女たらし〉と言われるかもしれない。あるいは〈遊び上手〉というところか……。

あるとき、貴美と飲みながら、わたしは冗談半分に言ったことがある。「あんた、一人の男と続かないねえ」と……。貴美は、悪びれもせず、「仕方ないよ」と言った。「長くつき合ってられるほどの相手がいないんだもの」とつけ加えた。

「それは、性格的なこと？　それともベッドのこと？」訊くと、貴美はしばらく考えていた。そして、「たぶん、性格的なこととか、相手が何をやってるかだと思う。相手に退屈するってことは、たぶん、そういうことだもんね。セックスなんて、同じ相手と十回もやればどっちみち飽《あ》きるし」と言った。

それは、本音なのだろう。貴美は、恋愛感情の持続性というものを、信じていないのかもしれない。あるいは、持続することさえ期待していない……。

それは、特異な人生を送った、わたしたちの父に関係しているのかもしれない。わたしたちの父は、鎌倉で知らぬ人はいないと言われたほどの遊び人だった。愛人は、いつも三、四人いたという。仕事もやったが、女づきあいも派手だった。そんな父のことを母は諦《あきら》めていたようだ。わたしが高校二年のとき、父は愛人の家で腹上死した。それをきいたわたしと貴美は、「やっぱりね」と言ったものだった。

あの父と同じ血が、貴美には色濃く引き継がれているのだろうか。そして、もしかしたら、わたしにもその血筋が……。

ぼんやりとそんなことを考えていると、高速の彼方に、東京の街が見えてきた。わたしは、またアクビをした。

車は、東京の渋滞を上手にスルーした。湾岸高速から横浜横須賀道路へ。五時半には、腰越にある実家に着いた。

〈モリ水産〉は、鉄筋コンクリートの三階建てだ。一階は、〈荷さばき場〉と呼ばれている。水槽も三つほどあり、海水を循環《じゅんかん》させている。そこでは、値の張る魚介類が活《い》かされている。アワビ。サザエ。タコ。ウニ。魚だと、平目《ヒラメ》、真鯛などだ。

〈荷さばき場〉には、若い従業員が二人ほどいた。ホースの水で床を洗っていた。きょうの仕事は、そろそろ終わりらしい。わたしを見ると、軽く頭を下げた。

二階は、事務所だ。のぞいてみる。母は、いなかった。誰もいない。夕方の陽射しが、パソコンに反射していた。わたしは、三階に上がった。海に面した方が、わたしの部屋だ。

とりあえず荷物を開く。スーツケースから、七分袖《そで》のTシャツと、膝《ひざ》たけのショートパンツを出した。浴室に入り、ざっとシャワーを浴びた。体を拭き、Tシャツやショートパンツを身につけた。ビーチサンダルを履き、外に出た。

五分ほど歩いて、ビーチに出た。片瀬東浜。まだ五月なので、観光客の姿はない。日没が近い。ほとんど真横に射している夕陽。砂浜の起伏がくっきりと見える。久しぶりに吸う日本の海風だった。ハワイと違い、湿度があり、磯や海藻の匂いが感じられる海風だった。

わたしは、波打ちぎわまでゆっくり歩いた。波打ちぎわ。確かに、白ギスが打ち上がっていた。数匹の白ギスが波に洗われていた。その何匹かを、わたしは手にとってみた。多くの白ギスは、かすかに口を開いて死んでいた。何かを訴えるように口を開いて……。けれど、彼らはもう何も語れない。わたしの心に、鋭い痛みが走った。ただし、魚体が曲がった、つまり奇形のような姿の屍骸《しがい》はなかった。わたしは、それだけを頭の中にメモした。

歩いて、国道134号を渡る。シーフード・カフェ〈ミコノス〉の入り口に向かう。ドアを開けて入った。カウンターの中には、オーナー・シェフのチョンポウがいた。どういう字を書くのかは知らないが、彼は在日中国人。いわゆる華僑《かきょう》だ。五歳から日本で育ったというだけあって、日本語は完璧《かんぺき》だ。

店に、客の姿はない。チョンポウは、カウンターの中で包丁を使っていた。わたしの姿を見ると、苦笑を浮かべ、

「嫌《いや》な客がきたね」と言った。わたしは、そんな言葉は無視。カウンター席につく。「生ビール」と言った。チョンポウが、わたしのことを〈嫌な客〉と言ったのには、理由がある。この店は、地元で獲《と》れた、いわゆる地魚を売り物にしたシーフード・カフェだ。けれど、それは全くの嘘っぱちで、地物の魚は、ほとんど使われていない。鰤《ブリ》やカンパチは、主に九州で養殖されたもの。真鯛や黒鯛は、やはり関西で養殖されたもの。イカやタコは、主に韓国や中国からの輸入。エビのほとんどは、タイ、ヴェトナム、インドなどからの輸入物。その理由は簡単。安く仕入れられるからだ。

もっとも、そのぐらいで驚いていてはいけないのだろう。わたしが海洋大学に入って、まず教わったことのひとつは、日本で食べられている魚介類の実情だった。

たとえば、鮭《サケ》。日本人の好物だ。焼いた鮭が入った弁当は、いたるところで売られている。どこのコンビニでも、鮭のオニギリは売られている。旅館に泊まれば、朝食には焼いた鮭が出てくる。

そんな、日本で食べられている鮭の七割が輸入。主に南米のチリからの輸入だという。しかも、正式に鮭とは呼べないものも多いという。日本情緒《じょうちょ》あふれる温泉地の旅館に泊まっても、朝食に出てくるのは、そんな輸入物なのだ。

わたしの家は、魚介類の仲買い業を営んでいる。けれど、湘南の海で鮭は獲れない。

鮭の七割がチリなどからの輸入とは知らなかった。

この店〈ミコノス〉に関してはわたしや妹、その仲間たちは、みんな事実を知っている。だから、彼の名前、チョンポウを皮肉って、みんな〈ポウ〉と呼んでいる。店の名前を言わず、〈じゃ、夕方、ポウのところで〉などと口にする。店では枝豆や冷ややっこなどを肴《さかな》にビールを飲む。この店で魚介類を注文するのは観光客だけだ。

わたしの前に、生ビールが出てきた。「それと、小籠包《しょうろんぽう》」わたしは言った。ポウは、両手を広げてみせた。

「ここはシーフード・カフェだよ。そんなもの」

「あるわけない？」わたしは言った。とっくに知っていた。ポウが自分のまかない用に、小籠包などの点心をいつもつくっているのを、わたしは知っていた。この店で一番まともな料理かもしれない。ポウは、しらを切るのをあきらめた。十分ほどすると、出てきた。わたしは、箸《はし》を持つ。湯気の立っている小籠包を口に入れ、ビールを飲んだ。

「例の白ギス騒ぎ、大変？」と訊いた。

「かなりな数、打ち上がってるね」とポウ。

「いま見てきたけど、それほどの数じゃなかったわよ」とわたし。

「市役所の人たちが、一日三、四回、ひろい集めてるよ」ポウが言った。わたしはうなずいた。事情が少しわかった。わたしは、無言で小籠包を突ついていた。その夜、わたしはポウの店に一時間ほどいた。最後は、お茶漬けを注文した。その間、一組の客も入ってこなかった。白ギス大量死の影響は、すでに出はじめているのかもしれない。

「なんか不安だよ」わたしが帰ろうとすると、ポウが言った。

「大丈夫。中華食堂に転業すればいいじゃない」

「かんべんしてよ」

時差と、昨夜早い時間にベッドに入ったせいで、早朝六時前に目覚めた。日本の夜はやはり蒸し暑い。わたしは、さっとシャワーを浴び、新しいTシャツに着替えた。

二階におりていく。事務所では、母がもう仕事をしていた。誰かと電話で話している。魚の仲買い業は、朝から午前中が最も忙しい。母は、一瞬、電話口を手でふさぐ。わたしに笑顔を見せ、「お帰り」と言った。わたしも笑顔でうなずいた。

一階の荷さばき場におりる。すでに四人の従業員が働いていた。白い発泡スチロールのいわゆる〈トロ箱〉を運んでいた。従業員の中では一番ベテランの繁《しげ》さんがわたしを見ると「お帰りなさい」と言った。わたしは繁さんにうなずいてみせた。片瀬海岸の方へ歩きはじめた。

朝の片瀬東浜。何人かの人間が動き回っていた。全員、藤沢市のジャンパーを着てゴム長靴を履いている。片手に青いポリバケツを持っていた。市役所の職員と、多くは下請《う》け業者だろう。

彼らがやっていることは、すぐにわかった。砂浜に打ち上げられた白ギスをひろい集めているのだ。中には、柄のついた網を持っている人間もいる。くるぶしぐらいの深さに浮いている白ギスを網ですくっているのだ。

砂浜に打ち上げられている白ギスの数は、わたしの予想をはるかにこえていた。グレーの砂浜一面に、白い腹を見せた白ギスの屍骸が散乱している。わたしの腕には、かすかに鳥肌が立っていた。昨夜の間に打ち上げられた白ギスなのだろう。砂浜に異臭が漂うというところまではいってない。ジャンパー姿の男たちは、ただ黙々と、その屍骸をひろい集めている。

4　魚類保護官

朝のテレビニュースでも、流れていた。〈湘南の海岸で、白ギスの大量死が続く〉という内容の報道だった。若い女性レポーターが、片瀬海岸の砂浜を歩いている映像も流された。

けれど、砂浜に散乱している白ギスの屍骸《しがい》は、さほどではない。わたしが今朝見た光景に比べると、かなり少ない。市役所が屍骸をひろい集めたあとなのか。あるいは、ひどい映像は、行政がそれを流すのを抑《おさ》えたのか……。

午前九時過ぎ。母が、わたしを呼んだ。市役所の人がきているという。わたしは、下におりていった。うちの前に、ワンボックスカーが駐《と》まっていた。ワンボックスには、〈藤沢市〉と描《か》かれていた。

牛島と、若い男が一人いた。二人とも、ネクタイをしめ、上にジャンパーを着ている。牛島は、わたしを見るなり、九十度に体を折った。「きのうは、大変に失礼いたしました！」と言った。そして、説明しはじめた。きのう、牛島と副市長・牧野の間では、意志の疎《そ》通《つう》がとれていなかった。銛浩美というのが、どれほど実績のある研究者であるか、牧野には伝わっていなかった。だから、あのような態度をとってしまった。そんな説明を牛島はしはじめた。

〈どれほど実績のある研究者であるか〉には、わたしも心の中で苦笑していた。

「なんせ、このような事態になって、市役所の中も混乱しておりまして」と牛島。すでに流れはじめた汗をハンカチで拭《ふ》いている。

「牧野の方も、きのうの一件では、あなたに大変な失礼をしたと反省しておりまして」と牛島。

「嘘でしょう」わたしは言った。あの手の人間が本当に反省をすることはあり得ない。

「いえいえ。牧野は、本当に反省をしておりまして、ぜひ、とことん謝罪してこいと……」と牛島。

「じゃ、なんで本人がこないの？」

「あ、それは……牧野の方も、いろいろと業務がございまして」と牛島。汗を拭きながら、しどろもどろになっている。この男をマンガで描けば、カワウソだろうか。眼鏡のむこうの眼は細い。色が白く小太り。たえまなく汗を拭いている。わたしは、少し気の毒になってきた。この小役人を絞《し》め上げても仕方ないだろう。彼は、使い走りに過ぎないのだから。

「で?」わたしは訊《き》いた。牛島は、うなずいた。

「本日の午後、市役所で記者会見を開くことになっておりまして、銛さんに、ぜひご出席願えないかと……」

「なんで、わたしが出なきゃいけないの。その理由は?」

「その……前にも申しあげたように、市役所には、こういうことに関して専門知識を持った人間がおりませんで……。そこで、プロフェッショナルの銛さんに、その、オブザーバーのような形で出席していただけると、私どもとしては心強いと考えたしだいで……」

「私どもとしてはそう考えても、わたしが嫌《いや》だと言ったら?」

「まあ、そのお気持ちもわかりますが、なんとかお力ぞえを願えないでしょうか」と牛島。顔と首筋の汗を拭きながら言った。

十五分ほどやりとりをした。結局、わたしは記者会見に出ることをオーケイした。

たち は帰っていった。

ただ、牛島のことが気の毒に思えただけだ。また十二時半に迎えにくると言い、牛島たちは帰っていった。


藤沢市の庁舎は、JR藤沢駅のすぐ近くにある。その第一庁舎。ロビー。副市長の牧野が、わたしを出迎えた。きのうとは別人のような対応だった。わたしの片手を、両手で握った。まるで選挙運動中の候補者のようだった。にこやかな笑みを浮かべ、

「いやあ、きのうは失礼したよ。こんな若くて美しいお嬢さんが、それほど立派な研究者だとは意外というか……私の想像をこえていたもので、あなたに不愉快な思いをさせてしまった。まことに申しわけなかった」

と、例のよく通るバリトンで言った。その猫なで声に、わたしは軽い吐き気をおぼえた。まあ、ひとつの市の副市長などになるような人間は、このぐらい歯の浮くような台詞《せりふ》を真顔で言えるものなのだろう。やつは、わたしの手を握ったまま、

「とにかく、これはわが藤沢市にとって深刻な問題だ。あなたにフォローしてもらって、ぜひ、一刻も早い解決をしたいと心から願っている。ぜひぜひ、よろしくお願いするよ」と言った。〈ぜひ〉の大安売り。やはり、選挙運動中の候補者だ。たとえ市役所とはいえ、そのトップに近い場合、ものごとはすべて〈政治〉の色あいをおびる

のだろう。

　そばにいた牛島が、「あの、ご紹介させていただきます」と言った。斜め後ろから、若い男が二歩前に出た。今朝、牛島と一緒にうちにきた男だった。まだ二十代の後半だろう。痩《や》せ型で背が高い。

「農業水産課の桜井《さくらい》と申します」と、その桜井。わたしに名刺をさし出した。『藤沢市　農業水産課　水産担当　桜井良男《よしお》』と印刷されていた。また、牧野のバリトンが響いた。

「彼は、若いがやる気にあふれている。しかも釣りが好きだ。そこで、今回、対策本部に入ってもらったよ」と言った。

　そこまで話したときだった。牧野は何かを思い出したように、「ああ、そうだ」と言った。わたしに、「ちょっと二人で話したい」と小声で言った。わたしの腕を引くようにして、エレベーターホールの裏側に回り込んでいった。周囲に誰もいないのを確かめる。上着の胸ポケットから、封筒をとり出した。わたしにさし出した。

「これは？」いちおう封筒を手にして、わたしは訊いた。

「その、うちの対策本部にオブザーバーとして協力してもらうためのほんの謝礼だよ」牧野は言った。わたしは、封筒の中を、ちらりと見た。かなりな厚みの一万円札が入っていた。百万はあるだろう。

「ただの謝礼にしては多過ぎる気もするけど？」言うと、牧野は、かすかにうなずいた。「まあ、これはお願いなんだが、何か特別なことがわかったら、まず私に報告してほしいんだ。誰よりも先に私にね」と言った。わたしは、胸の中でうなずいた。早い話、わたしを抱き込んでおきたいということらしい。わたしは、軽く苦笑。

「このお金は、市から？」

「いや、私のポケットマネーだよ」

「ポケットマネーは、ポケットに入れておいたら？」わたしは、苦笑したまま封筒を牧野に返した。「言っておくけど、わたしは漁協や、あなたたち市役所から泣きつかれたから、帰国したの。もちろん地元育ちの人間だから、この件について協力はする。けれど、どういう形で協力するかは、悪いけど自分で決めさせてもらうわ」と言った。牧野に背を向けて歩き出した。

庁舎二階にある記者会見場は、思っていたより広かった。というより、予想以上のマスコミがきたので、急いで広い会場をとった感じだった。このところ、日本には面白い事件がないのか、相当な人数が集まっていた。テレビカメラが五台ほど。前の方には、デジタル一眼を持ったカメラマンたちが十人ぐらい。記者やレポーターらしい人間は、五十人ほどいた。

前の方に、わたしたちの席がつくられていた。横並びに、三、四人が座れるようになっている。それぞれの前には、マイクが用意されている。

わたしは、端に座るつもりだった。けれど牛島に背中を押され、まん中に座ることになってしまった。席につく。その場にいる全員の目が、わたしの方を向いていた。

無理はないかもしれない。わたしの左右は、藤沢市のジャンパーを着た牛島と桜井。地味すぎるほど地味だ。それに比べ、わたしはタンクトップ姿だ。五月にしては暑かったので、鮮やかなブルーのタンクトップを身につけていた。陽灼《ひや》けした胸や肩は、気前よく露出している。頰は、アロエ・ジェルでつやつやと光っている。淡いオレンジ色の口紅をつけている。耳には、シルバーのピアスをしている。

記者やカメラマン全員が、わたしを見ているようだった。〈この女は何者だ〉。

牧野が立ったままマイクを握った。

「本日は」からはじまる簡単なあいさつ。「私、特別対策本部の責任者をつとめさせていただきます副市長の牧野政一郎でございます」と自慢のバリトンで自己紹介。

牧野が、牛島と桜井を紹介する。が、誰も関心を示さない。カメラのレンズも向けない。そして、牧野が口を開いた。

「牛島、桜井の両名は、市の職員ではありますが、正直申して魚に関する専門家ではございません。そこで、今回の異変に対処するべく、私どもは特別な専門家の方をハワイからおよびしました。中央におられます女性、銛浩美さんです」

牧野が言った。カメラのレンズが、いっせいに、わたしに向けられた。テレビカメラのレンズは、すでにわたしの方を向いている。牧野が、さらに続ける。

「みなさまにお配りした資料にある通り、銛さんは日本の海洋大学を卒業後、ハワイ大学に留学。現在は、ハワイ大学・海洋生物研究所で、魚類保護官として活躍されているプロ中のプロです」

と言った。わたしに関する資料がマスコミに配られているとは知らされていなかった。けれど、牧野ならやりそうなことだった。わたしは、平静な表情でいた。牧野が、わたしに眼配せをした。あいさつを、ということだろう。わたしは目の前のマイクに向かう。

「銛です」とだけ、ぶっきらぼうに言った。とたん、カメラのストロボがいっせいに光った。まぶしくて、わたしは一瞬眼を閉じた。眼を開けても、ストロボは光り続けている。やがて、それも一段落した。牧野が、また口を開いた。

「今回のような魚の大量死にあたって、誰しも連想してしまうのが、原子力発電所から流出した放射能の影響でしょう。そこで、環境保全課の牛島から報告させていただきます」

と言った。確かに福島の原発から、いまだに放射能に汚染された水が海に流出している。そのことは、ハワイのニュースでも流されていた。女性職員が、コピーをマスコミの連中に配る。牛島が、わたしの前にも、コピー用紙を置いた。牛島が、ぼそぼそした声で説明をはじめた。

「環境保全課としては、定期的に海水中の放射能濃度を測定しておりまして……」と説明する。わたしも、その資料をざっと見た。

〈片瀬海岸東浜〉
〈片瀬海岸西浜〉
〈辻堂《つじどう》海岸〉
〈引地《ひきじ》川河口〉

その四カ所で計測したことになっている。〈引地川〉は片瀬海岸に流れ込んでいる川だ。その四カ所で、〈ヨウ素—131〉〈セシウム—134〉〈セシウム—137〉の測定をおこなっている。最新のものは、十日ほど前の日付けになっている。

十日前の数値は、こうだ。ちなみに、採取場所は片瀬東浜。海水一キロに対してのベクレル値。

ヨウ素―131　0・35未満
セシウム―134　0・45未満
セシウム―137　0・48未満

「この数値から考えられますことは……」と牛島。その言葉をさえぎって、男性記者の声が響いた。

「銛さんにおうかがいしますがこの数値を見て、どう判断されますか？」と、わたしに訊いた。全員が、わたしを見ている。わたしは、その資料にすでに目を通し終えていた。わたしはマイクに向かう。

「ほとんど平常値に近いので魚に影響を与える数値ではありません」と言った。わたしが話しはじめると、またカメラのストロボが光る。

「ということは、今回の白ギスの件は、放射能が原因とは考えづらいと思われますか？」と記者。牛島が何か言いはじめた。

「あなたに訊いてるんじゃありません。銛さんにおうかがいしたい。この異変は原発から流出した放射能に関係ないと思われますか？」と、わたしを見て言った。わたしは、うなずく。

「くり返しになりますが、そう考えられます」わたしは言った。カメラのストロボがいっせいに光っても、もう驚かなかった。女性の記者が立ち上がった。

「銛さんにおうかがいします。では、白ギス大量死の原因について、何か予想されることはありますか？」と訊いた。

「いまのところ、まったくわかりません。わたし自身、きのう帰国したばかりですから」と答えた。男性記者が立ち上がった。

「続けて銛さんにおうかがいします。ときどき、魚が集団自殺のようなことをした記録がありますが、今回、そういう可能性があると考えられますか？」と質問してきた。

「イルカをはじめ、海洋生物が、まとまった数、岸に打ち上げられた例はいくつかあります。が、今回の白ギスのような小型の魚にそういう状況が起きた事例はないと思います、わたしの知る限りでは」と答えた。メモをとっている記者もいる。

「つまり、今回の白ギスに関して、その原因はまったく特定できないと思われますか？」同じ記者が、わたしに向かって訊いた。

「さっきも言ったように、わたしは、きのう帰国したばかりなので、まだ調査をはじめてもいません。原因をさぐるのは、これからになります」わたしは淡々と答えた。数人の記者がうなずいている。女性記者の一人が立ち上がった。記者というよりレポーターという感じだった。若くしゃれた身なりをしている。

「銛さんにうかがいたいのですが、魚類保護官というのは、具体的に、どんなお仕事なのでしょうか？」と質問した。メモをとっていた記者たちも、いっせいに顔を上げた。あきらかに皆が興味を示している。わたしは、頭の中を整理する。ゆっくりと話しはじめた。

「わたしは、ハワイ大学・海洋生物研究所の研究員ですが、同時に魚類保護官でもあります」と言った。

「その辺を、もう少しくわしくお話しいただけますか？」と女性レポーター。ほかの連中も、身をのり出している。カメラマンの三、四人が、さらにわたしに近づいてきた。それは気にせず、わたしは話しはじめた。

「ハワイでは、魚介類は大切な食料資源です。が、ときにはイリーガル、つまり違法な方法で漁《りょう》をする人間がいないわけではありません。たとえば水中に電流を流したり、ときにはダイナマイトを爆発させたり……。あるいは州法で決められた数より多くの魚を獲《と》る者もいます。そういう密漁者を発見したとしても、ただの研究員では彼らを阻止するのが難しい。そこで、ハワイ州政府から魚類保護官の資格を与えられています」

わたしは言った。わたしたちが、悪質な漁業者を相手にするときは、紺の地に鮮やかな黄色で〈Sea Patrol《シー・パトロール》〉と描いたウインドブレーカーやTシャツを着用する。船の中には、常にそのユニフォームが用意されている。

「ということは、魚類保護官というのは、悪質な漁をする人たちを実力で阻止できるわけですね?」とレポーター。

わたしは、微笑しうなずいた。「もちろん、警察や沿岸警備隊と協力しながらの行動になりますが……」と言った。さらに、

「残念なことに、ハワイでも、ここ数年、密漁者の数はふえています。中には、触れることさえ禁止されている指定保護生物の海ガメを獲る悪質な人間さえいます。わたしたちは、それを許しません。もともと〈海洋生物研究所〉は、海洋生物を守る理念でつくられたものです。だから、魚類保護官としての仕事は、日頃の研究活動の延長線上にあると考えていただいて正しいと思います」

わたしは言った。そして、微笑してみせた。微笑した瞬間、いっせいにカメラのシ

ャッターが切られた。

その後も、わたし自身に対する質問が続いた。なんのことはない。わたしへの記者会見のようになってしまった。記者会見が終わるまで、二時間近くかかった。

「あの、ちょっと……」という声がした。庁舎のロビーから出ようとしていたわたしは立ち止まった。テレビ局の人間らしい男が二人いた。一人は、ビデオカメラを持っている。さっきまで、記者会見の取材をしていたらしい。もう一人の男が、

「お疲れのところ、失礼します。私、テレビ神奈川の者です」と言った。名刺をさし出した。『テレビ神奈川　報道局ディレクター　疋田《ひきた》道久《みちひさ》』となっていた。テレビ神奈川は、言うまでもなく地元のテレビ局。わたしも子供の頃から観ている。

「もしよろしかったら、私どもの車でお送りさせていただけませんか？　走りながら雑談でも……」と疋田。「カメラを回すの？」とわたし。疋田は首を横に振った。

「いえいえ、取材はもう終わりです」と言った。「ただ、お送りさせてもらうだけで」と疋田。

庁舎の前には、〈テレビ神奈川〉と描かれたワンボックスカーが駐まっている。わたしはもう、市役所の人間と顔を合わせているのはうんざりしていた。そこで、テレ

ビ神奈川の車で送ってもらうことにした。

「とんだ人よせパンダでしたね」走り出すなり疋田が言った。わたしは、へえと思った。そこまでズバリと言うとは……。わたしは、あらためて疋田を見た。四十歳ぐらいだろうか。よく陽灼けしている。短く刈った髪には、白いものも見える。がっしりした体格をしていた。半袖《はんそで》シャツにノーネクタイ。ジーンズをはいている。

「人よせパンダ……確かに」わたしは苦笑しながら言った。軽くアクビをした。腰越方向にむかう467号線は、渋滞していた。若いスタッフが運転する車はのろのろと走っている。

「藤沢市は、仕方なく記者会見を開いた。けれど、会見を開けるほどの材料を持っていなかったようですね」と疋田。

「あるいは、材料は持っていても、公表できるものではなかった」と、わたし。

疋田は、うなずいた。「しかも、藤沢市はいま、ちょっと面倒な状況になっているし」と言った。「面倒な？」わたしが訊くと、疋田は説明しはじめた。

いま市長をやっている原という人物は、もともと市役所の中でも、農業水産課の出身。漁協などとのパイプを持っている市長だという。腰越漁協と相談し、わたしをハワイから呼び戻すことを提案したのも、その原市長だと疋田は言った。

「原さんはまともな市長だが、高齢だし、持病をかかえているんです」と疋田。その原市長は、現在八十三歳。しかも、心臓に疾患をかかえている。いまも、週に一日ほどしか市役所に登庁できないという。

「そうなったら、誰かが市長の代行役をやるとか、市長を誰かに引き継ぐとか……」わたしが訊くと、疋田はうなずいた。「そこで、今回の件に関しても、副市長の牧野が対策本部長をやっているわけです。というのも原市長の任期がこの九月一杯ですから」

「九月一杯……もうすぐね」と、わたし。「そうなんです。だから、どっちみち、九月には市長選挙が行われる予定になっている。そこで、新しい市長を選ぶことになるわけです」と疋田。

「で、つぎの市長は？」

「当然、牧野になるでしょうね。ほとんど形だけの選挙が行われて」疋田は言った。その口調には、牧野に対していい印象を持っていないことが感じられた。「牧野を嫌ってる？」わたしは、ずばりと訊いた。疋田は苦笑い。

「私もジャーナリストだから、個人的な好き嫌いを言うことはしたくないけど、牧野は市長にふさわしい人間ではないですね」と言った。ゆっくりと説明しはじめた。牧野は、もともと藤沢市にある大地主の家に生まれたという。「金がありあまる家で育ち、何事も金にものを言わせて人生をやってきた。そんな人間の多くが、欲しくなるのが肩書きであり社会的地位です。たとえば、市長であるとか、県会議員とかね」

「なるほど。彼の場合、それが藤沢市長の椅子なわけね」と、わたし。疋田は、うなずいた。「考えてみれば、この白ギスの死も、牧野にとってチャンスといえないこともないでしょう」

「チャンス……」

「ええ。一種の災害に立ち向かう対策本部長として顔と名前を売っておけば、九月の市長選では、なんの問題もなく市長に選ばれるでしょう」

「それはいいけど、この白ギスの件が、うまく収束できなかったら？」と、わたし。

「牧野にとっては、そんなことはともかく、九月の市長選に勝って、市長になってしまうことが大事なんでしょう。魚の死が続いていたとしても、市長選は行われますから」と疋田。わたしは、うなずいた。現市長がその状況なら、何があろうと市長選挙を行わなければならないのはわかった。そして、牧野が、わたしを金で抱き込もうとしたことも、うなずける。

「この魚の件を引きずったままでも、牧野は、とにかく市長の座を手に入れたいはずです。そのことは、頭のすみに置いておいた方がいいと思います」疋田が言った。わたしは、またうなずいた。やっと、腰越が近づいてきた。

5　拡がる死

「そろそろ、サインの練習でもはじめたら？」

妹の貴美が、フォークを使いながら言った。わたしは苦笑しながらコーヒー・マグを口に運んでいた。翌日。午前八時過ぎ。わたしの部屋だ。

わたしが高校に通っている頃、父が急死した。その半年後、うちをリフォームした。父が使っていた二階の部屋は、母のためのフィットネス・ルームになった。三階には、わたしと貴美の部屋をつくった。それぞれの部屋に、バス、トイレ、キッチンがある。

言ってみれば、ハワイのコンドミニアムのようになっている。それぞれが自由気ままに生きている。

ただし貴美は、わたしがつくるハワイ風の朝食を気に入っている。わたしが日本にいる間は、よく、わたしの部屋に朝食をたかりにくる。

今朝も、貴美はわたしの部屋にきていた。ココナッツ・ミルクを入れてつくったスクランブル・エッグ。ポルトガル風《ポッチギー》ソーセージ。それにコナ・コーヒーだ。テーブルにジャムやママレードはない。わたしも貴美も甘いものに興味がない。ダイエットのためではなく好みの問題といえる。これも血筋かもしれない。

わたしたちは、朝のニュース番組を観ていた。どの民放にも、わたしが出ていた。正確に言うと、きのうやった記者会見の様子が映っていた。市役所の人間は、ほとんど映らない。わたしばかり映っている。

テレビ画面で使われている言葉も、みな似たりよったりだ。〈白ギス騒ぎに新たな展開か〉〈ハワイからきた魚類保護官は超美人〉など、つまらない見出しが並んでいる。テレビの司会者が、「こんな女性にならら、私も保護されてみたいものですな」などと言っている。そんな画面を見て、〈サインの練習でも〉と貴美が言ったのだ。

「馬鹿か」わたしは言い、テレビを切った。

「……でもさ、お姉を記者会見に引っぱり出した市役所の作戦はいちおう当たったんじゃない？」ポッチギー・ソーセージをフォークに刺しながら貴美は言った。確かに、そうかもしれない。若い女。しかも、魚類保護官という目新しい言葉。人々は、そこに気をひかれる。魚の大量死という深刻な事態を、一瞬忘れかける。市役所側が、それを狙ったのも事実だろう。そうしている間に、事態がおさまってくれればと思っているのかもしれない。

九時十五分。キッチンで食器を洗っていると電話が鳴った。表示されているのは市役所の番号だった。とる。牛島だった。

「きのうは本当にお疲れさまでした。おかげさまで、記者会見も大好評で……」その言葉は無視する。「で？」

「あ、あの……調査に使用できる船がないかというお話でしたが、たまたま、それに向いた船があることがわかりまして」

「どこに？」

「腰越漁港です。さっそく、ごらんになりますか？」と牛島。わたしは、もちろんと答えた。一時間後、港で落ち合うことにした。

「フェニックスの29……」わたしは、つぶやいた。腰越漁港の片隅に、その船は舫《もや》われていた。アメリカで製造されたフェニックスという船。その大きさは29フィートだ。海でのスポーツ・フィッシングなどに向いた船だ。ハワイでもよく見かける。

キャビンがあり、三、四人は泊まれるだろう。キャビンの上に階段で上がるフライ・ブリッジがあり、操船はそこでする。フライ・ブリッジは、エンクロージャーと呼ばれるビニールのおおいで囲われている。

わたしは、後ろのデッキにおりてみた。ハッチを開ける。ボルボ社製のディーゼル・エンジンが二基。大き過ぎず、使いやすい船と言える。

岸壁には、市役所の車が駐《と》まっている。牛島が突っ立っている。

「この船は、どうしたの？」わたしは訊《き》いた。牛島が、説明をはじめた。藤沢市内にある倉庫会社。そこが、倒産した。固定資産税のたぐいも、長い間にわたって未納。社長は行方をくらました。

このボートは、その会社の名義になっていた。たぶん社長が乗っていたのだろう。藤沢市は、このボートを差し押さえた。逗子《ずし》にあるマリーナから、この漁港に回航してきた。そういう事情らしい。

わたしは、うなずいた。あらためて、ボートを見て回った。船齢《せんれい》は十五年というところか。この二、三ヵ月は、ここに係留しっぱなしだという。が、使いものにはなりそうだった。

エンジンをかけてみることにした。わたしは、電源のメイン・スイッチを入れた。

オイルと冷却水をチェック。燃料は、まだ三分の二ほどある。わたしは、イグニション・キーを持ってフライ・ブリッジに上がった。

二、三ヵ月は、ここに係留しっぱなし。バッテリーがあがっている可能性がある。とにかく、わたしは、左右のイグニション・キーを差し込んだ。右のキーを軽くひねる。メーター類の針が動いた。電圧計は、十二ボルトを示している。バッテリーはあがっていないようだった。

わたしはキーをさらにひねった。セルが廻《まわ》りはじめた。五、六秒廻って、右舷《うげん》のエンジンはかかった。ディーゼル独特の、野太い音が響きはじめた。オーケイ。左のイグニションもひねった。七、八秒セルが廻って、エンジンはかかった。

「じゃ乗って」わたしは、岸壁にいる牛島に大きな声をかけた。牛島は、一瞬、とまどったような表情を浮かべた。「乗って」わたしは、また大声で言った。牛島は、ぎこちない動作で、岸壁から船に乗り移ってきた。

「船を扱った経験は?」牛島は首を横に振った。きいたわたしが馬鹿だった。

仕方ない。わたしは、岸壁に上がる。船を舫っているロープをほどきはじめた。二、三ヵ月も放っておかれたのでロープは硬くこわばっていた。かなり苦労して、ほどいた。わたしは、ロープを船に投げ込んだ。同時に自分も船に乗り移った。

船は、ほんの少し岸壁をはなれた。わたしは、またフライ・ブリッジに上がった。メーター類をチェックする。油圧計、オーケイ。電圧計、オーケイ。エンジンをかけたばかりなので、水温計はまだ低い数字を示している。わたしは、マリンVHF、つまり無線のスイッチを入れた。魚群探知機とGPSのスイッチも入れた。液晶画面に、魚探とGPSの画像があらわれた。

わたしは、左右両舷とも〈中立《ニュートラル》〉になっていた船のクラッチを前進に入れた。コツッという軽い震動。船は、ゆっくりと進みはじめた。初めて操船する船だ。わたしは慎重に船を進める。漁港から外へ出た。海上は南西の微風。薄陽。波はほとんどない。

その三十分後。船は、腰越の沖、2海里《マイル》の位置にいた。魚探で見ると水深十六メートル。下は砂地。白ギスが生息していることの多い海域だ。わたしは、船を8ノットの、ゆっくりとした速度で走らせていた。ゆっくりと走っている船の上から、海面を見ていた。海面に浮かんでいる魚を探していた。

薄陽を反射している海面。ところどころに白いものが浮かんでいる。言うまでもなく白ギスの屍骸《しがい》だ。たいてい白い腹を上にして海面に漂っている。けれど、それほどの数ではない。

そのことは、ある程度予想していた。ケースバイケースだけれど、死んだ魚がすぐ海面に浮き上がるとは限らない。そういう場合の方が少ないだろう。

死んだ魚は、多くの場合、海中に漂う。やがて、腐敗しはじめ体内にガスがたまる。そしてゆっくりと海面に浮き上がるというのが、よくあるケースだ。ただし、白ギスのような、比較的浅いところに生息している魚に、それが当てはまるとは限らない。死後、あまり日数がたたないうちに、潮の流れと波にのって海岸に打ち上げられることはあり得る。今回のケースには、それが当てはまるような気がする。

たとえそうだとしても、死因については、まったくわからない。糸口さえつかめていない。

わたしがそんなことを考えながら船を進めていると、牛島が、ぎくしゃくした動作でフライ・ブリッジに上がってきた。海面を見渡し、「それほど、たくさん浮かんでませんね」と言った。

わたしは、いく手の海面を見た。「大事なことを訊くわ」と牛島に言った。牛島がわたしを見た。「白ギスの屍骸は、ちゃんと分析してるんでしょうね」

「もちろんです」という答えが返ってきた。「三日に一度、神奈川県の水産技術センターに持ち込んで、検査をしてもらっています」

神奈川県水産技術センターは、三浦半島の南端、城ヶ島にある。きちんとした設備を備えた研究センターだ。わたしの知る限り。

「それでも、死因がわからない?」

「ええ、そのようです。死んだ白ギスからは、放射能はもちろん、なんらかの毒性がある物質は検出されていないと報告がきています」

牛島は言った。わたしは、うなずかなかった。前方の海を見ていた。ところどころに白ギスが浮いている海面を、見ていた。では、なぜ白ギスは死ぬのか。なぜ……。


「ほれ」と妹の貴美が言った。わたしの前に、薄っぺらい雑誌を置いた。いわゆる写真週刊誌だった。そのページが開かれている。わたしの写真が、大きく使われている。しかもカラーだ。もちろん、この前の記者会見のときに撮ったものだろう。わたしの胸から上がトリミングされていた。タンクトップから大胆に露出している灼《や》けた肌。〈魚類保護官はセクシー美人〉という大きな見出し。わたしは舌打ちした。枝豆をつまみ、生ビールに口をつけた。

ポウの店。夕方の六時過ぎだ。きょうも、わたしたち以外に客はいない。

わたしは、写真週刊誌の記事に目を通した。民放のテレビでやっていたことを、より詳しく書いている。わたしの経歴も、テレビより細かく書いてある。〈鎌倉市の腰越にあるモリ水産の長女〉とまで書かれていた。

「そのうち、サインをねだる男たちが、うちの前に行列をつくるね」と貴美。「やめてよ」と、わたし。貴美はポテトチップスとラム・コークをオーダーした。わたしは、あらためて開かれているページを見た。

「タンクトップの面積が小さ過ぎたかな」わたしは、つぶやいた。「いままで、セクシーなんて言われたことなかったのに……」

貴美が、ラム・コークに口をつけた。「それは、ギャップに関する問題だと思うよ」と言った。

「ギャップ？」

「そう。たとえば人が魚類保護官なんて言葉をきいたら、まず、ごついおっさんを連想するじゃない？　ところが、それが女で、お姉ぐらいのルックスだったら、とりあえず驚くよね」

「つまり、かた苦しい肩書きとルックスのギャップってこと？」

「そういうこと。わたしがモデルやってた頃の仲間が、年上の男とつき合っててさ、その相手はホテルの部屋に入ると、必ず、彼女に女性警官の制服を着せるんだって」

「制服フェチ」

「ということ。かた苦しい制服と、その中身とのギャップに興奮するわけ。くだらないけど、男なんてそんなものよ」

「じゃ、今度、あんたが婦警さんの制服を着て街を歩いてみたら？」

「パニックが起きて、本物のパトカーが出動するはめになるよ」貴美が言い、わたしたちは大笑いした。わたしは、写真週刊誌のページを閉じた。「世の中、くだらない」

確かに、世の中はくだらなかった。二日後。うちの郵便うけ。ほかの郵便物にまざって、変な封筒があった。Ａ４ほどの茶色い封筒。〈鎌倉市腰越　モリ水産　銛浩美様〉とサインペンで宛て先が書いてある。番地表示は書かれていない。けれど、もともと〈腰越のモリ水産〉で郵便物は届いてしまう。

不審な封筒だった。脅迫状ということもあり得る。わたしは、自分の指紋をあまりつけないように封筒をつまむ。自分の部屋に持っていった。手紙爆弾ではなさそうなので、ハサミを使って封筒を開けた。中身を出した。

ヌード写真だった。どこかの雑誌の一ページを切り抜いたものだろう。砂浜と海を背景に、グラマーな女のヌード。ただし、顔の部分には、わたしの写真が貼りつけられていた。例の写真週刊誌から切り抜いたと思われるわたしの顔写真が、ヌードモデルの顔の部分に貼りつけられていた。とりあえず不愉快だった。

ドアがノックされた。「お姉いる？」という声。「いるよ」答えると、貴美が入ってきた。わたしが手にしているものを見る。

「あれ？　お姉、こんなにバスト大きかったっけ」と言った。「発達したのよ」わたしは苦笑まじりに言った。それを、カウンターの上に放った。ため息……。

「こういうの、わたしもやられたこと、あるよ」貴美が言った。

「いつ頃？」

「高校生だった頃。朝、学校に行くと、ロッカーの扉に貼ってあったな、この手のやつが……。まあ、一種のマスターベーション行為ね。お姉にこれを送りつけてきたのも、きっと若いやつだと思うよ」貴美が言った。

わたしは、うなずいた。あらためて、それを見た。一種のストーカー行為に当たるだろう。けれど、これを警察に届けたところで、どうなる。たぶん、どうにもならない。

日本の警察が、ストーカー行為に対してほとんど役に立たないことは、とっくに証明されている。これを警察に届けたところで、警官の目を楽しませるだけだろう。わたしは、それを丸め、ゴミ箱に放り込んだ。

その翌朝。母が、わたしに声をかけてきた。二、三日、静岡に行ってくるという。その目的は、白ギスの確保だという。

うちのモリ水産にとって、白ギスは、それほど大きな扱いになる魚ではない。けれど、常に確保しておかなければならない。鎌倉、逗子、葉山あたりには、老舗《しにせ》の天プラ屋や寿司屋があり、白ギスを使う。天プラのネタとして、白ギスは欠かせない。白ギスを三枚におろし、昆布《こぶ》じめにしたものは寿司屋でもよく使う。そんなわけで、一定量の白ギスは、確保しておく必要がある。

「けど、いま、地物の白ギスは、お店に渡せないしね」と母。となりの駿河《するが》湾から、白ギスをとり寄せるという。西伊豆あたりの漁協と交渉して、取り引きの約束をとりつける。そのために、出かけてくると言った。朝七時半。店の車で出かけていった。

その日の昼間。わたしは船で海に出た。よく晴れて、海は凪《な》いでいた。牛島と桜井も船に乗っていた。片瀬の沖から七里ヶ浜の沖にかけて、ゆっくりと船を走らせていた。午後一時過ぎだった。海面に魚が浮いていた。白い腹を上に向けて……。

船のスピードを落とす。やがて、クラッチを〈中立《ニュートラル》〉にした。ゆっくりと浮いている魚に近づいた。桜井が手網《ネット》を出して、魚をすくった。

魚は、ホウボウだった。魚体は、キスよりかなり大きい。細長い魚体。背側は朱色をしている。二枚の胸ビレは鮮やかなブルーで大きく左右に開く。

美しい魚だし、くせのない白身の高級魚だ。その生息域は、白ギスに共通している。あまり深くない砂地。その海底に生息している。白ギス釣りをしていると、たまにかかることがある。白ギス用の細い仕掛けがもちこたえれば、釣り上げられる。

わたしは、船の上にあげたホウボウの尾叉長《びさちょう》を測った。三十二センチ。船に持ち込んだハカリで重さも測る。四百四十三グラムだった。いちおう、メモする。ホウボウは、死んでから、二、三日たっているようだった。

夕方、港に戻る。家に帰りシャワーを浴びる。そうしていても、ホウボウのことが気になっていた。いよいよ白ギス以外の魚にも、被害が拡がってきた。そのことが、ひどく気になっていた。

午後九時過ぎ。わたしは自分の部屋を出た。Tシャツ、ショートパンツ。歩いて、片瀬東浜に向かった。頭の中には、魚のことがあった。白ギスについで、ホウボウにまで拡がってきた魚の死……。

白ギスとホウボウは、同じ生息域に棲《す》み、同じようなものを捕食している。とすると、死因は同じと考えるのが自然だ。もし体内に何かの有毒物質が入った場合……。魚体の小さい白ギスの方が、よりダメージをうける。死に至る確率は高いだろう。

わたしは、そんなことを考えながら、砂浜を歩きはじめた。打ち上げられている魚を見て回りはじめる。ところどころ、打ち上げられた白ギスがいる。月明かりで、それが見えた。

ほとんど満月に近い丸い月。雲がゆっくり動き、ときどき月明かりをさえぎっていた。

ホウボウは、いないだろうか。あるいは、別の魚が……。月明かりの下、わたしは砂浜を見おろしながら歩いていた。それだけに気をとられていた。

ふと、何かの音に気づいた。ジャーというようなかすかな音。後ろできこえた。わたしは、ふり向いた。その〇・五秒後、体に激しい衝撃。わたしの体は、後ろにふっ飛ばされていた。

6　砂にまみれて

わたしは、砂浜に倒れていた。

気絶はしていなかった。けれど、ほとんど呼吸ができていなかった。みぞおちのあたりに、ひどい衝撃をくらっていた。わたしは、砂浜に倒れて、エビのように体を丸めていた。

頭のすみで、思い出していた。過去にも、こんな目に遭ったことがある。それは、サッカーの試合だ。

ゴールを狙った相手のシュート。それが、至近距離でわたしのみぞおちに当たった。そのときも、ひどかった。わたしは、そのままロッカールームで二十分以上横になっていた。あれと似ている。

五秒過ぎ、十秒過ぎ、三十秒ほどが過ぎた。少しは呼吸ができるようになってきた。

わたしは、体を丸めたまま、かすかに眼を開いた。呼吸が、おさまりはじめた。

近くに、何かがいた。月明かりのシルエット。バイクのようなものにまたがった人間。ヘルメットをかぶっているように見えた。

「ちょっときつかったかな」という声。若い男の声だった。少しかすれている。「だが、お楽しみはこれからだ」

言うなり、シルエットが動いた。わたしの方に向かってくる。わたしは、なんとか起き上がりかけた。その腰に、後ろからショック。わたしは、前のめりに転倒した。顔が砂浜に突っ込んだ。

何秒か、体を動かせなかった。やっと、顔を上げた。うつ伏せのまま、顔を上げた。相手はもう、わたしの前に廻《まわ》り込んでいた。

そのとき、一瞬、雲が切れた。月明かりに、相手の姿が、かなり見えた。

またがっているのは、自転車だった。マウンテンバイクと呼ばれるタイプ。タイヤは太い。小回りがきく。ジャンプもできる。前輪だけ上げて走ることもできるはずだ。

それにまたがっている男。体はがっしりしている。迷彩柄のカーゴパンツ。黒いTシャツを身につけている。黒っぽいヘルメットをかぶっている。ゴーグルをかけている。顔は、ほとんどわからない。

「潰《つぶ》れたカエルみたいにはいつくばって、いいざまだな」

相手が言った。嘲笑《ちょうしょう》を含んだ声だった。わたしは、口の中に入った砂を、ツバと一緒に吐き出した。

「ほう、まだ元気じゃねえか」

言うなり、突っ込んできた。体を丸めようとしたけれど、間に合わなかった。うつ伏せになっている左のふくらはぎをタイヤで轢《ひ》かれた。

下が砂地なので、まだしも、下がアスファルトだったら骨折していたかもしれない。それでも、左のふくらはぎに鋭い痛みが走った。

わたしを轢いたバイクは、もう一回転して、こっちを向いている。おそろしく敏《びん》捷《しょう》に動けるようだ。

雲が月を隠した。相手は黒い影になっている。倒れているわたしを見おろし、かすかな嗤《わら》い……。へへへという声がきこえた。

わたしは、呼吸を整えながら、必死で頭をめぐらす。この状況から脱出する方法はあるだろうか。さりげなく、あたりを見回した。国道134号は、はるか遠い。車がときどき走り過ぎるだけだ。何か叫び声を上げても無駄だろう。

「なかなか、いい胸をしてるが、研究者に、そんな胸は必要ないな。少しへこましてやろうじゃないか」

　やつが言った。また、突っ込んでくる。わたしは、反射的に体を丸めた。突っ込んできたバイクは、宙に浮いた。わたしの上をすれすれで跳びこえた。跳びこえたバイクは、すぐに後輪を横滑りさせて一回転。こちらに向きなおった。また、やつの嗤う声……。やつの目的が、わかりかけた。わたしを殺そうとしているのではないようだ。いたぶりたいのだ……。

　わたしは、仰向けになる。かすかに上半身を起こした。そのとき、何かが右手に触れた。暗闇《くらやみ》の中で、それをさぐる。木の枝のようだった。砂浜に漂着した枝らしかった。長さは三十センチぐらいか。わたしは、それを右手で握った。

　わたしは、上半身をなかば起こす。じりじりと後ろに動こうとした。

「逃げようとしても、ダメだ。あきらめるんだな」

　やつが言った。ペダルに足をかけた。また、こっちに突っ込んでくるだろう。わたしは、上半身だけを起こして身がまえた。やつが突っ込んできた。

　わたしの上半身に向かってくる。はずみをつけ、バイクを宙に浮かせた。わたしの体すれすれを跳びこそうとした。

　そのバイクの後輪に、わたしは木の枝を突っ込んだ。バキッという音がした。着地したバイクは、一瞬、バランスを崩した。砂浜に転倒した。

わたしは、立ち上がり走ろうとした。立ち上がることはできた。が、轢かれた左のふくらはぎが、ずきっと痛んだ。二、三歩行ったところで、つんのめって転んだ。

見れば、やつはもう倒れたバイクを起こしていた。

「面白いじゃないか」と言った。その声は乾いて、怒りを含んでいた。

やつはバイクにまたがる。わたしの方に突っ込んでくる。わたしは、起き上がり走ろうとした。が、体が思うように動かない。

後ろから衝撃。腰のあたりをタイヤで突かれた。わたしは、前のめりに転んだ。

やつの嗤い。「ほら、もっとがんばれよ」という声。

わたしは、うつ伏せに倒れたままでいた。呼吸をととのえながら、頭をフル回転させていた。なんとかしなくては……。

気づくと、いまわたしが倒れているあたりの砂は濡れている。波打ちぎわに近いらしい。

海に逃げる。それは、ある。海に入ってしまえば、やつの武器であるバイクも役に立たないはずだ。わたしは、うつ伏せに倒れたまま、呼吸をととのえていた。月は雲に隠れたり出たりしている。

わたしは、体を起こした。最後の力をふり絞って、波打ちぎわの方に走った。正確に言えば走ろうとした。

が、やつはそれを予想していたようだ。バイクが鋭くターンして、わたしの前に廻り込んだ。スピードは落とさず、前輪を上げた。わたしの顔に、前輪が迫ってきた。

わたしは、両腕で顔をガードした。そこへ前輪が突っ込んできた。わたしの上半身は、後ろにのけぞる。仰向けに、勢いよく倒れた。ショックで、気が遠くなりかけた。もしかしたら、一瞬、意識を失ったかもしれない。

気がつくと、空を見上げて倒れていた。いま、月は雲に隠れている。視界に、黒い人影が入ってきた。立っている男の姿だった。わたしを見おろしているようだ。

「いいざまだな。これにこりたら、とっととハワイに帰れ」という声がした。やつは、倒れているわたしの右足を蹴《け》った。砂地にツバを吐いた。そして、また自転車にまたがった。

気づくと、静かになっていた。ただ、打ち寄せる波の音だけが、不規則にきこえていた。

わたしは、波打ちぎわに動きはじめた。のろのろと、海ガメのように、はいつくばって、海の方に向かう。やがて、波打ちぎわにたどり着いた。幸い今夜は波が穏やかだ。わたしは、さらにはいつくばっていく。全身が水につかるところまで進んだ。仰向けになる。波が、全身を洗う。砂まみれの体を、波が洗ってくれる。

わたしは、仰向けのまま、波に洗われていた。ときには、波で体が少し浮いた。雲が切れ、月が、くっきりと見えていた。ひんやりした海水が、気持ちよかった。

何分ぐらい、そうしていただろうか。かなり、気持ちが立ちなおってきた。

いまの出来事について考えるのは、これからだ。とりあえず、わたしは、少し深さのあるところにいく。頭のてっぺんまで水につかった。海面から顔を出し、ぷーと息を吐いた。

のろのろと、海から砂浜に上がっていく。やつがまだいるかもしれない。緊張して、あたりを見回した。あたりには、猫の子一匹いなかった。遠い国道134号。ときおり、ヘッドライトが動いていく。

わたしは、よろめきながらも、ゆっくりと歩きはじめた。

少女の頃から、サッカーをやってきた。体には、いろいろなダメージをうけてきた。ドリブル中に足をかけられ、ひどく転倒したことは数え切れない。ヘディングの衝突で、側頭部を七針縫ったこともある。体がぶつかり合い、ろっ骨を二本折ったこともある。体のありとあらゆる部分には、相手のキックをうけていた。そんな経験から、自分がうけたダメージがどの程度のものか、そこそこ判断できるようになっていた。

いまのところ、ひどい怪我はしていないようだ。骨折は、とりあえずしていない。主には打撲傷。体中に青アザができているはずだ。

わたしは、自分の体のダメージをさぐりながら、一歩ずつ進んでいく。ときどき足もとがふらついた。そのたびに砂浜に膝をつく。しゃがみ込む。また、力をふりしぼって歩きはじめる。

家に着くまで、どのぐらいの時間がかかったか、わからない。三十分は、かかっていると思う。店のシャッターは、とっくに閉じられている。あたりに人の姿はない。店わきにある駐車場。〈モリ水産〉と描かれたトラックが三台あり、となりに貴美のプジョーがあった。わたしは、貴美の部屋のインターフォンを押した。わたしたちの部屋には、それぞれ、インターフォンがついている。

「はい」貴美が出た。「ちょっと、下まできて」わたしは言った。その声が普通ではないことに気づいたのか、貴美はすぐにおりてきた。わたしの姿を見た。

「救急車？　警察？」と訊いた。

「どっちもいらない。とりあえず、部屋まで上がりたい」わたしは言った。貴美の肩を借りて、ゆっくりと階段を上がっていく。

なんとか、自分の部屋にたどり着いた。

まず、バスルームに入る。着ていたものを全部脱いだ。シャワーを全開にして浴びはじめた。南洋のスコールのようなシャワーを浴び続ける。体にへばりついていた海藻の切れっぱしがバスルームの床に流れ落ちた。

バス・ソープを使い、髪も全身も洗い流した。バスタオルを巻いてバスルームから出た。少しは気分が回復してきていた。

のろのろとした足どりで、キッチンにいく。大きめのグラスに、氷を半分ぐらい入れた。カウンターにあったダーク・ラムを注ぐ。冷蔵庫からトニック・ウォーターを出し、注ぐ。まず、ひとくち。口の中が、ピリッとした。口の中も、少しは切れているだろう。かまわず、消毒がわりに、もうひとくち。グラスを持ったまま、ソファーにもたれた。胃の中が、少し熱くなってきた。

「誰と喧嘩《けんか》したの？」冷蔵庫からＢＵＤを出しながら貴美が訊いた。

「自転車」

「ずいぶん乱暴な自転車ね」と貴美。わたしは、ラム・トニックをちびちびと飲みながら、話した。貴美は、BUDを飲みながらきいている。話し終わった。

「病院には？」

「明日、腰越外科にいって、レントゲンをとってもらう。ろっ骨にヒビでも入ってるとまずいから」

「警察には届けない？」

「届けない」わたしは言った。「強姦されたわけじゃないし、刺されたわけでもない。相手の人相はわからない。それで警察が何かしてくれる？」

「何もしてくれない」

「そう。何もしてくれない」

わたしは言った。思い起こしていた。これまで、貴美は何回かストーカー行為に遭っている。もちろん、警察に届けた。けれど、彼らはなんの手も打ってくれなかった。

「誰かが殺されるまで、警察は動かない」貴美が言った。わたしは、うなずいた。

「その自転車男」と貴美。「ストーカーの一種なのかなあ」と言った。

「ストーカーねえ……」わたしは、つぶやいた。わたしが、自宅、つまり〈モリ水産〉を出たところから尾《つ》けてきたのは間違いないのだろう。その辺は、ストーカー的かもしれない。

「確かに、殺そうとしたわけでもなかった」わたしは言った。あの状況なら、果物ナイフの一本もあれば、わたしを刺し殺すのは簡単だったはずだ。けれど、殺そうとはしなかった。では、やつの目的は……。

「テレビに映ってたお姉の姿を観て、いたぶってやりたいと思った変質者かも」貴美が言った。わたしは、かすかにうなずいた。そういう相手だったと考えられないこともない。

けれど、相手が最後に言った捨て台詞《ぜりふ》が気になった。〈とっととハワイに帰れ〉という言葉が、心のすみに引っかかっていた。言ってみれば、わたしにいなくなれと脅しをかけている……。

「魚類保護官であるお姉の存在が、邪魔だってこと？」と貴美。「簡単に言えば、そういうことね。あるいは、これから先、邪魔になりそうだから、いまのうちに排除しておきたいってことかもしれない」わたしは言った。変質者かもしれないが、わたしにこの件から手を引かせる目的の脅しという可能性はある。その場合、白ギスの大量死は、偶発的なものではなく、何か裏があると考えるべきだろう。

「裏があるのかな……」と貴美。「そう、白ギスの件は、自然死ではなく、誰かの策略だと疑ってみる必要があるかもしれない」と、わたし。

「でも、いったい誰が、なんのために」と貴美。

「まったく、わからない。考えてみようにも、わかっている事実が少な過ぎる。これからね」わたしは言った。新しいラム・トニックをつくりはじめた。心の中で、あの自転車男に向かってつぶやいていた。この借りは必ず返す……。

7　汽水域

〈腰越外科〉は、わたしが物心ついた頃には、かかりつけだった。いまの院長が、三代目だという。一般的な外科としての診察以外に、整形外科や整体の分野も広くカバーしている。

漁港には、こういう医院が不可欠なのだ。というのも、漁師は体をいためる仕事だ。腰と膝《ひざ》を特にいためやすい。揺れる船の上で、無理な姿勢をとる。そんな仕事を長年やっていれば、当然のように、腰や膝をいためる。

いまも、一人の漁師が膝の治療をうけていた。見れば、剛造《ごうぞう》さんだった。腰越の漁師でも、最古参だろう。もう八十歳をこえているはずだ。醤油《しょうゆ》で煮込んだように灼《や》けた顔の色。それは漁をしてきた長い年月を物語っていた。

剛造さんの治療は終わったらしい。起き上がる。わたしの姿を見ると、

「おお、浩美。帰ってきてたんか」

と言った。その眼は、黄色く濁《にご》っていた。これも、漁師に独特の職業病だ。

「どう、元気？」と訊《き》くと、「元気なわけないさ。もう、ポンコツだよ」という答えが返ってきた。

子供だったわたしが、初めて釣りをしたのは剛造さんの船だったと思う。剛造さんは、わたしのことを孫のような感じで可愛がってくれた。わたしがサッカーをはじめても、剛造さんの船にはよく乗った。魚を釣ったり、刺し網をかけたりした。それは、中学生になっても続いた。

剛造さんには息子が二人いた。けれど二人とも漁師は継《つ》がなかった。高校を出ると東京に出ていった。口には出さなかったけれど、剛造さんは寂しかったのだと思う。だから、わたしを可愛がってくれたのだろう。

高校生になり、わたしは、よりサッカーに熱中するようになった。剛造さんの船に乗ることは少なくなってきた。けれど、港で剛造さんと顔を合わせれば、祖父と孫娘に戻る。

「漁は、どう？」

「まいったよ。漁協のみんなも頭かかえてるし、釣り船の連中は白ギス釣りの営業ができなくてかなり困ってるさ」と剛造さん。「まあ、港にきたら船に寄りなよ」と言った。院長に礼を言い、治療代を払い出ていった。

「何をしたんだ」

と院長。わたしを見て言った。わたしは、打撲傷ができるだけ目立たないよう、ジーンズをはいていた。けれど、左頬と右腕のアザは隠しようがない。

「家の階段を転げ落ちたの。骨のヒビが心配だから、レントゲンをとってくれる」わたしは言った。院長は、四、五秒、わたしを見ていた。やがて、うなずいた。わたしの言ったことが嘘だとは、わかっているはずだ。けれど、わたしが本当のことを言わないことも、長いつき合いでわかっている。「レントゲンの用意を」と看護師に言った。

全身のレントゲンをとった。が、どこの骨にもヒビは入っていなかった。わたしは、診察代を払った。礼を言い帰ろうとすると、

「浩一には会ったか？」と院長が訊いた。わたしは首を横に振った。そういえば、今回帰国して、まだ浩一とは会っていない。

「あいつ、とうとう、サッカーをあきらめたらしい」院長が言った。少年の頃からサッカーをやっていた浩一も、この外科にさんざん世話になっている。「へえ……」わたしは、つぶやいた。意外でもあり、〈やっぱり〉という思いもあった。わたしは、つとめて平静な表情。大量の湿布をもらい、医院をあとにした。

三十分後。自分の部屋。わたしは、全身のあちこちに湿布を貼っていた。湿布から感じられる、ひんやりとした香り……。それは、浩一とつき合っていたあの頃を思い起こさせた。

わたしがサッカーをはじめたのは、小学校五年生の頃だった。ちょうど、日本でJリーグがスタートした頃だったと思う。カズこと三浦知良《みうらかずよし》などが派手に活躍しはじめた頃だ。年月を計算してみると、もう二十年も前のことになる。

その頃、男の子たちの一部が、サッカーごっこをやりはじめた。小学校の校庭。高学年の男の子たちがボールを蹴《け》りはじめた。同級生のわたしも、男の子たちにまざってボールを追いかけはじめた。すぐに、その面白さに気づいた。

やがて小学校を卒業。中学に進んだ。が、中学にサッカー部はない。そのかわり、女子のクラブチームがあった。鎌倉の中・高生で構成されているチームがあった。わたしは、迷わず、そこに入った。

横須賀には、〈横須賀シーガルズ〉という有名なチームがある。後あと、いわゆる〈なでしこジャパン〉の主力選手を輩出した強豪チームだ。その横須賀シーガルズをとりあえずの目標にして、わたしたちは一生懸命に練習をしていた。

それは、中学一年の初夏だった。放課後。ふと校庭を見ると、一人の男子がいた。ジャージを着て、サッカーボールをリフティングしていた。中学生にしては、上手だった。わたしは立ち止まり彼を見ていた。彼も、わたしに気づいた。わたしは、四、五歩、彼に近づいていった。

「サッカー、やってるんだ……」と言った。彼は無言でうなずいた。坊主刈りにしていて、陽灼けしていた。それが、浩一だった。

話しているうちに、家がわりに近いこともわかった。彼のお父さんは、〈翔洋丸〉という釣り船をやっている。わたしの家は、魚を扱う仲買い。

「モリ水産か……」と浩一が言った。知り合って間もない頃だ。「きいたことがあるよ。モリ水産にゃ、どうしようもないジャジャ馬娘がいるって」そう言った浩一のお尻《しり》を、わたしは軽く蹴った。「いてえな……」。噂通りじゃないか」浩一が言った。

そんな出会いだったけれど、わたしたちには、サッカーという共通のものがあった。

浩一は、茅ヶ崎《ちがさき》にあるクラブチームに入っていた。週に二、三回は練習をしているらしかった。

クラブチームでの練習がない放課後。わたしはよく浩一とボールを蹴った。お互い「へたくそ!」などと言い合いながら、それでも仲良くパスやドリブルの練習をしたものだった。

わたしと浩一は、同じ県立高校に進んだ。その高校に、男子のサッカー部はあった。けれど、浩一は入部しなかった。サッカー部のレベルが低いという。

「じゃ、浩一はどんなレベルをめざしてるわけ」訊くと「Jリーグ」という答えが返ってきた。浩一は、Jリーガーになるのが目標だという。あと一、二年したら、横浜にあるチームの入団テストをうけるつもりらしかった。

高校一年のその頃、浩一の身長は百七十センチをこえていた。釣り船の仕事を手伝っているせいか、足腰がしっかりしていて、骨太な感じがした。すでに坊主刈りではなく、笑うと白い歯がまぶしかった。

今も思い出す。たとえば秋の終わりの砂浜。薄陽が射し、ひんやりとした風が吹いている。その風にトビやカモメたちが漂っていた。そんな砂浜で、わたしたちはボールを蹴っていた。いつまでも、あきることなく。

この高校生の頃、わたしのサッカー・キャリアの中で最も怪我をしたと思う。若く、怖いもの知らずだったことがある。自身の体を守る技術が未熟だったこともある。とにかく、しょっちゅう怪我をして、腰越外科に通っていた。

たとえば砂浜での練習を終えてハンバーガー屋にいく。そんなとき、浩一はわたしに向かい「お前、湿布くさいなあ」とよく言ったものだ。

実際、わたしは、しょっちゅう湿布を体に貼っていた。言われるまでもなく、近寄れば湿布の匂いがする。けれど、それを、あえて言う浩一の気持ちも、なんとなくわかっていた。

高校生。いやおうなく異性を意識する年頃だ。わたしと浩一にしても、例外ではない。

わたしたちは、言ってみればサッカー仲間だ。同じスポーツをやる者同士の仲間意識がベースにある。ただし、男と女であることも間違いない。

わたしと浩一は、きわどいところにいたと思う。仲間意識のようなもの。そして、男と女としての好意。そのふたつが、まじり合っていたようだ。

河が海に流れ込むあたり、海水と淡水がまざり合う、そのところを〈汽水域《きすいいき》〉と呼ぶ。海水ともいえず、淡水ともいえない……。そんな汽水域には、ときには海水の魚と淡水魚が一緒に泳いでいたりする。わたしと浩一も、それに似ていた。仲間意識と、男と女としての感情がまざり合っている、そんな微妙な関係だったと思う。

浩一が、あえて、わたしに〈お前、湿布くさいな〉などと言うのは、意識的にやっていたのだろう。わたしを、女としてはみていないぞ。そう、わたしに示すため。同時に、自分にもそう言いきかせるためだった。そのことは、わたしにもわかった。

わたしも、浩一の前では、自分の中の女の部分を消していた。砂浜で転べば「いて！」と言い、前日の試合で相手のキックをお尻にうけたら、「ケツが腫《は》れてるよ」などと口にしていた。

わたしはサッカー少女ではあったけれど、それでプロになろうとは思っていなかった。

わたしは、将来、海に関係する仕事につきたいと思いはじめていた。難しい理由はない。自分が海育ちだからだ。わたしは、体も、そして心も、海に育てられたと思っていた。そんな海に、一生かかわっていきたいと考えていた。

いろいろ調べた結果、品川にある海洋大学に進むことにした。正式には〈東京海洋大学〉という。海に関するすべてのことを教え、研究している大学だった。わたしは、そこに進学する準備をはじめた。

高校三年のとき、浩一は、横浜にあるプロ・チームの入団テストをうけた。そして落ちた。かなり落ち込んでいる浩一に、わたしはラーメンをおごってあげた。「また来年があるよ」と言って彼の肩を叩いた。


高校を卒業した。わたしは、希望通り海洋大学に通いはじめた。同時に、横浜にある女子サッカー・チームに入った。メンバーは大学生と社会人。練習は主に土曜と日曜にやる。浩一は、釣り船〈翔洋丸〉の仕事をはじめた。たまたま、お父さんがひどい腰痛に悩まされはじめていた。浩一は、週の半分以上、釣り船の舵《かじ》を握り、海に出るようになった。もちろん、茅ヶ崎のチームでサッカーは続けたまま……。

高校を卒業したので、浩一と顔を合わせることが少なくなった。わたしは、淋しさを感じはじめていた。

あれは、大学一年の六月だった。わたしは、浩一のプレイを観にいった。試合会場は、茅ヶ崎市のはずれにあるグラウンドだった。相手は、厚木のチームだという。スタンドもないグラウンドだった。

試合は、すでにはじまっていた。わたしは、顔見知りの監督にあいさつする。監督のすぐとなりで試合を観はじめた。浩一とは、多くの時間、一緒に練習をした。けれど、彼が本気で試合をやっている姿を見るのは、これが初めてだった。得点はまだ〇対〇だった。接戦になっているのが、すぐにわかった。

それは、わたしが試合を観はじめて七、八分したときだった。ボールが相手にわたった。十番をつけた相手のフォワードが、す早いドリブルで走りはじめた。スピードにのってドリブルをはじめた。

相手チームのベンチ。ひかえの選手たちが立ち上がった。相手のチャンスだった。ディフェンダーの浩一が、相手を止めようとした。肩と肩をぶつける。せり合う。両方のベンチから歓声が上がる。

突っ込んでくる相手に、浩一は肩をぶつけた。かなりきつく当たった。けれど、相手はそれ以上だった。逆に、当たり返す。ドリブルでゴールに向かう。浩一をあっさり抜き去った相手は、シュートを打った。シュートは、ゴール右上に。跳んだキーパーの指先をかすめ、ネットに飛び込んだ。鮮やかなゴール！　相手チームの得点だ。グラウンドに歓声が響いた。

浩一のチームの監督は、舌打ちをした。グラウンドの歓声がやむと、ぽつりと言った。「あれが、浩一の弱点なんだ」と、つぶやくように言った。

「相手とのせり合いに弱い?」わたしは訊いた。「相手に体をぶつける気の強さはある。けど、あるところまで競《せ》ると、頑張りきれなくなる。いまみたいに相手に競り負けて、シュートを打たれてしまう。それが、よくあるんだ」

「性格的なもの?」訊くと、監督はうなずいた。「そうかもしれない。勝ち気なところと、脆《もろ》いところが同居してるんじゃないかな。サッカー選手としては、あまりいいことじゃないんだけどなあ」と言った。

8　彼らは何もしゃべらない

そんな、浩一との日々を思い返していると、部屋の電話が鳴った。二階にある事務所からの内線だった。

「テレビ神奈川の人から電話ですけど」と事務の女性が言った。わたしは、居留守を使おうとした。けれど、少し考えた。もしかして、何か新しい事実がわかったのかもしれない。わたしは、〈電話廻《まわ》して〉と言った。ピッと音がして、電話が切りかわった。壁の時計を見る。午後五時四十分だった。

「テレビ神奈川の疋田です」と彼。「どうも」と、わたし。

「調査の方は、どうですか?」と彼。「まだ、ほとんど進展はなし。魚の死因については、手がかりの糸口もつかめてないわ」

「そうですか。藤沢市の連中は大変みたいですね。死んだ魚を焼却するのに、市の焼却場を毎日稼動させてます」

「へえ……。死ぬ魚の数が増え続けてる？」

「そうだと思うんですけど、いくら取材にいっても、その辺のことは教えないですね。市としてもつかみ切れていない、の一点張りで……。市の職員全員に口止めをしてるようです」と疋田。わたしは、受話器を耳に当ててうなずいた。

「役人は、そんなものじゃない。口止めしなくても、彼らは何もしゃべらない。一種の特殊技能ね」わたしは言った。電話の向こうで疋田が軽く笑った。「その通りですね」

「それにしても、ずいぶん熱心にこの件を追いかけてるのね」わたしは言った。ひと呼吸おいて、彼は口を開いた。

「いま起きていることに対して、何か、いやな予感がするんです」

「いやな予感……」

「ええ。いま起きてることが、何かの予兆でなければいいなと思っています。私は逗子の生まれなんですが、この三十年以上、こんな事件に出会ったことがない。理由がわからず、魚が死んでいくなんてことはなかった。これが、もっと深刻な事態の前ぶれでなければいいのだが、と考えています。一種、不気味な感じもうけてます。報道の仕事を長くやってきた自分の中の勘《かん》でしかないのですがね」

「わたしも、同じように不吉な予感はしている。とりあえず、いろいろと調べるしかない。いまはそれしか言えないんだけど」わたしは言った。正直なところだった。同時に考えていた。地元テレビ局の人間だけあって、疋田はいい情報源になりそうだった。そこで疋田と、お互いの携帯電話の番号と携帯メールのアドレスを交換した。もし、何か面倒くさいことになったら、着信拒否にしてしまえばすむのだから。

「では、何か動きがあったらすぐ連絡しますよ」と疋田。「よろしく」と、わたし。電話を切った。


窓から入る夕陽も、だいぶ弱くなってきていた。わたしは、新しいカンパリ・ソーダをつくった。買い置きしてあったピスタチオの実をぽりぽりと食べながらグラスに口をつける。口の中の傷は、あまりしみなくなってきていた。わたしは、N《ノラ》・ジョーンズのCDをミニ・コンポに入れた。低いボリュームで流しながら、気持ちを休める。同時に、浩一との日々を、また思い返していた。
四、五分すると、ドアにノック。「生きてる？」と貴美の声。
「勝手に入って」言うと、ドアが開いて貴美が入ってきた。

「体の具合は？」

「だいぶ、ましになった。明日になったら歩き回れるかもしれない」わたしは言った。

貴美は、うなずく。わたしが口に入れているピスタチオを見る。

「しけたもの食べてるね」と言った。「たぶん、そんなことだろうと思って、差し入れ持ってきた」

貴美は言った。見れば、紙袋を二つ持っている。しゃれたロゴの入った紙袋だった。ロゴはフランス語らしかった。それを、キッチン・カウンターに置いた。「サーモンのパテと、三時間煮込んだポトフ」

「制作者は、シェフをやってる彼氏？」訊《き》くと、うなずいた。

「男のあつかいが上手《うま》い妹を持つと、いいことがある、か……」

「男のあつかい？　いつかは〈男たらし〉って言ったくせに」白い歯を見せて笑いながら、貴美が言った。「パテとポトフに敬意をあらわしたのよ。とりあえず、冷蔵庫にイタリー産の白があると思う」わたしも笑いながら言った。

その五分後。わたしと貴美は、彼氏の制作によるかなり大きなサーモン・パテを口に入れながら、ゆっくりと冷えた白ワインを飲んでいた。ミニ・コンポから低く流れているN《ノラ》・ジョーンズを聴きながら、貴美が言った。

「お姉が、この手の曲を流してるときは、何かを思い出している」と言った。わたしはうなずき、パテを一切れ口に入れた。

「浩一?」

「まあね……」


わたしが初めて浩一と寝たのは、大学一年の冬だった。

ある日、浩一から電話がきた。ヨーロッパ・サッカーの試合を録画したビデオがあるから観ないかという連絡だった。わたしは、彼の家に行った。浩一の家は、腰越漁港から歩いて六、七分のところにある。ごく普通の二階家だった。

浩一のお母さんは、浩一が中学生のときに病死している。四歳年上のお姉さんは、いま大阪で看護師をやっている。お父さんは、腰の手術をし、そのリハビリテーションのため、湯河原《ゆがわら》にあるリハビリセンターに入院している。

そんなわけで、浩一はこの家で一人暮らしをしている。家の中は、ガランとして少し寒々しい。リビング。テレビをつけ、浩一とわたしは、真剣にビデオを観はじめた。


その冬、わたしはしょっちゅう浩一の家に行った。

冬なので、よく買ったのは、コンビニのおでんだった。コンビニのおでんには、目新しいものがあった。そんな中でも、わたしたちがよく食べたのが、ロールキャベツだった。わたしたちは、湯気の立つロールキャベツを食べ、浩一のチーム仲間がまとめ買いした海外サッカーのビデオを観た。画面の選手を見ている浩一の眼は輝いていた。外で吹いている風は冷たかったけれど、わたしたちの心は熱かった。

ファースト・キスは、クリスマス・イヴだった。たまには贅沢《ぜいたく》をということで、〈鎌倉山〉のローストビーフを買った。千五百円の赤ワインも飲んだ。外では、この冬初めての雪が降りはじめていた。静かに降っている細かい雪を眺め、わたしたちは、どちらともなくキスをした。

彼とひとつになったのも、雪の日だった。二月の中旬。関東地方に前夜から相当な雪が積もった。浩一の釣り船も、営業はなし。わたしの方も、電車がストップしてしまって大学は休講。グラウンドにも雪が積もってしまって、サッカーの練習もできない。

わたしは、午後になってビーフシチューをつくった。あまり高い肉は買えないので、そこそこの牛肉を買い、そのかわり時間をかけて煮込んだ。

わたしたちは、降りしきる雪を眺めながら、ビーフシチューを食べた。そして、ごく自然に彼のベッドに入った。翌朝、雪はやんでいた。わたしたちは、ベッドの中から木の枝に積もっている雪を見ていた。お互いに何もしゃべらなかった。言葉のいらない瞬間……。彼の胸に頰をくっつけ、わたしは幸せだった。

それからは、一週間に一度ぐらい、わたしは彼の部屋に泊まった。わたしたちの関係は、ピークに向かっていた。ただ一度かもしれないピークに向かって……。そんな日々を思い返しながら、わたしは、貴美の彼氏がつくってくれたポトフを口にしていた。

「あの頃だよね。お姉が、わたしに化粧品のことを訊いてきたのは」と貴美が言った。わたしは苦笑いして、うなずいた。

海では泳いだり、潜ったり。陸では、サッカーボールを蹴ったり。そんなわたしは、まともにメイクをしたことなどなかった。リップクリーム以外の化粧品は使ったことがなかった。そこで、経験豊富な貴美に、基本的なことから訊いた覚えがある。

「あんた、ニヤニヤしながら教えてくれたっけね」と、わたし。

「そうだった。色気づきやがってと思ってさ」笑いながら、貴美が言った。

9　ナイフの番号は、Ａ３７７

「とにかく、あの頃のお姉、完全に〈恋する乙女《おとめ》〉だったね」冷やかす口調で、貴美が言った。

「悪いか」

「悪くないけどさ。逆に、その単細胞さがうらやましいぐらいだった」と貴美。わたしたちは、温めなおしたポトフを、ゆっくりと食べていた。「おいしい」とわたし。

「この、シェフをやってる彼氏、当分、手ばなさないで」

「まあ、そのつもりではいるんだけどね」

貴美が言ったとき、カウンターの電話が鳴った。二階にある事務所からだった。とる。

「あ、繁です」という声。従業員の繁さんだった。「どうしたの？」

「いや、いまさっき店を閉めて帰ろうとしたんです。そしたら、すぐ近くにあるあの自動販売機のすぐわきに、男が立ってるんですよ。缶コーヒーか何か飲みながらですけど」

「自販機のわき……。どんなやつだった？」

「若い男です。痩《や》せ型で長髪でした。ジーンズと、地味な色のTシャツを着てました。どうします？　以前のこともあるし……」

繁さんは言った。以前のこととは、貴美のことだ。貴美が家を出たとたん、その自販機のわきに身をひそめていた男に、抱きつかれたのだ。貴美は、男の顔を引っかいて逃げた。家の中に逃げ戻った。無事だった。

もちろん、警察には届けた。相手について、わかるだけのことは警察に言ったという。けれど、返ってきたのは「くれぐれも用心してください」という言葉だけだったらしい。貴美は、「わかったわよ、税金泥棒」と言い捨てて帰ってきたという。

「どうします？　少し絞《し》め上げてみますか？」繁さんは言った。

繁さんは、もともと筋者だった。二十代の頃、〈相模原の繁〉といえば、かなり有名な暴れ者だったらしい。うちの父が、そんな繁さんに目をつけた。漁師を相手にする魚の仲買い業には、いわゆるこわもての人間も必要だからだ。傷害事件で服役していた繁さんが出所すると、父はよび寄せた。堅気《かたぎ》になることを条件に、モリ水産で雇った。繁さんが父のどこに惹《ひ》かれてうちに入ったかは、いまだにきいていない。わたしが子供だった頃は、やたら鋭い眼をした人だと思った覚えがある。が、もう五十歳をこえたいま、繁さんはモリ水産をささえる人間になっている。そんな年月を経《へ》て、眼つきも穏《おだ》やかになった。

わたしは、少し考えた。「そいつは、放っておいていいわ。今夜、出かけることはないから」と繁さんに言った。

「わかりました。お気をつけて」と繁さん。わたしは電話を切った。歩いていき、ベランダに出るガラス扉を静かに開けた。サンダルを履いてベランダの端まで行った。そこからは、うちの前の道路が見おろせる。もう、あたりは暗い。外灯があり、道路に面して二台の自動販売機が並んでいる。

その自販機のわき、隠れるように立っている人影が、かすかに見えた。ここからの角度だと、人影のごく一部しか見えない。男か女かも判断できない。貴美も、わたしのとなりにやってきた。道路を見おろした。相手が動く様子はまったくない。わたしたちは、数分その人影を見ていた。やがて部屋に戻った。

「確かに、何か用がありそうね」と、わたし。

「自転車男の再登場？」と貴美。

「違うわね。繁さんは、痩せ型で長髪だって言ってた。自転車男は、かなりごつい体格だった」

「どっちにしても、いまのタイミングで用があるとしたらお姉にだよ。どうする。出て行って、Tシャツにサインしてあげれば？」

「とりあえず、放っておいて様子を見よう」わたしは言った。どっちみち、警察に連絡する気はない。こちらが外に出ていかなければ、相手はどうしようもない。そうしているうちに、相手が何かを起こすかもしれない。待つしかないだろう。

わたしは、またテーブルにつく。ポトフをスプーンですくいはじめた。


その翌日。ストーカーのような男は、またやってきた。

午後八時過ぎ。わたしは、ベランダに出る。下の道路を見た。自動販売機のわきに、人影の一部が見えた。きのうと同じだった。

わたしは、自分の部屋を出た。階段をおりていく。一階の荷さばき場では、仕事が終わったらしい。静かだった。二階のドアを開け、事務所に入った。誰もいない。明かりが消えている。母は、まだ西伊豆《にしいず》の方へ出張しているらしい。

わたしは、事務所の窓ぎわに行った。窓にかかっているブラインドのすき間から、道路を見おろした。この窓からだと、相手の姿が、かなりよく見えた。二台並んでいる自販機。その左側に身を寄せるようにして立っている。

若い男だった。繁さんが言っていたように、ひょろりとした瘦せ型。髪はやや長髪。地味なグレーのTシャツを着てジーンズをはいている。人相の細かいところまでは、わからない。

わたしは、少しねばってみることにした。事務所の椅子を一つ、窓ぎわに持ってくる。それに腰かける。ブラインドのすき間から、相手の行動をじっと見る。

前の道路は、片側一車線で、どちらかといえば狭い。いま、右側から車のライトが近づいてきた。自販機にも、車のライトが当たる。すると、男は、自販機の陰に体を隠すように動いた。

その一分後。二人連れの通行人が歩道を歩いてきた。男は、体の向きを変えた。通行人に顔を見られないようにした。

さらに五、六分後。また、車のライトが近づいてきた。すると、男はまた自販機の陰に隠れた。男の行動パターンは読めた。どうやら、自分の顔を人に見られるのを特に警戒している。

わたしは、まだしばらく、ねばることにした。

やがて、動きがあった。自販機のある逆側の路肩に、一台の車が駐《と》まった。ハザード・ランプをつけて駐まった。男性らしい人影が、運転席からおりてきた。

そのとたん、自販機のわきにいた男は、その場から歩き去った。わたしの視界から消えた。車からおりた男は、道路を渡って自販機に歩いていく。小銭を入れ、ボタンを押した。音がして、何かのドリンクが出てきた。

男は、そのドリンクをとると、また通りを渡って自分の車に乗り込んだ。車は、ゆっくり発進し走り去った。ただ、通りがかりに飲み物を買ったらしい。

車が走り去って二、三分後。また、Tシャツ姿の男が視界に入ってきた。再び自販機のわきに隠れるように立った。じっと動かない。やはり、自分の姿を他人に見られるのをひどく警戒している。確かにストーカー的ではある。

翌日もこの男が現れたら、わたしは決着をつける決心をした。

翌日。体は、かなり回復していた。自転車野郎に痛めつけられたダメージも、ほとんど消えていた。行動するのに不自由はない。

わたしは、ハワイから持ち帰ったスーツケースを開けた。中から、一本のナイフをとり出した。

　あれは、三年ほど前のことになる。ハワイで、密漁事件が多発しはじめた。中国系、韓国系、フィリピン系などの人間が多かった。警告しただけで、おとなしく立ち去る者もいた。けれど、中には悪質な連中もいた。

　ある日。オアフ島東海岸のラニカイ沖で、海ガメを密漁しようとしている連中を、うちの研究員たちが発見した。ボートを使い、保護生物の海ガメを密漁していたのは、フィリピン系の人間らしかった。

〈Sea Patrol《シー・パトロール》〉のTシャツを着た研究員たちが、調査船で相手のボートに近づいていった。ボートとボートが十メートルぐらいに近づいたとき、相手が発砲してきた。小口径の拳銃らしいもので撃ってきた。

　弾丸は、マットという研究員の左腕をかすめた。二発目は、調査船の船体に穴をあけた。うちの研究員たちは、すぐに調査船をUターンさせ現場をはなれた。幸い、被弾したマットの怪我は軽かった。けれど、弾丸のコースが少しずれていたら、大事になっていただろう。

　研究所では、緊急のミーティングが開かれた。

　その結果、自分たちの身を守るための対策をとることになった。これからも、危険な密漁者たちを相手にすることは多くなりそうだった。その場合、自分たちの身は自分たちで守る必要がある。

所長が、ハワイ州政府に相談した。そして、海兵隊の教官にきてもらうことになった。海兵隊の新人に教育をする教官が、一週間、うちにきてくれることになった。

教官は、ロジャーという。五十歳ぐらい。髪は短く刈り、体はがっしりしている。いかにもタフそうな人だった。約三十年間、海兵隊にいるという。中東での実戦も経験しているらしかった。

教官のロジャーは、わかりやすくレクチャーをしてくれた。

まずは、救急対応。弾丸をうけたり、刃物で傷をうけた場合、どうするか。止血の方法、病院に着くまでの応急処置などなど……。どのような救急医療品、つまり、ファースト・エイド・キットを船に積んでおくべきか。

そして、やむなく相手と、至近距離で向かい合ってしまった場合、どうするか。

そこで、教官のロジャーは、一本のナイフをとり出した。折りたたみ式の小型ナイフ。〈クルー・ナイフA377〉というナイフだ。〈クルー〉とは〈船の乗組員〉のこと。つまり、このナイフは、海で使うためのものだ。当然、めったに錆《さ》びないステンレス製。刃長《はちょう》（日本でよく言う刃渡り）は、約六センチと短め。グリップ部分は、九・五センチある。

「このナイフには、いろいろと長所があります」とロジャー。まず、顔の産毛《うぶげ》も剃《そ》れるほどの切れ味。切《き》っ先の鋭さ。たたんである刃を起こして、ロックする、その確実さ。

「これを護身用に一本持っていることをすすめます」ロジャーは言った。わたしは、自分のポケットから、同じものをとり出してロジャーに見せた。それを見て、ロジャーも笑顔になった。そして、わたしに訊いた。

「君が、そのA377を使っている理由は？」

「いくつかあるわ。まず、グリップが長めでしっかり握れるわりに刃長が短いから、力を入れやすい。小型だから持ち歩きやすい」

「その通り。正解です。これは、みなさんには関係ない、戦場での話ですが、もし敵をナイフで倒さなければならないとき、必要なのは、どれだけナイフの刃に力を込められるかということです」

　とロジャー。みな、真剣にきいている。以前、密漁者にハンマーで殴りかかられた研究員もいる。けして他人《ひと》ごとではない。

「いつも敵がTシャツ一枚でいるとは限りません。ウインドブレーカーを着ている、あるいはレザーの服を身につけていたりした場合、ナイフを貫通させるのは、思っている以上に難しいものです。しかも、そんな接近戦では失敗が許されない」とロジャー。

「そんなとき、必要なのは、ナイフの刃先にどれだけ力を込められて、貫通させられるかです。そのためには、ナイフの刃長が長い必要はない。逆に、このA377のように刃長が短く、切れ味の鋭いものが有効です。いくら短いといっても、六センチの刃を体に刺されたら、たいていの敵は戦闘能力を失います。もしとどめをさす必要がある場合でも、このナイフなら、敵の首をかき切るのに最適です。……いや、物騒な話をして、申しわけなかったですが」

ロジャーは、苦笑いしながら言った。きいている誰も笑わなかった。

わたしは、そんなことを思い出しながら、〈クルー・ナイフA377〉を手にしていた。

そして、夜の八時過ぎ。ベランダから見ると、いた。自販機のわき。身を隠すようにしている人影が見えた。グレーのTシャツを着た肩のあたりが見えた。わたしは、クルー・ナイフを、ジーンズのヒップ・ポケットに入れた。

10　致死量にいたらず

「気が進まないなあ……」貴美が言った。

「そういう問題じゃない。クレージュの件、忘れるべからず」わたしは言った。今回帰国するとき、貴美に頼まれていたクレージュのバッグを買ってきてやった。貸しは大きい。

「わかったわよ」と貴美。

わたしの部屋で、準備を終えたところだった。

わたしも貴美も、細身のジーンズをはいていた。二人とも、栗色の髪は、後ろでひとつにまとめた。わたしと貴美の身長は、一センチしか違わない。顔の大きさも同じぐらい。遠目からだと、かなり似て見えるはずだ。

わたしは、すごく派手なTシャツを着ていた。鮮やかな黄色。その胸に、B《ボブ》・マーリーの顔が黒でプリントされている。ハワイのフリー・マーケットで三ドルで買ったものだ。日頃はパジャマがわりにしている。一見すると、ひたすら黄色が目立つTシャツだ。

貴美は、渋いグリーンのTシャツを着ている。

わたしは、ニューヨーク・ヤンキースの野球帽《キャップ》をかぶった。

「いくよ」と言った。貴美と部屋を出た。一階におりていく。建物の玄関を開ける。出たところは道路。斜め向かいには、例の自販機がある。そこに隠れるような人影……。

わたしは、一人で歩きはじめた。視界のすみ。男が自販機の陰から歩き出したのがわかった。わたしは、知らん顔。歩道を歩きはじめた。近くにあるコンビニに向かった。

いま歩いている道路は、街灯がついているかなり明るい道だ。途中には、レストランが二、三軒ある。ときどき通行人とすれちがう。もし相手がストーカーだったとしても、この道で何かをしてくるとは考えづらい。

わたしは、そのまま三、四分歩き、コンビニに入った。道路沿いのコンビニ。そこそこ広い駐車場には、車が三台ほど駐《と》まっている。その一台は、二トントラックだった。

わたしは、コンビニに入ると、雑誌の並んでいるところに行った。そこはガラスばりで外が見える。わたしは、雑誌をめくるふりをしながら、外の駐車場を見た。駐まっている二トントラックの陰に立っている男。その一部が見えた。そこに隠れて、わたしが出てくるのを待っているらしい。

わたしは、雑誌を棚に戻す。奥のサンドイッチ売り場に行った。一分ほどすると、打ち合わせ通り、貴美がやってきた。

わたしたちは無言。奥にあるトイレに入った。トイレのドアを閉めた。わたしは、かぶっていたキャップをとる。Tシャツをす早く脱いだ。貴美も、着ていた地味なTシャツを脱ぐ。わたしたちは、Tシャツを交換して着た。貴美は、わたしが着ていた派手なTシャツを着た。その頭に、わたしがかぶっていたキャップをかぶせた。

「じゃ、打ち合わせ通り」と言った。貴美がうなずく。わたしたちは、トイレを出た。

貴美が、コンビニから出ていった。貴美が三十メートルほど歩くと、トラックの陰から男が歩き出した。派手なTシャツを着てキャップをかぶっている貴美を、わたしと思い込んでいる。わたしも、コンビニを出た。

歩いている貴美の、二十メートルぐらい後ろを男が歩いている。その男の二十メートルぐらい後ろを、わたしが尾《つ》けていく。

五十メートルほどいくと、わき道がある。片側一車線の道路から、わきに入っていく道だ。車が一台、やっと通れるぐらい細い。あたりは、静かな住宅地。街灯がまばらで暗い。人通りもほとんどない。この裏道を抜けていっても、うちに戻ることはできる。

貴美は、スピードを変えず、裏道を歩いていく。百メートルぐらい行ったときだった。男が足を早めた。貴美の背中に、早足で近づいていく。わたしも、小走り。

男が、貴美の六、七メートル後ろまで近づいたとき、わたしはもう男のすぐ後ろに追いついていた。

男が、前へ踏み出そうとした右足。それを、わたしは、自分の右足で引っかけた。サッカーならファウルになるプレイだろう。踏み出そうとした右足を後ろから引っかけられて、男は体のバランスを崩した。前につんのめって転んだ。

地面に倒れた男。その側頭部を、わたしはスニーカーの甲で蹴《け》った。少し力を加減して蹴った。薄暗がりの中で、小さなうめき声。男は、仰向けに転がった。

わたしは、ふり向いた貴美に手で合図をした。〈家に戻って〉と合図をした。貴美はうなずき走り去っていった。

わたしはもう、ヒップ・ポケットからクルー・ナイフをつかみ出していた。刃を起こす。パシッと小さな音。ナイフの刃はロックされた。

仰向けに倒れている男は、倒れたまま、かすかに頭を振っている。軽い脳震盪《のうしんとう》を起こしているかもしれない。わたしは、男の胸を左膝で押さえた。その首筋に、ナイフの刃先をつきつけた。

「動くと、ノドを切り裂くわよ」言いながら、刃先で軽く突ついた。

男は、口を開こうとしている。が声にはならない。わたしは、やつの胸を押さえつけている膝から少し力を抜いた。やつは、ぜいぜいと息をした。

「動かないで。わかった」言うと、かすれた声で、「わかった」という返事。

「わたしが鈷浩美だとわかって、こんなことをしてるのね」と確認。

「あ、ああ……」と、かすれた声。そして、「あなたに、伝えたいことがあって……」と言った。

「伝えたいこと？」

「ああ……例の白ギスのことで……」やつは言った。「どうしても、あなたに直接伝えたいことがあって……」

「じゃ訊《き》くけど、まず、あんたは何者？」

「け、研究員。水産技術センターの」

「神奈川県の水産技術センターってこと？」訊くと、やつは、かすかにうなずいた。

「とても信じられないわね」わたしは、つぶやいた。同時に、こいつがそんな嘘をつく意味があるのかどうかも、考えていた。

わたしは、海洋大学の学生だった頃、現場の見学ということで、三日間ほど通った水産技術センターのことを思い出していた。かなり詳しく思い出す。

「じゃ、まず、技術センターの場所と、建物はどんな？」

「場所は、城ヶ島。本館は四階建て」

「で、あんたが主に研究をしているのは？」

「本館の二階にある生物工学室」

「そこにある機器をあげてみて」

「とりあえず、遺伝子解析装置」

「その上の三階はどんなセクションで、どんな機器がある？」

「三階は化学分析室で、ガスクロマトグラフィーなんかがある」

やつは言った。とりあえず、こいつが水産技術センターの研究者か職員である、あるいは、過去にそうであったことは確かなようだ。だからといって、同時にストーカーでないという証拠もない。乱れていたやつの呼吸が、だいぶ正常になってきた。

「本当に、わたしに伝えたいことがあったら、普通に連絡してくればいいはずよね。モリ水産に電話してくるとか、直接、わたしを訪ねてくるとか」

「ダメだよ。万一、あなたに連絡したことがばれたら、まずいことになる」

「ばれるって、誰に……」

「技術センターの上司、あるいは、もっと上の誰か」やつは言った。その口調には、つくりごととは思えない真実味があった。せっぱつまった表情が、薄暗い中でもわかった。わたしは、やつのノドもとからナイフの刃先を離した。

「いちおう、話をきくわ」


その二十分後。わたしたちは、砂浜にいた。人気《ひとけ》のない薄暗い砂浜に並んで座っていた。わたしは、まだ、クルー・ナイフの刃を起こしたまま、右手に握っていた。

薄暗い砂浜。さざ波が白い。江の島の灯台が、十秒に一回、光っていた。

彼は、水島《みずしま》と名のった。よく見れば、かなり若い。二十代の後半というところか。学生っぽさを残した顔つきをしていた。水島は、ぽつりぽつりと話しはじめた。彼の仕事は、主に魚介類の病気への対策や原因をつきとめることだという。

「赤潮が発生して魚が死ぬこともあるし、バクテリアが原因の場合もある。河から流出した汚染物質で魚介類が死ぬこともある。それを調べるのが、ぼくたちの仕事なんだ」と彼。わたしは、うなずいた。

「で、今回の白ギスも？」訊くと、水島は、うなずいた。「三日に一回、死んだ白ギスを技術センターに持ち込んでいると、藤沢市の職員は言ってるけど」と、わたし。

「そう。三日に一回、約十四の白ギスを持ち込んでくるよ」

「ところが、技術センターで調べても、原因がわからないと、藤沢市の方では言ってる」

「確かに、そうなんだ。最初からぼくが担当してるんだけど、死因がわからない。白ギスの体内から、何かの病原菌も出てこない。致死量となる汚染物質も発見できない。それが続いている」

「……やはり……」

「ああ。あなたならわかると思うけど、どんな魚の体内も、完璧《かんぺき》にきれいなわけじゃない。特に日本の沿岸は、基本的に汚染されているからね。魚を厳密に調べれば、多少の汚染物質は検出されるものだ。ただ、致死量にいたらないだけだ。今回の白ギスについても、そう。致死量になるような有害物質は検出されていない」

水島は言った。

「けれど、白ギスは現実に死んでいる。それが、どうしても納得できない。魚を研究する人間として納得できないんだ」彼は、力を込めて言った。どうやら本気だ。

「で？」

「上司に言ったんだ。これは絶対におかしいと……」

「そしたら」

「検査で有毒物質が発見されないのなら、仕方ないじゃないか。そのまま検査を続けていればいいと言われたよ。そして、余計なことを考えるなとも言われた」

「不自然？」訊くと、彼はうなずいた。

「水産技術センター本来の役割を考えたら、もっと突っ込んだ調査をするべきだと思う。だけど……」

「だけど？」

「技術センターが、神奈川県の研究施設であることも事実だ」

「ということは、県から何か圧力がかかっている？」と、わたし。水島は少し考え口を開いた。「もしかしたら、この白ギスのことが大きな風評被害をもたらすことを行政が恐れているのかもしれない。藤沢市だけでなく神奈川県も……。なんせ、福島の原発から海に漏れ出した放射能汚染水のことで、みんなピリピリしてるときだから」

「そうね」わたしは言った。魚の大量死ときいたとき、まず思い浮かんだのが原発事故のことだ。

「できるだけ、ことを大げさにするなというのが、上の方針なんだろう。〈もっと突っ込んだ調査を〉と言うと、担当をはずされたよ」

「はずされた……」

「ああ。白ギスの検査をする担当からはずされた。別の研究員が、それをやることになった。つい五日ほど前のことだ。もう、ぼくはこのことに関係できない。しかも、へたに動いたら、センターをクビになりかねない。過去にも、そういうことがあったし……」

「過去に？」わたしは訊いた。彼は、うなずいた。しばらく無言でいた。やがて話しはじめた。

「もう三年ぐらい前かな。川崎市の沿岸で、スズキやアイナメが、かなりの数、死んだ。ある研究員が調べたところ、海の近くのメッキ工場から流出した廃液が原因だった。その研究員は、真実をそのまま新聞記者に話してしまい、それは記事になった。その翌月、彼は技術センターをクビになった」

と水島。

「表向きの理由は、センターの上司の許可を得ず、検査の結果をマスコミに流したということだった。けれど、本当の理由は、そうじゃないと思う」

「というと？」

「毒性の強い廃液が工場から海へ流出したことが、川崎のイメージを悪くしたと川崎市が考えたのかもしれない。あるいは、廃液を流出させた工場が、川崎市の偉《えら》いさんとつながりがあったのかもしれない。なんともわからないよ。だけれど、研究員はクビになった」

「まあ、ありそうな話ね。で、あなた自身はクビになりたくない？」と、わたし。彼は、小さくうなずいた。

「去年、結婚したばかりで、妻は妊娠している……。いま、クビになるわけにはいかない」と言った。わたしは、うなずいた。それで、彼は、わたしと接触することに、ひどく慎重になったらしい。

　人気のないところで、わたしに話しかけようとしたということだろう。

「でも……あなたには、伝えなければならないと思った。一人の研究員として、白ギスの死に理由がないはずはないと……」

「……なるほどね。で、わたしなら、その理由をつきとめられると?」

「少なくとも、ぼくとは別のアプローチができるかもしれないと思っている」彼は言った。わたしは、しばらく考えた。

「そうかもしれない。そうなると、とりあえず調べなおす必要がありそうね。藤沢市から技術センターに持ち込まれた検査用の白ギスを……」と言った。

「でも、どうやって」

「まあ、技術センターの正面玄関からいっても、まずダメでしょうね」

「じゃ……」

「技術センターに忍び込む」わたしは言った。

11　検屍は、真夜中に

「忍び込む？　技術センターに？」

「そう」

「でも、どうやって」

「あなたに協力してもらって」わたしは言った。

「ぼくに？」

「そういうこと。ここまで話してしまったら、もう後戻りはできないでしょう。そして、あなたには、研究員としての責任感がある。真実をつきとめなければという責任感がある」

「まあ……」

「あなたに危険をおかせとは言わないわ。わたしが技術センターに忍び込めるように、手引きしてくれればいいの」わたしは言った。彼は、しばらく無言でいた。やがて、ゆっくりと、うなずいた。

「……わかった」

翌日。午後九時過ぎ。わたしの携帯に、水島からかかってきた。「研究員や職員は、全員帰った。ぼくが最後にセンターを出てきた。あとは警備員だけだ」と言った。

「了解。白ギスは？」

「夕方、藤沢市の職員が持ち込んだ。調べるのは明日になるはずだ。いまは、二階の生物工学室にある」と彼。

わたしは、電話を切ると準備をはじめた。ジーンズをはき、目立たない紺のウインドブレーカーを着た。ポケットには、細くて小型の懐中電灯、ペンシルライトを入れた。三十センチまで測れるメジャーを持った。クルー・ナイフも持った。足音がほとんどしないスニーカーを履いた。部屋を出た。

二階の事務所から、車のキーを持ち出す。軽トラックのキーだ。建物を出る。業務用の二トントラックが並んでいる。その端にある軽トラックに歩いていった。この軽トラには〈モリ水産〉とは描かれていない。

軽トラのエンジンをかける。ゆっくりと、うちの駐車スペースから出ていく。やがて、国道134号に出る。東に向かう。

七里ヶ浜。稲村ヶ崎。由比ヶ浜《ゆいがはま》を走り過ぎる。平日の夜なので、道路はすいていた。尾行されている様子はない。逗子、葉山を過ぎる。秋谷《あきや》を走り抜け、三浦半島を南下していく。そろそろ、夏が近い。道路の左右には、〈三浦スイカ〉などを売っている直売所がある。この時間、もう店は閉まっている。わたしは、時速五十キロで、ゆっくりと走っていく。道路の左右には、畑やビニールハウスが見える。

そろそろ、三浦半島南端の三崎港が近づいてきた。その手前で左折。やがて、城ヶ島大橋を渡る。三崎港の上にかかっている大橋を渡ると城ヶ島だ。夜ふけの城ヶ島。走っている車も、ほとんどいない。土産物屋も、とっくに閉店している。わたしは、道路の左側に軽トラを駐《と》めた。腕のダイバーズ・ウォッチを見る。蛍光塗料を塗ってある針は、夜の十一時十二分をさしていた。

あの水島からの情報を、わたしは思い出していた。警備員が巡回するのは、夜中の十一時半から〇時頃。もう一回、三時頃だという。ただし、この時間は、あまり正確ではない。その日、当直をやっている警備員によっても、時間はかなりずれるという。

とにかく、十一時半から〇時頃、一回目の巡回をすることが多いらしい。これからセンターに侵入したら、まともに警備員の巡回とはち合わせしてしまう。しばらく待つことにした。

わたしは、軽トラの窓を開けた。ヘッド・レストに頭をもたれかけた。窓からは、ゆるい海風が入ってくる。

一時間ほど待ったところで腕時計を見る。午前〇時を十四分過ぎている。わたしは、車のエンジンをかけた。

水産技術センターに向けて、ゆっくりと走る。百メートルぐらい手前でブレーキを踏んだ。このあたりの道路は、薄暗い。わたしは、左の路肩に軽トラを駐めた。エンジンを切り、おりた。歩きはじめた。技術センターまでの道は、暗かった。

センターの前までやってきた。建物の前には、駐車スペースがある。いまは、一台も駐まっていない。

わたしは、水島からの情報と、自分が約十年前にきたときのことを思い出す。建物の一階に入ると、右側に受付がある。警備員のいる警備室は、その奥だ。警備室から、玄関の外を歩く人間は見えない。

水産技術センターといっても、何かの機密があるような施設ではない。企業とも違い、盗まれて困るような情報などあるわけでもない。基本的に、警備態勢は厳重でないらしい。警備員が巡回する時間がアバウトなのも、うなずける。

わたしは、駐車スペースを歩き、建物のわきに回った。そこには、非常用の階段があった。水島の情報通りだ。

わたしは、足音をしのばせ、金属製の階段を上がっていく。二階の踊り場に上がった。出入するためのドアがあった。仕事中、煙草《たばこ》を吸いたくなった研究員がいると、ドアを開け、この踊り場で喫煙するのだという。

わたしは、ドアのノブに手をかけた。ノブは回った。センターを出る前に、水島が錠を開けておいてくれたのだ。ドアがきしまないことを祈りながら、わたしはノブを引いた。ドアは、滑らかに開いた。喫煙者は多いのかもしれない。

中に入り、ドアを閉めた。生物工学室は、当然まっ暗だった。わたしは、ポケットからペンシルライトを出す。つけた。細い明かりで室内を照らす。研究機器などのレイアウトは、水島が言っていた通りだった。

足もとに気をつけながら、ゆっくりと進んでいく。六、七メートルほどいったところに目的のものはあった。白い発泡スチロールの箱。五十センチ四方ぐらい。高さは三十センチほどだ。デスクのわきの床に置かれていた。

わたしは、その蓋《ふた》に手をかける。持ち上げた。ペンシルライトの明かりで中を照らす。十センチぐらいの深さの水。溶けかかった氷。そして、十四ほどの白ギスがいた。藤沢市から、検査用に持ち込まれたものだ。

そのとき、かすかな足音。かすかだけれど、近づいてくる。わたしは、ペンシルライトを消した。デスクの陰《かげ》に身をひそめた。

足音は近づいてくる。コツコツという革靴《かわぐつ》の足音だ。やがて、部屋のドアを開ける音。入り口に人影。懐中電灯の明かり。かなり大型の懐中電灯だ。警備員だろう。明かりは、部屋の中をひと回り照らす。そして、人影は部屋を出ていった。何か異常を感じたのではなく、ただの巡回という様子だった。足音は遠ざかり、聞こえなくなった。

わたしは、また、ペンシルライトをつけた。発泡スチロールの蓋を、そばのデスクに置いた。氷水に手を入れる。中型の白ギスを一匹とり出した。発泡スチロールの上に置いた。

見たところ、外傷はない。よく〈パール色〉と呼ばれる魚体。生きているときに比べれば、その色は沈んでいる。が、これは自然なことだ。死んで十分もすれば、こうなる。

わたしは、ポケットからメジャーをとり出した。リボンのような紙のテープ。そこに数字が印刷されている。ハワイの研究室でよく使用している使い捨てのものだ。片面は、インチ表示、もう片面にはセンチ表示で印刷されている。それを、三十センチで切り、持ってきた。

置いた白ギスの尾叉長《びさちょう》を測った。二一六ミリ。頭の中にメモをする。

つぎに、眼を調べる。ペンシルライトの光を眼に当てた。いわゆる黒眼の部分をじっと見る……。

疑問のかけらが、心に浮かび上がった。何かの理由で、この白ギスが海中で死んだら、砂浜に打ち上げられるまでには、少なくとも半日から一日はかかるはずだ。その場合、眼は多少なりとも白濁《はくだく》する。

ところが、この白ギスの黒眼は、ほとんど白濁していない。死んですぐ氷水につけられたような眼の色だった。そこに疑問がわき上がった。

口の中を調べてみることにした。

白ギスの口は、あまり大きく開かない。わたしは、クルー・ナイフをとり出した。刃を起こした。魚の口の両端に、少し切れ込みを入れた。

白ギスの口を、開く。ペンシルライトの光を中に当てた。口の奥まで光を当てる。じっと見る。

やがて、それを見つけた。わたしは、そこにさらに光を当て、じっくりと見た。そして、小さく、けれど、はっきりとうなずいた。

魚の口の奥には、エラがある。多くは赤い色をしたエラ。魚は、取り込んだ水から、そのエラの機能で酸素を得ている。

白ギスも例外ではない。口腔《こうこう》の両側に赤いエラがある。この一部が、損傷をうけていた。エラの一部が、ちぎられたような小さな傷をうけていた。それが何を意味するのか、わたしには、わかった。釣りバリが刺さったのだ。

もし、何かの毒素が体内に入って白ギスが死んだとしても、口の奥にあるエラがこういう形で傷つくことはない。

白ギス釣りには、U字型の小さなハリを使う。口をあまり大きく開かない白ギスに、ハリをうまく呑み込ませるためだ。餌《えさ》のジャリメを刺したハリを、確実に呑み込ませて釣り上げる。

それはそれとして、白ギスがハリをしっかり呑み込んでしまい、口腔内の奥に刺さってしまうことは、よくある。そうなると、釣り上げた白ギスの口からハリを抜き出すのは、けっこう難しい。けれど、口腔内のどこかにハリが浅く刺さっている場合は、釣り糸を少し強く引けば、ハリはとれることがある。

これが、その場合だ。白ギスが呑み込んだハリの先が、エラに浅く刺さってしまったのだ。釣った人間は、たぶん、釣り糸を少し強く引っぱったのだろう。エラに刺さっていたハリはとれた。けれど、そのときに、エラの一部に損傷をあたえた。それは、九十九パーセント、まちがいないと思える。それ以外の理由で、エラがこのような損傷をうけることは、まずない。

もし、わたしが人間を相手にした検屍官《けんしかん》だったら、検屍の報告書には〈他殺〉と書くだろう。つまり、釣った人間に殺されたのだ。

その推論でいくと、当然のようにこうなる。この白ギスは、海中で死んで砂浜に打ち上げられたものではなく、釣り上げられたものだ。誰かが、どこかで釣り上げた白ギスということになる。

推理を進めていくと、眼の色への疑問もとける。普通、白ギスを釣り上げると、すぐ氷水の入ったクーラーに入れる。そうなると、急速に冷やされ、黒い眼が白濁する割合は少なくなる。死んでから海中を漂っていたのと、あきらかにちがって……。

わたしは、軽く息を吐いた。いま、はっきりしたこと。藤沢市の職員が、この技術センターに持ち込んでいる白ギスは、海中で死んで砂浜に打ち上げられたものではない。その可能性は、限りなく高い。理由は、とにかく……。

ここに持ち込まれた白ギスに、どんな検査をするか、あらかじめ、水島にきいてある。内臓を開き、胃の内容物と、内臓を調べる。放射能は検出されないか。毒性のある物質は検出されないか……。それが、検査のほとんどすべてだという。

その検査方法自体は、確かに間違ってはいないだろう。ただ、白ギスが、放射能や有毒物質を体内にとり込んで死んだという前提でしか考えていない。釣り上げられて死んだなどということは、最初から想定していない。そこに、大きな落とし穴があった。

わたしは、検屍した白ギスを発泡スチロールの箱に戻した。蓋を閉じた。足音をしのばせ、生物工学室を出た。そっとドアを閉じる。この錠は、水島が、明日出勤するなりすぐにロックして、わたしが侵入したのを隠すことになっている。

わたしは、非常階段をおりた。技術センターの敷地から出る。百メートル歩き、駐めてある軽トラに戻った。

三分後。軽トラを走らせ、夜道を走っていた。心の中にあった霧が、かなり晴れてきたのを感じていた。事実の一部が、わかってきた。藤沢市が、検査のために水産技術センターに持ち込んだ白ギスは、海中で死んで打ち上げられたものではなかった。

それなら、体内から放射能や有毒物質が検出されなかったのは当然だろう。

わたしの知らないところで、秘密裡《ひみつり》に工作が行われていた。藤沢市の職員はもちろん、神奈川県水産技術センターも、これを承知しているのかもしれない。となると、県がからんでいることも考えられる。さらにその上、農水省あたりまで関与している可能性もある。

わたしは、唇をきつく結び、ステアリングを握っていた。

わたしを、一種の〈人よせパンダ〉にしてマスコミの目をひき、裏では隠蔽《いんぺい》工作が行われていた。自分の中で、強烈な怒りが噴《ふ》き出しはじめたのを感じていた。

同時に、魚のことを考えていた。砂浜に打ち上げられた魚たち……。眼を見開き、かすかに口を開いて死んでいた魚たち。何かを訴《うった》えたくても、何も語れずに死んでいった魚たちのことを思っていた。行政の連中は、それに対し、何を考え何を感じているのだろう。

こうなったら、とことん真実を暴《あば》いてやる。わたしは、胸の裡《うち》でつぶやいていた。

ステアリングを握る手に力を込めた。窓から入る風が、頬を叩《たた》く。もうほとんどの明かりが消えた真夜中の道路。暗闇《くらやみ》の中、車のライトだけを頼りに走っていく。それは、いまのわたし自身のようだった。わたしは、さらにアクセルを踏み込んだ。

12　十年もたてば、すべて変わる

「貴美」わたしは、軽トラの運転席から声をかけた。

夜中の二時四十分。うちの駐車場。わたしは軽トラで戻ってきたところだった。ちょうど貴美が駐《と》めたプジョーからおりた。車のドアをロックして玄関に歩きはじめたところだった。わたしは、プジョーのとなりに軽トラを駐めた。おりた。

「珍しいじゃない、こんな時間に。夜遊び？」と貴美。

「まあね。ちょっと危ない夜遊び」わたしは言った。「ふうん」と貴美。わたしと貴美は、家に入る。

「冷蔵庫にビールある？」と貴美。

「あると思うよ。シェフの彼とやり過ぎて、ノドが渇いたんだな」

「当たり」

二人して、笑いながら、わたしの部屋に入った。貴美が、冷蔵庫を開けた。BUDを二缶とり出した。一缶を、カウンターに置いた。プルトップを開け、ぐいっと飲んだ。わたしも、ひどくノドが渇いていた。城ヶ島の水産技術センターから、ノンストップで帰ってきた。BUDのプルトップを開け、ぐっと飲んだ。

「で、危ない夜遊びって、何やってきたのさ」

「城ヶ島の研究所にお邪魔《じゃま》してきた」わたしは言った。ざっと、いきさつを話した。持ち込まれていた白ギスについても、BUDを飲みながら簡単に話した。

「魚を分析するその技術センターも、ぐるだった？」

「あるいは」

「それじゃ、魚から何も出てこないはずだよね。ぐるになって、周囲をごまかしてたんだ、お姉も含めて」

と貴美。わたしは、うなずいた。

「あの水産技術センターときいて、とりあえず信じたんだけど」

わたしは言った。理由はわかっていた。わたしが海洋大に通っていた頃、三日間、あそこを見学した。一種の研修とも言える。そのときの印象が、記憶の中に強く残っていたのだ。所長をはじめ、研究員たちは、みな真剣に仕事に取り組んでいた印象がある。

「でも、お姉が海洋大の三年のときに行ったわけじゃない。ということは、それから約十年たってるわけだ。十年もたてば、変わるよ、何もかも」貴美は言った。

「かも……」わたしは、つぶやいた。軽くため息。冷えたBUDを、ぐいと飲み干した。缶を、ぐしゃりと握り潰した。


二時間、仮眠をとる。夜明けの五時前に起きた。小型のジップロックをたたんでポケットに入れ、家を出た。片瀬の海岸に歩いていく。砂浜に、人の姿はない。市役所の連中や、下請《したう》け業者もまだきていないようだ。

砂浜には、死んだ白ギスが散乱していた。その数は、また増えたように感じられた。白ギスだけではない。同じ生息域にいるメゴチも、かなり死んでいる。数は少ないけれど、ホウボウやマゴチも打ち上げられていた。

ホウボウの屍骸《しがい》に近づくと、軽い腐臭が鼻をついた。ハエがたかっている。白ギスより魚体の大きいホウボウは、海中で死んでから砂浜に打ち上がるまでに時間がかかるのかもしれない。そのせいで、腐敗が進んだとは考えられる。

わたしは、砂浜から白ギスを三匹、メゴチを二匹、ひろい上げ、ジップロックに入れた。市役所の連中がやってくる前に、砂浜から立ち去った。

また四時間ほど仮眠をとった。九時半に起きる。顔を洗う。軽い朝食をとる。冷蔵庫に入れておいた白ギスとメゴチの入ったジップロックを出した。それを持って、家を出た。軽トラで東京に向かった。

「お昼ご飯ですか？」わたしは、中原教授に言った。割り箸《ばし》を持った中原が、ふり向いた。

品川にある〈東京海洋大学〉。その三階。中原教授の部屋に、わたしが入っていったところだった。テーブルの上に、皿が置かれていた。皿の上には、マグロのスライスがのっていた。見たところ、ビンチョウマグロらしい。本人は、割り箸を持っていた。わたしを見ると笑顔になり、「ひさしぶり」と言った。わたしが、母校のここに来るのは、四年ぶりになる。

中原は、いま四十代の後半だろう。わたしがここの学生だった頃は准教授で、まだ教授ではなかった。いまの中原は少し太り、髪には白いものが見えはじめている。貴美が言うように、十年も経てば、いろいろと変わる。

「昼ご飯というわけじゃないんだがね」と中原。「このところ海水温が上がってるんで、ビンチョウの味が変わってしまったらしいんだ」わたしは、うなずいた。「それを調べてる?」

「そう。旨味《うまみ》成分《せいぶん》の分析などは終わったんで、実際に食べてみようとしているところさ」と中原。持っていた割り箸を一度置いた。

「この前、君の姿をテレビで観たよ。活躍してるようだね。もっとも、やっかいなことにかかわってるみたいだが」と中原。わたしは、うなずいた。「その件で、ちょっと頼みがあって」と言った。ジップロックに入った白ギスとメゴチをとり出した。テーブルに置いた。特別に詳しい説明はせず、この魚たちの死因を分析してほしいと言った。彼は、うなずいた。

「君の頼みじゃ、きかないわけにはいかないな」と言った。「きちんと調べるには、まる一日はかかると思うが、いいかな?」わたしは、もちろんと答えた。何か、わかりしだい連絡を欲しい。そう言うと、彼の部屋を出た。

中原教授の部屋を出る。廊下を歩いていく。ちょうど昼休みらしく、学生たちがにぎやかに歩いている。海洋大学なので、男子学生が圧倒的に多い。その中に、女子学生の姿も、ちらほら見える。

女子学生たちは、けっこう洒落《しゃれ》た身なりをしていた。ごく普通の女子大生と、あまり変わらない。

四年前、ここに来たとき、中原と話したことを、わたしは思い出していた。わたしが、この大学に通っていたのは、将来、海や魚にかかわる仕事をしたいからだった。当時は、そんな女子大生は少なかった。けれど、最近は、事情が変わってきているという。

主に商社などに就職することを目的として、この大学に通っている女子学生も、かなりいるらしい。日本の商社は、世界中から魚介類を輸入している。なので魚介類の専門知識があれば、一流商社への就職が有利になる。

そのような目的で、ここに通っている女子学生も多いという。いつの時代も、女が、やりたいことをやっていくのは難しい。

廊下にある掲示板の前で、わたしは立ち止まった。掲示板には、サークルなどのチラシも貼ってある。そして、夏が近いので、各種のサマー・スクールの案内も貼られている。〈パラオ島での海中観察ツアー〉。〈沖縄・与那国島で漁業体験研修〉などなど……。パラオ島の案内には、青い海や熱帯魚の写真があった。それを見ていると、わたしがハワイ行きを決意した頃のことが脳裏によぎった……。

わたしがこの海洋大二年の秋、浩一は、もう一度サッカー・チームの入団テストをうけた。そのときうけたのは、J2に所属しているチームだった。けれど、そのテストにも落ちた。もう一息だったらしいけれど。

気持ちがへこんでいる浩一を、わたしははげました。冬の間は、また、人のいないグラウンドで特訓をした。

腰をいためていた浩一のお父さんは、湯河原にあるリハビリセンターから戻ってきた。しばらくすると、遊漁船に乗りはじめた。ところが、二ヵ月後、今度は、左の膝《ひざ》をいためてしまった。

浩一は、また毎日のように、遊漁船で海に出るようになった。

そんな六月のある日。彼が、うちに寄った。ビニール袋に入った鯵《アジ》を二匹ほどわたしにくれた。その日、釣ってきたものらしかった。

わたしは、自分の部屋で、その鯵をさばきはじめた。かなり大型の鯵だった。それをさばきはじめたわたしは、驚いた。魚の身が、ひどく柔らかかったからだ。鯵とは思えないほどぶよぶよしていた。出刃包丁の刃に、脂《あぶら》がべったりとついた。三枚におろしていると、身崩《みくず》れしそうだった。わたしは、その鰺を捨てた。

　その週末の土曜日。わたしは浩一の船に手伝いとして乗った。どうしてこんなことになっているのか、知ろうと思ったのだ。浩一の〈翔洋丸〉の小屋。釣り物として〈ジャンボ鰺〉という札がかけてあった。土曜なので、かなりの釣り客がいた。

　沖へ出る。水深は約六十メートル。客たちが、釣りをはじめた。その光景を見て、わたしは驚いた。釣り客たちが使っているコマセ籠《かご》が、やたら大きかったからだ。プラスチック製のコマセ籠。そのサイズが、これまで見たこともないほど大きかった。それは、浩一の方で用意したものらしかった。

　客たちは、その籠にコマセを詰《つ》めはじめた。オキアミとイワシのミンチを混ぜたコマセを詰める。そして、海中に落としはじめた。

　待つほどもなく、客たちに当たりがきた。それぞれ、電動リールで巻きはじめる。やがて、海面に魚が上がってくる。鰺と鯖《サバ》が混ざっている。両方とも、大型だった。この前、わたしのところへ浩一が持ってきた、あのサイズの鰺だった。とにかく太っている。

　それで、わたしには理由がわかった。海の底が、自然の養殖場になっているのだ。オキアミはもちろん、イワシのミンチも、栄養たっぷりのものだ。それを混ぜたコマセを、毎日のように海底に撒《ま》く。魚たちは、それを食べ、メタボになっていく。その結果、〈ジャンボ鯵〉ができ上がるということらしい。

そんなジャンボ鯵を釣った客たちは、「おお、いい型《かた》だなあ」などと言い合っている。午後三時に帰港。釣り客たちは、重そうなクーラーを持って船から上がる。中には、魚が多過ぎて、クーラーの蓋《ふた》が閉まらないお客もいる。あれでは、東京に帰るまでに、魚の半分は、いたんでしまうだろう。

やがて、釣り客たちが帰っていった。その岸壁で、わたしは浩一に言った。なぜ、あれほど大量のコマセを使うのか、それを訊《き》いた。「大型の魚がたくさん釣れるから、お客が喜ぶ」と浩一は言った。そのとき、彼の携帯が鳴った。浩一が、話しはじめた。相手は、予約をしようとする釣り客らしい。

「ああ、明日の日曜は、もう満席なんですよ。すいません。またよろしく」と浩一。どうやら、〈翔洋丸〉は、繁盛しているらしい。

電話を切った浩一に、わたしは言った。「そんな営業してたら、ろくなことにならないよ」と言った。あんなにコマセを撒いてたら、海底一面にコマセが積もる。海が腐っていく。あの不気味な〈ジャンボ鯵〉の評判だって、いずれは落ちるだろう。わたしはそのことを言った。

「商売なら、何をやってもいいの？　わたしたちが育った海が、どうなってもいいの？」

わたしは言った。浩一は、一瞬、むっとした顔をした。そっぽを向き、口を開いた。

「お前みたいなお嬢さん育ちにゃわからないよ」と吐き捨てた。

「何よ、それ」

「親の金で大学いってるようなやつには、わからないだろうな。おれは、親父の治療費を稼がなきゃならないんだ。金を稼がなきゃ、飯が食えないんだ。そんな人間の気持ち、お前にゃ、わからない。わかるはずがないな」わたしを軽蔑《けいべつ》するような口調で浩一は言った。

「ええ、わからない。わかりたくもないわ。勝手にすれば」わたしも言い返した。身をひるがえし、歩き去った。わたしたちの恋は、通り雨のようにやってきて、あっけなく過ぎ去っていった。

そんな別れ方だったので、後悔はなかった。悲しみも、ほとんど感じなかった。ただ、そんな生き方を選んでしまった浩一の姿が、哀しく見えたことは確かだった。

ちょうど、そんな頃だった。ある話が、わたしに持ちかけられた。それは、ハワイ大学に留学しないかという話だった。

ハワイ大学は、さまざまな分野ですぐれた研究をおこなっている。海洋関係、さらに気象の分野でも、多くの研究成果を上げている。そんなハワイ大学には、政府や企業から、年に百億円を超える研究資金が援助されているらしい。

海洋関係にも、その資金は活《い》かされている。大学の附属施設として、海洋生物研究所があり、ここでは、海洋生物に関する最先端の研究や保護活動がおこなわれている。

そんな噂は、わたしも知っていた。

その海洋生物研究所には、日本人や日系人もいる。中でも、植草《うえくさ》という教授が、研究グループの中心として活躍をしていた。植草教授の提案で、日本からの留学生をうけ入れてはということになったという。

日本も、魚介類を消費するという意味では、世界で有数の国だ。しかも、ハワイとのつながりは深い。そんな日本から、留学生をうけ入れてはどうかという計画がもち上がったらしい。しかも、植草教授は、わたしが通っている東京海洋大学の出身者だった。その頃も、うちの大学と植草教授とは、さまざまな形で協力をしあっていたらしい。

そんなことから、うちの大学を卒業した学生を一人、ハワイ大学に留学させるという話になったという。それも、ただの留学ではなく、その学生が優秀であれば、先々は海洋生物研究所のスタッフとして仕事をさせるという予定だという。

その話が、わたしのところにやってきた。理由は単純で、わたしの成績がよかったからだ。

物心ついてからずっと、海と魚が友人だった。家業が魚介類の仲買い業。そんな環境で育てば、いやでも海や魚には詳しくなってしまう。そして、それ以上に、わたしには好奇心があった。海と、そこにいる住人たちについてもっと知りたいという好奇心だ。そんなわたしの成績がよかったのは当然だった。特に実習の成績はずば抜けていたと思う。

わたしにとっては、夢のような話だった。海好きだから、当然、ハワイは憧れる場所だ。そんなハワイに留学できる。しかも、将来は、あのハワイ大学の海洋生物研究所のスタッフになれる可能性がある。そんな信じられないような話があっていいのかと、当時は思った。しかも、基本的な留学費用は、すべてハワイ大学の研究費用から出るという。

わたしには、NOと言う理由がなかった。しかも、浩一などがやっているような日本での魚獲《と》りの方法に、嫌気がさしはじめた頃でもあった。日本の海から、少し離れてみたいとも感じていた。

その話がきた二ヵ月後の八月後半。わたしは、ハワイに行った。事前の見学というところだ。十日間の予定でオアフ島を訪れた。

ホノルルのコンドミニアムに泊まった。スタッフの案内で、まずハワイ大学のキャンパスに行った。大学をひと通り見て回った。そのあと、オアフ島の東側、カネオヘ湾にある海洋生物研究所に行った。

研究所は、ココナッツ島という小さな島にあった。周囲は、サンゴ礁の海だ。青いという言葉ではとても表現しつくせない海が広がっていた。研究所には、研究施設や宿泊施設があり、研究員たちが必要に応じて自由に使っていた。入江にある桟橋には調査船が舫《もや》われていた。

見るもの、聞くこと、すべて新鮮だった。そんな中でも、わたしが、ひとつのショックをうけたことがあった。

それは、ハワイ滞在七日目のことだった。その日、見学の予定はなく、一日フリーだった。わたしは、シュノーケルの道具を持ち、泊まっているコンドミニアムを出た。五、六分歩き、ワイキキ・ビーチに出た。ビーチの東側。ちょっとした桟橋が海に突き出している。そこから海に入った。

水中マスクをつけ海面に浮かぶ。すると、二メートル下の海底は、サンゴ礁だった。

さまざまな色の熱帯魚が泳いでいた。ふと、体を半転させ、空の方に顔を向けると、ワイキキに面した高層ホテルやコンドミニアムなどが視界に入ってくる。

これは、ショックだった。ホノルルという街は、日本でも中都市ぐらいの人口をかかえている。さらに、すごい数の観光客たちが滞在する。そんな都市の、波打ち際から二十メートルのところに、こんな光景がある。それに衝撃をうけていた。これほどのサンゴ礁と熱帯魚は、日本なら沖縄の離島にでも行かなければ見られないだろう。

それが、大通りから二十メートルのところにある光景……。通りには、渋谷のように大ぜいの人が歩き、車が走り、ハンバーガー・ショップやレストラン、高級ブランド店などが並んでいる。その目と鼻の先に、サンゴ礁と熱帯魚の海がある。この事実には、心から驚かされた。

あとあときけば、ハワイでは美しい海を守るために、さまざまな努力がされているらしい。観光地であるし、ハワイの住人にとって、海は何よりも大切なものだから……。研究所の仲間であるハワイアンのケオラはそう言った。

観光地というなら、湘南だって同じだ。けれど、商売のためにコマセを撒き散らし、釣り客たちはビニールゴミも煙草《たばこ》の吸い殻《がら》も、なんの迷いもなく海に捨てる。夕方の砂浜には、そんなゴミが散乱している。三十分もトローリングしていれば、必ずと言っていいほどビニールゴミが仕掛けに引っかかる。それが、日本の現状だ。わたしは、たそがれのワイキキ・ビーチに佇《たたず》み、言葉を失っていた。

帰国して、浩一と口をきくことはなかった。わたしには、留学の準備があった。海洋大を卒業したら、すぐハワイに行く。そのための準備。まずは、英会話だった。わたしは、サッカーの練習に出る日を減らした。そして、週に二回、英会話教室に通いはじめた。それは、海洋大を卒業するまでの約一年半、続いた。

やがて海洋大を卒業。その翌週には、わたしはハワイに向かっていた。研究所の手配で、カピオラニ通りにアパートメントを借りた。中古の小型車を手に入れた。はじめは、ホノルルにあるハワイ大学に通いはじめた。〈海洋および地球科学テクノロジー学部〉で、勉強をはじめた。海洋生物学の基礎を習いはじめた。英語の専門用語には、はじめ少し手こずった。けれど、それは努力と月日が解決してくれた。

ハワイ大学のキャンパスに通いながらも、十日に一回ほど、カネオヘ湾にある研究所に行った。研究所は、〈HIMB〉と省略されて呼ばれている。正確に言うと〈Hawaii《ハワイ》 Institute《インスティテュート》 of《オブ》 Marine《マリン》 Biology《バイオロジー》〉。日本語に訳せば、〈ハワイ海洋生物研究所〉となるだろう。研究所では、植草教授をはじめ、研究スタッフたちが優しく接してくれた。わたしに、さまざまな研究方法の基礎を教えてくれたものだった。

そこでわれに返った。わたしは、また歩き出す。学生たちとすれ違いながら、キャンパスを出た。軽トラで、鎌倉に戻った。

翌日、藤沢市役所に電話をかけた。牛島を呼び出した。

「やっと、体調が戻ったわ。明日から調査を再開してもいいけど」と言った。牛島は、明日はちょっと……と口ごもった。わたしは、胸の中でうなずいていた。明日は、三日に一回、市役所の職員が白ギスを城ヶ島の水産技術センターに持ち込む日だ。研究員の水島の話では、白ギスを持ち込んでくるのは、ほとんどの場合が牛島。たまには桜井だという。

明日、牛島はたぶん白ギスの調達に行くのだろう。城ヶ島の技術センターに持ち込むための白ギスを……。となると、連中の尻尾《しっぽ》をつかまえることが出来るかもしれない。いや、つかまえる。

翌日。午前九時。わたしは、軽トラの運転席にいた。藤沢市役所の第一庁舎。その出入口が見張れる位置に路上駐車していた。九時半頃、ミニパトが駐まり、ここは駐車禁止ですよと女性警官が言った。すぐに移動するから、とわたしは言った。が、移動しなかった。十時五分過ぎ。牛島が運転するグレーのワンボックスカーが庁舎から出てきた。やつの横顔がちらりと見えた。わたしは、ギアを入れる。尾行をはじめた。

13　放たれた毒

尾行されることを想定していない相手を尾行するのは、難しくない。

牛島が運転する車は、時速五十五キロで、海岸の方へ向かう。やがて、国道134号に出た。134号を、西へ向かう。辻堂海岸を過ぎる。茅ヶ崎海岸を過ぎる。やがて、川幅の広い相模《さがみ》川にかかる橋を渡った。

どんなに道路がすいていても、牛島は左側の車線を、ぴったり五十五キロで走っていく。それは、きょう一日の予定が、きっちりと決まっていることを感じさせた。三日に一度、同じコースを同じ場所へ通っているのだろう。

車は、西湘《せいしょう》バイパスに入った。有料道路なので、速度を上げる車も多い。けれど、牛島の車は、五十五キロで、ゆっくりと西に向かう。その五十メートル後ろを、わたしが尾《つ》けていく。

早川のインターチェンジで、西湘バイパスから国道1号線へ。しばらく走り、箱根ターンパイクに入った。箱根ターンパイクは、整備された有料道路。平日なので、車の交通量は少ない。わたしは、車間距離を百メートル以上あけた。ターンパイクには、わき道がない。牛島の車を見失うおそれはない。わたしも、ターンパイクを五十五キロで走っていく。箱根の新緑が美しい。標高の高い箱根では、六月のいまが新緑のさかりだ。が、それを眺めている場合ではない。

ターンパイクを抜ける。神奈川県から静岡県に入った。一般道を五十五キロで走っていく。この頃には、わたしは牛島の行き先に目星をつけていた。

この速度で走っていき、白ギスを調達し、夕方までに、城ヶ島の技術センターに持ち込む。その予定を考えると、そう遠くまでは行けない。せいぜい、駿河湾《するがわん》の北にある漁港までだろう。そのあたりで、一番近くて一番大きな港は沼津だ。西伊豆の戸田《へだ》や土肥《とい》の港まで足をのばすのは、時間的に無理がある。

予想通りだった。わたしは、心の中で〈ビンゴ〉とつぶやいていた。牛島が運転する車は、沼津の町に入っていった。ゆっくりと市街地を抜け、沼津漁港に向かっていく。午後の一時を過ぎていた。

沼津漁港は、湘南の漁港などに比べると、かなり大きい。多くの車や人が動き回っている。わたしと同じような軽トラも、走り回っている。

牛島の車は、漁港の端に向かっていく。わたしも、あまり間を置かず、尾行していく。この漁港では、軽トラはまったく目立たない。牛島は、漁港の端の岸壁にゆっくりと車を近づけていく。やがて駐《と》まった。そこには、一艘《いっそう》の漁師船が舫《もや》われていた。小型の漁師船だった。わたしも、少し離れたところに軽トラを駐めた。

牛島は、車を駐め、おりた。ワンボックスカーの後部ドアを開ける。発泡スチロールの箱をとり出した。わたしが城ヶ島の技術センターで見たものと同じサイズだった。牛島は、その箱を持って、船の方に歩いていく。漁師船の上で、人が立ち上がったのが見えた。初老の男だった。陽灼《ひや》けした顔からして、漁師らしい。二人は、あきらかに、時間を打ち合わせしてあった……。

わたしはもう、望遠レンズのついたデジタル一眼を用意していた。車の運転席から、彼らにレンズを向けた。

牛島が、岸壁に箱を置き、蓋を開けた。漁師が、バケツに入った氷水をそこに入れた。わたしはもう、シャッターを切りはじめていた。漁師が、小型の手網で、白ギスを十四ほど箱に入れた。牛島が、箱の蓋を閉じた。ジャンパーのポケットから、何枚かの札を出し、漁師に渡した。二人は、ひとことふたこと言葉をかわす。牛島は、白ギスの入った箱を持ち上げる。ワンボックスカーの後ろに積んだ。

牛島は、漁師に軽く手を振る。運転席に乗り込んだ。ゆっくりと発進した。わたしはカメラを助手席に置く。ギアを入れ車を出した。

漁師船の船名も、写真には写っているはずだ。が、あの漁師を問いつめても、無駄だろう。彼は、理由を知らされずに、牛島に白ギスを売っていると思える。プロの漁師にとって、白ギスを釣るのは簡単だ。それで小遣い稼ぎになれば、理由など訊《き》かずにやるだろう。

牛島の車は、また時速五十五キロで走りはじめた。コースは、きたときの逆だった。まったく同じ道を帰っていく。わたしは、五十メートル以上、間をあけて尾けていく。やつが、このまま城ヶ島まで行く、その道順はわかっている。

やはり、そういうことだった……。わたしは、ステアリングを握り、胸の中でつぶやいていた。

相模湾から伊豆半島をはさんでとなりの駿河湾。そこで釣られた白ギスが、水産技術センターに持ち込まれていた。それを検査しても、有毒物質が検出されないのは、当然のことだ。沼津に向かう間に、予想していたことが、的中した。けれど、その証拠をつかんだ。これで、連中を絞め上げることができる。それは確かだ。

牛島の運転するワンボックスは、来たときとまったく同じ道順で湘南に戻った。そのまま三浦半島を南下。城ヶ島の水産技術センターに着いた。午後五時十二分だった。わたしは、研究センターの駐車スペースに入っていくワンボックスカーの後ろ姿に、この日最後のシャッターを切った。

その夜、水産技術センターの水島に電話をした。事情をきくと、「やはり……」とだけ言った。それ以上、わたしは何も言わなかった。彼も無言でいた。とりあえずの礼を言い、わたしは電話を切った。

翌日。午前九時半。海洋大の中原教授から電話があった。白ギスの検査、その結果が出たという。わたしは、すぐ行くと答え電話を切った。す早く身じたくをし、鎌倉を出た。

十一時半には、海洋大に着いた。中原が、缶の紅茶が好きだったことを思い出した。学生食堂のわきにある自販機で缶の紅茶を二缶買った。それを持って、中原の部屋に行った。

ドアを開けると、音楽が聞こえた。ブラームスが低く流れていた。中原は、読んでいた資料から顔を上げた。わたしを見ると、「やあ」と言った。わたしは、缶の紅茶をさし出した。「すまないね」と中原。

窓ガラスを小雨が濡《ぬ》らしていた。もう、梅雨に入ったのだろうか。わたしも中原も、缶の紅茶に口をつける。ひとくち飲んだ中原は、わたしを見た。

「死因は、メチル水銀だった」

「メチル水銀……」

わたしは、つぶやいた。メチル水銀について、わたしが知っていることは、あまり多くない。メチル水銀は、水銀を含む有機化合物の総称であること。どのようなメチル水銀も、毒性は非常に強い。海や川に関して言えば、工場の廃液に混ざって流出することがたまにある。その程度の知識だ。そのことを言うと、中原はうなずいた。

「君が持ち込んだ白ギスとメゴチの体内からは、ごく微量の亜鉛《あえん》や有機錫《すず》も検出された。が、これらは、どこの海でも、多くの魚を調べればよく検出されるものだ。特に日本の沿岸ということを考えれば、検出されて当然と言えるほどだ。しかも微量で、魚の死因にはならない。放射能も正常値だった。問題にはならない」

「で、メチル水銀……」

「ああ。どの白ギスやメゴチからも検出された。メチル水銀は神経系に対する強い毒性を持っている。魚の死因は、まちがいなく、これだ」

「で……魚たちの体内にどうやってメチル水銀が……」

「彼らが捕食したものからだ。君も知っているように、白ギスやメゴチは、水深二メートルから三十メートルぐらいの比較的浅い海に生息している。砂地の海底にいて、小さな生物を捕食している。砂の中にいるジャリメ、さまざまなごく小型の甲殻類などだ」

　と中原。わたしは、うなずいた。

「君が持ってきた魚たちの胃を開いて内容物を調べてみた。溶けかかっているものもあったが、ごく普通に、ジャリメ、イソメ、ごくごく小型の甲殻類が出てきた。それら胃の内容物を分析すると、メチル水銀が検出された」と中原。

「つまり、海底の砂地や砂の中にいる、そういう小型生物がメチル水銀に汚染され、それを捕食した白ギスやメゴチが死んだということだ。メチル水銀は、生物濃縮をうけやすい毒物だ。つまり、プランクトンや小型生物にとり込まれると、その体内で濃縮されるはずだ」

「で、それを捕食した白ギス、メゴチ、ホウボウなどが死んだ……」

「ああ、魚体が小さく、人間にたとえれば薬の副作用に弱いような体質の白ギスがまず死にはじめたと推測できる」と中原。缶の紅茶を飲んだ。あい変わらず、雨が窓を濡らしている。

「メチル水銀の毒性は強い。かつて、イラクで悲惨な事故が起きたことがある。種まき用の小麦に、防カビ剤としてメチル水銀が塗られ、それによって大量の死者が出た。もちろん、日本ではあの水俣《みなまた》病という悲劇を引き起こしている。とにかく、水銀の有機化合物は怖いよ」

「でも……相模湾の沿岸に、なぜメチル水銀が？」

「それは、私にもわからない。日本でも、工場からの廃液にメチル水銀が含まれていた例は、水俣以外でもいくつか報告されている。白ギスが打ち上げられた海岸の周辺に、汚染物質を流出させるような工場や河は？」と中原。わたしは、ざっと海岸線を思い浮かべる。七里ヶ浜。腰越。片瀬海岸。そして鵠沼《くげぬま》海岸……。海に面した工場は、まず、ない。

七里ヶ浜には、行合川《ゆきあいがわ》という幅の狭い川が流れ込んでいる。が、行合川の上流はごく普通の住宅地のはずだ。腰越にも、神戸川《ごうどがわ》という小さな川が流れ込んでいる。この川の上流にも、工場らしいものはないはずだ。

これが、藤沢市になると、少し事情が違う。

片瀬西浜。江の島大橋のすぐわきに、境川《さかいがわ》という、かなり川幅のある川が流れ込んでいる。さらに、鵠沼海岸には、引地川という川が流れ込んでいる。この川も、そこそこの川幅がある。

藤沢市は、引地川の河口で、放射能濃度の測定をやっている。が、もっと川幅のある境川で測定したという報告はしていない。なぜだ。引地川の河口で測定をするなら、もっと大きな境川でもやるべきだろう。なぜ、それをやらない。境川の上流に、何か、知られてはまずいものがあるのかもしれない。

とにかく、藤沢市の連中は、隠しごとをしている。すでに、駿河湾で釣った白ギスを、相模湾で死んだ白ギスとして城ヶ島の水産技術センターに持ち込んでいる。

いま起きていることの真相は、彼らを絞め上げて訊くのが正解だろう。

わたしは、缶の紅茶を飲む。窓ガラスに流れている雨を眺めていた。あい変わらず、ブラームスが低く流れていた。

湘南に戻る頃には、雨が上がっていた。

わたしは、藤沢市役所の駐車場に車を入れた。ロビーで、牛島を呼び出した。五分ほどすると、牛島がやってきた。いつものように低姿勢で、「きのうは、失礼いたしました。お会いできなくて」と言った。

「そんなことはないわ。一日中一緒で楽しかったわよ」わたしは言った。牛島は、ぽかんとしている。

「沼津までのドライヴ、楽しかったわよ。いいものも見られたし」さらに、わたしは言った。牛島は、口を半開きにしている。二、三回、口をパクパクさせる。やがて、

「あ……あの、ちょっとあちらでお話を」と言った。ロビーから階段で二階に上がった。二階には、会議室が並んでいる。その一番手前のドアを開けた。中に人がいないのを確かめる。

「どうぞ」

と言った。わたしは、その会議室に入った。二十人ぐらいの会議ができそうな部屋だった。ひんやりとして、静かだ。わたしは、ポケットから、五枚ほどの写真をとり出した。デジタル・カメラで撮った写真をプリントしたものだった。それを、テーブルの上にぽんと置いた。牛島は、その写真を手にとる。一枚ずつ見ていく。

「よく撮れてるでしょう。沼津漁港における秘密のデート」わたしは微笑しながら言った。牛島の顔と首筋には、もう汗が吹き出している。ジャンパーのポケットからハンカチを出す。汗を拭《ふ》きはじめた。

少し芝居がかっているかなと思ったけれど、わたしはテーブルを手の平で叩《たた》いた。

牛島の体が、ビクッとした。

「よくも、わたしを騙《だま》してくれたわね。うまいことばかり言って。どうしてくれるの」と言ってやる。牛島は、テーブルに広げた写真を見たまま、ひたすら汗を拭いている。

「何か言いなさいよ。あんた、口はきけるんでしょう」わたしは言った。握った拳《こぶし》でテーブルを叩いた。牛島は、体を九十度に折った。頭を下げたまま、「申しわけありません。本当に、申しわけございません！」と言った。わたしは、テーブルの端に、腰をのせた。

「謝るのはタダだものね。あんたたちは、何かあると、すぐ謝る。それで、なんとかなると思っているんでしょうね。ところが、今回は、なんともならないの」わたしは言った。牛島が顔を上げた。

「本当のことを話さなければ、すべて、マスコミにばらすわ。この写真つきでね」

「そ……それは……」

「困るでしょう。じゃ、さっさと話して。本当のことを。なぜ、こんな小細工をしたのか」

「……それは、風評被害を避《さ》けようという方針で……」

「方針って、誰の方針？」わたしは言った。牛島は答えない。ほとんど、わかっていた。対策本部長をやっている副市長の牧野だろう。

「副市長の指示でやったんでしょう」わたしは訊《き》いた。牛島は、うつ向いたまま。答えない。答えないということは、肯定したことになる。

「風評被害だって？　笑わせるんじゃないわ。実際にこれだけの魚が死んでるんだから」わたしは言った。「その理由も、わかったわ」

牛島が、「理由が……」と口にした。わたしは、うなずいた。ポケットから、折りたたんだコピー用紙をとり出した。広げ、テーブルに置いた。中原教授が分析した結果をコピーしたものだ。牛島は、それをそっと手にとる。

「……メチル水銀……」と、つぶやいた。わたしは、うなずいた。砂浜に打ち上げられている白ギスやメゴチ。それを、海洋大学に持ち込んで分析した。そのことを伝えた。牛島は、そのコピーを、じっと見ている。十秒……二十秒……。一分以上して、ぽつりと口を開いた。

「そうか……。これで辻褄《つじつま》が合う」と言った。

「辻褄？」訊き返した。牛島は、うなずいた。また、コピー用紙に視線を落とす。

「いま、ある業者が警察の捜査線上にあがってきているんですが……」

「業者？」

「ええ。藤沢市の北側に工場や倉庫をかまえていた家電品の処分業者です。つまり、テレビ、オーディオ、冷蔵庫、パソコン、なんでもかんでも引き取る業者です。四年前までは、藤沢市の指定業者でもありました」

「市の？」

「そうです。市としては、使わなくなった家電品を、粗大ゴミとして有料で市民から引き取っています。まあ、市民へのサービスのひとつとして……。そして、引き取った家電品は、タダで業者に引き取らせます。いま仮に、この業者をS産業としますと……」

「そのS産業は、その家電をどう始末するの？」

「まだ使えるものは、海外に売りさばいていたようです。中国、東南アジアなどへ貨物船で輸出していたようです。最近では、まだ使える家電品でも、型が古くなったり、汚れてきたりすると、処分してしまう人も多い。そんな中古の家電品でも、経済的に楽でない国の人々には、そこそこの値段で売れるようです」

　と牛島。

「さらに、もう使用できなくなった家電品からも、売りものになる金属が採《と》れるといいます。ご存知でしょうが、最近の家電品の多くは、いわば電子制御《せいぎょ》されています。その電子制御の部品を高熱で溶かせば、さまざまな金属がとり出せるようです。ひとつあたりの量は少なくても、数が集まれば、馬鹿にはならないでしょう。そのS産業は、そういう金属を、開発途上国に売ったりもして、利益を上げていた。そのことに、市は特に関与しないでいた。ところが、四年前に、困ったことが起きたんです」

「S産業が、何かやらかした」と、わたし。牛島は、うなずいた。

「どうにも処分しようがなくなった家電品を、夜中にトラック三台で運び、相模川に捨てたんです。たまたま目撃者がいて、S産業のやったことだとわかりました」

と牛島。相模川は、相模湾に注ぐ川の中でも、最も大きな川の一つだろう。川をさかのぼればマリーナなどもある。

「で、その後は?」

「S産業社長は不法投棄で書類送検されました。もちろん藤沢市の指定業者からはずされ、会社は半年後に倒産しました」

「なるほど。で、そのS産業への疑惑が?」

「魚が死にはじめてからしばらくして、警察としては、なんらかの毒物が不法投棄されたことを視野に入れていたようです。藤沢署だけでなく、近隣の所轄署《しょかつしょ》、さらに県警とも連絡をとりながら、情報集めをやっていたといいます。相模湾内となると異例ですが、海での不法投棄はとても多いのが現状のようですから」

「で、そのS産業が浮かび上がった……」

「ええ。四年前、不法投棄の犯罪を起こしてますから、警察も調べに行ったようです。元社長と話していると、どうも怪しいようだと、うちの副市長にも連絡が入ったそうです。そして、ついさっきのことです。S産業の元社長から、警察に電話があったといいます」

「どんな」

「明日の朝、藤沢署に出向いて話したいことがあると……」

「自首？」

「そうかもしれません。それにしても、銛さんが調べてくれたこの事実、白ギスなどの死が、メチル水銀という有毒物質だとすると、話はつながります」

「その元社長が、またやった。メチル水銀などを含む汚染物質を川か海に投棄した？」

「そういうことですね。いずれにしても、明日になればわかることですが……」牛島は言った。

「もし、その元社長が有毒物質を流したと認めたら、あんたはもう、沼津まで白ギスを買いに行かなくてもすむ」

「いや、本当に申しわけなかったです」

「その言葉は、副市長からききたいものね」

14　ある依頼人

「やはり自首しました」

牛島から電話があったのは、午前九時五十五分だった。周囲を気にして、声を殺している。S産業、ことソウセイ産業の元社長が、九時過ぎ、藤沢署に出頭したという。どうやら、海に何かを投棄したことを認めているようだと牛島は言った。

「もちろん、いま事情聴取がはじまったばかりのようですが、昼のテレビニュースでは、第一報が流れるかもしれません」と牛島。「うちの方には、かなり正確な情報がきますので、追ってご連絡します」と言った。

確かに、昼のテレビニュースでは流された。〈白ギス大量死に新展開〉というヘッドラインでニュースは流れはじめた。藤沢警察署の前に、男のレポーターが立っている。マイクを握り、早口で話しはじめた。

「私はいま、神奈川県の藤沢警察署の前におります。あの、白ギスが砂浜に打ち上がるという異変に、新しい展開が見られたもようです」

と話しはじめた。画面のすみには、ほかのテレビ局のスタッフも映り込んでいた。藤沢署の前は、かなりの騒ぎになっているようだ。わたしは、淹《い》れたてのコナ・コーヒーを飲みながら、テレビ画面を観ていた。レポーターが、何かのメモを見ながら話しはじめた。

「これまで入った情報によりますと、ある業者が、有毒物質と思われるものを、海に投棄したと、藤沢署に出頭してきたようです。いま現在、警察による事情聴取がはじまったところのようですが、くわしい内容については、今後、発表されるものと思われます」とレポーター。スタジオにいるアナウンサーから質問が飛ぶ。

「その業者の名前や、有毒物質がどのようなものかについては、まだ、わからないんですか？」とスタジオ。現場のレポーターは、うなずく。「その辺は、まだわかりません。警察の事情聴取がはじまったばかりということなので、追って、警察の発表があるものと思われます。現場からは、以上です」

午後二時過ぎ。テレビ神奈川の疋田《ひきた》から電話がきた。

「基本的な事情聴取は終わったようですね」と言った。その内容を話しはじめた。わたしは、必要なことはメモをとる。

業者は、すでに倒産している〈相生産業《そうせい》〉。家電品を中心とした下取り業者。今朝出頭した元社長は、小野田勝次《おのだかつじ》。五十八歳。小野田は、四年前に下取りした家電品を、トラック三台で運び、相模川に投棄した。目撃者の証言で、小野田は書類送検された。そこまでは、市役所の牛島からきいた話と一致している。

会社が倒産した後の小野田は、軽トラックで個人営業していたという。軽トラックで、住宅地を廻《まわ》る。不要になった家電品を引き取る。それをまとめて、東南アジアなどに売っていた。過去のつながりを、なんとかいかし、貨物船で東南アジアなどに売っていたという。

「もちろん、会社としてやっていた頃に比べれば、稼ぎはひどく少なくなったようです」と疋田。

そんな小野田に、ある話がきたのは、二ヵ月前だという。一本の電話がきた。不要になった産業廃棄物を処分してくれないかという電話だったという。相手は、荒木とだけ名のった。二トントラックの荷台に半分ぐらいの廃棄物を処理してくれれば、五十万円出すと言ったという。

金に困っていた小野田は、その話にのった。今度は、川ではなく、海に投棄しようと考えた。たまたま、知人が持っている船が、相模川に係留してあったので、それを使うことにした。

電話をかけてきた相手と、深夜の川べりで落ち合った。相手は二トントラックでやってきた。話の通り、機械の部品、使用済みのバッテリーなどがあった。そして、金属製の缶がいくつもあったという。

「缶……」わたしは、つぶやいた。「いわゆる石油缶のような大きさの四角い缶だったといいます。かなり重かったと小野田は言っています。そんな缶を十個近く、船に積んだ。そして、荒木と名のった相手は、五十万円を小野田に渡して帰っていった」と疋田。「小野田は、夜中の〇時頃、闇《やみ》にまぎれて船を海に出し、沖でそれらの廃棄物を捨てた」

「捨てた地点は？」

「それは、まだ聴取できていないようです」

「で、その小野田は、なぜ自分から出頭を？」

「このところ、多くの魚が死んで打ち上げられている、その原因が、自分が海に投棄した物によるのではないかと考え、怖くなった。そこで、出頭したと本人は言っているようです。いまわかっているのはこれぐらいですが、午後の四時頃には、警察による記者会見が開かれるはずです」疋田は言った。

「記者会見の前に、よくそれ程の情報をとれたわね」

「まあ……。私は、警察の担当を長くやっていたので、所轄署や県警に旧知の人間が多くいるんです」疋田は言った。わたしは、携帯を片手にうなずいた。

「警察の記者会見には来られますか？」

「もちろん、行くわ」

三時半。家を出ようとしていると、市役所の牛島から電話がきた。出頭した小野田に関する情報を伝えたいという。「いまは、いいわ。どうせ、これからはじまる警察の記者会見でわかるでしょう」

「わかりました。では、警察署の玄関でお待ちしています」

記者会見の場は、かなり混雑していた。テレビ局をはじめ、相当な数のマスコミが押しかけていた。テレビ神奈川の疋田の姿も見えた。わたしと一瞬目が合った。わたしは、軽くうなずいてみせた。

四時十分過ぎ。藤沢署の会見がはじまった。話のアウトラインは、すでに疋田からきいていたものと同じだった。ひと通りの説明が終わると、記者たちからの質問がはじまった。

「その、小野田が海に捨てた石油缶のようなものの中身は、なんなんですか?」と男性記者。

「まだ、わかっておりません。小野田によると、その缶を持ってきた荒木という人物からは、廃油、つまり工場で使ったあとの油だと言われたそうです。缶は相当に重かったといいます」

「つまり、小野田は、缶の中身を知らずに、海に捨てたということですか?」と記者。

「本人は、そう供述しています」と担当の警察官。

「小野田に不法投棄を依頼した荒木という人物については、何か、わかっているのですか」と記者。

「現在のところ不明です。小野田のところにかかってきた電話ですが、その番号は、平塚市内の公衆電話でした。荒木というのも、本名かどうか、わかりません。不法投棄つまり犯罪を依頼するわけだからそのあたりを隠すことはあり得ると考えられます」と警察。

「その缶などが捨てられた地点は、わかっているんですか？」と女性記者。

「小野田の供述だと、江の島、片瀬海岸さらには腰越の沖一帯になります。夜中だし、その船にはGPS装置などもないので、正確な位置はわからなかったといいますが、岸からは二キロから三キロではなかったかということです。その距離だと水深にして二十メートルから三十メートルと推測されます」と警察。別の記者が立ち上がった。

「相模川に係留してある船で、その投棄をおこなったということですが、相模川は茅ヶ崎市と平塚市の境界になっています。その川を出て、片瀬海岸の沖まで行くのは、かなりの距離がある。それなのに、なぜ、河口に近い茅ヶ崎や平塚の沖で投棄せず、片瀬や腰越の沖まで行って投棄したのでしょう」

「本人の供述だと、藤沢市に恨《うら》みを持っていたようです。四年前の不法投棄で、小野田の会社は、藤沢市の指定業者からはずされた。当然のことなのですが、小野田は、それを逆恨《さかうら》みしていたと考えられます。それで、藤沢市の海岸である片瀬や江の島の沖一帯に、投棄したと供述しています」と警察。

「では、その投棄された缶に入っていたものが、魚の大量死の原因だとは考えられますか」と記者。

「現時点では、なんとも言えません。とりあえず、投棄された物を見つけることが先決だと考えます」と警察。

「そのための対策は？」と記者。

「明日から、ダイバーを使って、めぼしい海域の海底を徹底的に調べる予定になっています」と警察。

警察署の出入口。副市長の牧野が、立ったまま、とり囲む記者たちの取材をうけていた。会見が終わった五分後だった。

「われわれとしては、卑劣《ひれつ》な不法投棄には、断固とした姿勢でのぞむつもりです」と、例のバリトンで力説している。「今後は、警察と連携《れんけい》をとりながら、一日も早い事態の収束に向けて……」などと演説口調で話している。

わたしは、それには知らん顔。駐《と》めてある車に歩き出した。テレビ神奈川の疋田が早足で追いついてきた。

「どう思います」と訊《き》いた。「納得できない部分があるわ」わたしは言った。

「どの辺が？」と疋田。「まだ確信はないから、もう少し調べてみる」私は答えた。

疋田は、うなずく。「これから局に帰って編集があるので」と言った。夕方からのニュースで流すために、いまの記者会見を急いで編集するのだろう。

「お……」と浩一がつぶやいた。わたしをじっと見た。

午後六時半。わたしが、〈ポウの店〉に入っていったところだった。浩一が、ひとりカウンター席にいた。水割りのようなものを飲んでいる。その前には、ウイスキーのボトルがあった。わたしは、席を一つあけて、カウンター席についた。

浩一と会うのは、しばらくぶりだった。約一年半前の正月に帰ってきたときには会っていない。三、四年ぶりの再会だろう。

ポウが、奥の厨房から出てきた。わたしは、BUDと枝豆をオーダーした。ポウが、うなずく。浩一が、「帰ってきてるって噂は、きいてたよ」と言った。わたしは、うなずく。カウンターの上を見た。彼は、フォアローゼズを水割りで飲んでいるようだ。

「バーボン、飲むようになったんだ……」わたしは言った。昔は、ビールしか飲んでいなかった。浩一は、わたしを見る。「そりゃな。いっちょ前の船長だし」と言った。その眼に、かなり酔いの色があらわれている。

彼の服装も、以前とはだいぶ変わっていた。よく、着古したTシャツを身につけていた。いまは、小ざっぱりとしたポロシャツを着ている。海岸近くに住んでいる人間にとって、Tシャツを着るのと、エリのついたポロシャツを着るのでは、心の持ちように微妙な違いがあると、わたしは感じていた。

「儲《もう》かってるみたいね」わたしは言った。BUDをひとくち飲んだ。「ああ、儲かってる。翔洋丸は、腰越でナンバー1《ワン》だよな」と浩一はポウに言った。ポウが、うなずいた。「浩一さん、一番稼ぐ船長です」

「白ギスの件で、お客は減ってないの？」わたしは訊いた。「おれが営業してるのは、アジ・サバだから、問題なし。ぜーんぜん問題なし」と浩一。その言葉も、少しろれつがあやしくなっている。

「浩一、ずいぶん変わったね」わたしは貴美に言った。さっき、浩一が、少しふらつく足どりで店を出ていった。店を出ていくとき、わたしに「じゃ」とだけ言った。別れて十年というのは、そういうことなのだろう。わたしは、あらためてそのことを思っていた。浩一が出ていったのと入れ違いに、貴美が入ってきたところだ。わたしの隣に座った。わたしの言葉をきいた貴美は、うなずく。

「車も、ピカピカのパジェロに乗ってるよ」と言った。「パジェロ……」わたしは、つぶやいた。以前の彼は、錆《さび》だらけの軽トラに乗っていた。いまにも分解してしまいそうな錆だらけの軽だったのに……。

15　潮が暴いた嘘

「本当に儲《もう》かってるんだ……」わたしは、つぶやいた。カウンターの向こうで、ポウがうなずく。「浩一さんの釣り船、毎日、たくさんのお客を乗せてますよ」

「でも、どうして？」と、わたし。「浩一さんの船に乗ると、抜群に釣れるらしいです」とポウ。

「その理由って？」

「コマセらしいです。コマセに秘密があるんだって、いつか浩一さん、言ってました」

「コマセに秘密……」

「ええ。オキアミやイワシのミンチ以外に、何か特効薬を混ぜてるって、言ってました。少し酔っぱらってですけど」とポウ。

「特効薬って、何？」わたしが訊《き》くと、ポウは首を横に振った。「それは、浩一さん、絶対に言わないですね。港の仲間たちにも教えないそうです。なんでも、アメリカから仕入れたとしか……」

わたしは、うなずきながら、枝豆を口に入れた。浩一が使っているコマセのことは、かなり気になった。頭の隅《すみ》にしっかりとメモをした。

「納得ができないんだよね」と貴美。ラム・トニックを飲みながら、わたしに訊いた。さっきの、警察が行った記者会見のことだ。「そう、納得できない。まず根本的なところでね」わたしは、二杯目のBUDに口をつけながら言った。そして言葉を続ける。「まず、警察に出頭した小野田っていう男。四年前は、トラック三台分もの家電品を川に不法投棄した。そんなやつが、そう簡単に変わるとは思えない。仮に、自分が江の島や片瀬海岸の沖に何かを投棄したとして、そのために魚が死んだんじゃないかと不安になって警察に出頭してくる、そんな人間じゃないと思う。魚が死んだって、知らん顔をしてるようなやつだと思う」

「そうだね。たとえば、性犯罪を犯した人間が、何年以内かにまた犯罪を犯す率ってすごく高いらしいし……」貴美が言った。

「そう。世の中じゃ、〈更生《こうせい》〉って言葉をよく使うけど、人間が更生するのって、そんなに簡単なことじゃないと思う」わたしは言った。貴美がうなずいた。グラスを口に運んだ。ポウは、厨房に引っ込んでいる。きいてはまずい話になると、やつは厨房に引っ込んで姿を見せない。職業がら身についたことなのだろう。

「納得できないこと、その二。やつが出頭したタイミングがよすぎる。わたしが、市役所のやっている隠蔽《いんぺい》工作の尻尾をつかんだ。そのとたんに、容疑者らしきやつが警察に出頭するなんて、タイミングがよすぎない？」と、わたし。

「確かに。なにか都合よすぎるね」と貴美。

「で、納得できないことの決定的な三つめ。その小野田っていう男性、二ヵ月前に、海に不法投棄したと供述しているらしいけど、白ギスが打ち上げられはじめて、もう一ヵ月ぐらい過ぎてる。不法投棄から一ヵ月で、海底の生物の体内に毒素がとり込まれ濃縮されるというのは、どうかな……」

「日数が短すぎる？」

「その可能性がある」

わたしは言った。携帯をとり出した。海洋大の中原教授の番号は、登録してある。彼にかけた。三回目のコールで、中原が出た。

「そろそろ連絡がくる頃だと思ってたよ」

「というと、あの警察の記者会見の件で？」

「ああ、私もテレビで観たが、不自然かなと思えるところはあった。たぶん、君が考えてるのと同じことだろう」

「二ヵ月前に投棄された毒物が、このスピードで、海底の小生物の体内で濃縮されるのは、少しおかしい。そのことですよね。しかも、金属の缶から、すぐに毒物が漏《も》れてくるというのも不自然……」

わたしは言った。金属が海に投げ入れられれば、当然、錆《さ》びる。けれど、海水につかりっぱなしだと、金属が錆びる速度は落ちる。金属は、塩分と酸素で、す早く錆びる。一度海に入れた釣りバリなどを、海水から上げて放っておくと、つまり酸素に触れると、あっという間に錆びてくる。けれど海中に沈められっぱなしの金属の缶は、そう早いスピードで錆びるとは思えない。

「わたしも、そのところが気になったんだ」と中原。

「あの供述が本当だったとして、海底に沈められた金属の缶から、すぐに中の毒物が外に漏れ出すかという疑問はあるね。もしすぐに漏れ出したとしても、それが、海底あたりにいる小型生物の体内にとり込まれ濃縮されるには、かなりの時間がかかると思える」

「やはり」

「ああ。今回、海底の小型生物がメチル水銀で汚染された。それは、かなりの日数をかけて、メチル水銀が少しずつ海底に降り積もった結果というような気がするんだ。一ヵ月というような短い日数ではなく、少なくとも数ヵ月、あるいは一年というぐらいの日数をかけて、じわじわと汚染されていったと考える方が自然だね」

中原は言った。わたしは、うなずいた。また連絡しますと言って電話を切った。


翌日。午前十時半。わたしは、相模川に行った。出頭してきた小野田は、相模川に係留された船で、海に不法投棄したと供述した。その船が係留されているあたりに行ってみた。

その場所は、すぐにわかった。川べりに、多くの人間がいる。警察車輌が何台か駐《と》まっている。現場検証が行われているのか、川べりには黄色いテープが張りめぐらされていた。わたしは、少し離れたところに軽トラを駐めた。歩いていく。

市役所の牛島と牧野がいた。わたしを見つけ、近づいてきた。「あれが、投棄に使われた船です」と牛島。川に係留されている船を指さした。わたしは、それは無視。

二人と向かい合った。

「白ギスたちの死因がメチル水銀だというのは、いつ発表するの？　それとも隠《かく》しておくつもり？　もしそのつもりなら、わたしが発表させてもらうわよ」と言った。

「まあまあ」と牧野。「せっかく、不法投棄の犯人がわかったばかりだ。ここは、しばらく警察の捜査の進展を見守ろうじゃないか」と言った。

「……メチル水銀といえば、あの水俣《みなまた》病の原因になったものじゃないですか。いまそれを発表したら、世の中は大騒ぎになってしまいますよ」と牛島。

「じゃ、このまま放っておいて、藤沢、鎌倉が第二の水俣になってもいいっていうの？」わたしは、腰に手を当てて言った。

「まあ落ち着いて。私の話をきいてくれないか」と牧野。「きょうの午後、私が正式に会見を開く予定だ。ここ当分の間、藤沢市と鎌倉市の海で獲った白ギス、メゴチなどは食べないように、対策本部長としてお願いをするつもりだ。なんせ、有毒物質が投棄された可能性があるわけだから」

「それで？」

「まあ、いま現在も、相模湾の白ギスなどを食べる人はほとんどいないと思うが、市の対策本部長としても、そのところをしっかりとお願いしておく。そして、きょうから警察がダイバーを使って海底を調査しはじめた。その結果によっては、ことは早期に収束する可能性がある」

「その結果とは？」

「あの小野田が海中に投棄したとされる金属の缶、それが発見されれば、汚染の実態がわかるはずだ。たとえば、投棄された缶の多くが、まだ中身の漏れ出していないうちに発見されれば、汚染は、あるところでおさまるという見通しが立つだろう。そうなれば、人々に過剰な不安を与えずにすむかもしれない」牧野は言った。

「もし、そうならなければ？」

「そのときは、また新たな対策を立てるしかないだろうが……」と牧野。わたしは、その話を、適当にきき流していた。そして、船を見ていた。小野田が、投棄のために使ったとされる船。いま、二、三人の警官がその上で写真を撮ったりしている。

　川べりに係留されているその船は、いわゆるレジャー用の船ではない。漁船タイプの船だった。約35フィート。そこそこの大きさの船だ。漁船タイプなので、確かに、荷物を積むスペースはかなりある。わたしは、眼を細め、その船を見つめていた……。

　車に戻る。携帯で、テレビ神奈川の疋田にかけた。疋田は、すぐに出た。「あの小野田に関するデータを、もっと詳しく知りたいの」わたしは言った。まず小野田の住所、家族構成、などなど……。「夕方までには、わかると思います」と疋田は言った。

「いや、まいったな」と根本。かぶっていた帽子をとる。白髪が目立ちはじめた頭を、ごしごしと掻《か》いた。

午後三時。わたしは、腰越の漁協に立ち寄った。副組合長の根本がいた。組合長は、もう七十代の後半。このところ体調を崩して、漁協には出てきていない。いまは、副組合長の根本が現場をとり仕切っている。

「よりによって、うちらの沖で不法投棄をやりやがって、まいったよ、ほんと」と根本。「魚は大丈夫かって問い合わせがひっきりなしでさ。わしらも、困ってるよ。きのうの発表からあと、なんか、わかったことはないの？」と、わたしに訊いた。

さすがに、メチル水銀が、とは言えなかった。「警察が、ダイバーを潜らせて調べてるから、そのうち、何かわかるかもしれない」とだけ言った。

漁協の事務所に置かれてあるテレビに、牧野が映った。市役所で記者会見をはじめたようだ。何本ものマイクを前に、牧野は話しはじめた。

「昨日、警察から発表があった通り、片瀬海岸、江の島、そして鎌倉市の腰越の沖で工業廃棄物の不法投棄があったことが明らかになりました。とても遺憾《いかん》であり、憂慮《ゆうりょ》にたえない事態です。いま現在、収束のきざしのない白ギスなどの大量死については、この不法投棄が原因と推測されます。本日より、警察による海底の調査が行われておりますが、みなさまにおかれましては、ここしばらくの間、白ギス、メゴチ、ホウボウなどの魚を食べることをひかえていただくよう、対策本部長としてお願いするしだいであります」

と、よく通るバリトンで話している。その画面から目をそらし、「何が遺憾だよ、ばかやろう」と根本が吐き捨てた。その気持ちは、わたしも同じだった。

「いま、漁師たちへの影響は？」わたしは訊いた。

「白ギスの遊漁船はみな、アジ・サバやイカ釣りに切りかえてるから、そう大きな痛手はない。漁師にとっても、白ギスはそれほどの稼ぎになる魚じゃないから、いまのところひどく深刻な被害にはなってない。けどなあ」

「けど？」

「ほかの魚にも被害が拡がったら、大変だよ。確かに白ギスは、釣り上げてもすぐに死んじまう魚だから、毒物の被害を最初にうけるのはわかる。白ギスでおさまっているうちはまだしも、ほかの魚にまで被害が出はじめたら大変だよ。それじゃなくても、原発から流出してる汚染水のことで、みんながピリピリしてるときだからなあ……。相模湾の魚はみんな危ないなんていうことになったら、漁師はみんな首くらなきゃならないさ」根本は言った。

「魚は減るし、燃料代はどんどん上がるで、港の連中はみんな困ってるってのに、こんな事件まで起きちまって……」うめくような声で根本は言った。わたしは、うなずいた。沿岸の魚が減ってきたのは、わたしが子供だった頃、すでに知っていた。漁船や遊漁船が使う燃料、つまり軽油やガソリンも、この数年、値上がりが続いている。漁にかかわっている者は、真綿で首を絞《し》められるような苦しい状況におかれているのだ。牧野が雄弁に語っているテレビ画面を、わたしはぼんやりと眺めていた。

「たまには、海の上もいいですね」とテレビ神奈川の疋田。舵《かじ》を握っているわたしの隣で言った。

疋田とわたしは、腰越の漁港で落ち合った。他人にきかれたくない話だった。同時に、船をひとっ走りさせたかった。わたしは、フェニックス29の舫《もや》いをといた。遅い午後の海に出た。いまは、一年中で最も日の長い季節だ。太陽は、まだ水平線の上にある。斜めから、黄色味がかった陽が射している。

わたしは、腰越の漁港を出る。エンジンの回転数を少し上げた。時速8ノットのトローリング・スピード。コンパス方位190度に船首《バウ》を向けた。ほとんど真南に走りはじめた。海風に、まだ真夏の暑さはない。

「小野田について、かなりのことがわかりました」と疋田。A4ほどの紙をとり出した。話しはじめた。

まず小野田の住所。かつて経営していた会社や工場は、藤沢市の北側にあった。が自宅は、辻堂。海に近いところにある。会社を経営していた頃と変わっていないという。

小野田は、十一年前に離婚。子供は一人。いま二十九歳になる息子がいる。息子の名前は健太《けんた》。小野田と同じ家に住んでいる。小野田が会社をやっていた頃は、父親の会社を手伝っていた。

「会社が倒産したあとは？」

「ぶらぶらしていたようです。定職にはついていないですね」

「どんなやつ？」

「しょうもないやつのようです」疋田は、苦笑まじりに言った。小野田の息子、健太は、高校時代から問題を起こしていたらしい。無免許運転で一度つかまっている。

喫煙《たばこ》で、停学処分もくらっている。そして、高校は中退。つい五年前は、藤沢の街で引っかけた女を強引にラブホテルに連れ込もうとして相手に騒がれ、警察ざたになっている。このときは、まだ会社をやっていた父親が、金を使ってもみ消したらしい。

「確かに、どうしようもないわね」わたしも苦笑しながら言った。舵を少し右に切る。船は、定置網の近くを通り過ぎた。海は、熟した無花果《いちじく》のような色に染まっている。

「小野田の周辺を探るんですか？」疋田が訊いた。

「たぶん。その必要がありそうだから」

「必要というと？」と疋田。わたしは、数秒、無言。夕凪《ゆうな》ぎの海面を見つめていた。

「小野田が不法投棄をしたというのは、嘘よ」と言った。疋田が、わたしを見た。

「小野田は、真夜中の〇時頃に船を出したと供述している。けれど、やつが投棄をしたと供述している日の夜、船は出せなかったはずよ。その日は大潮で、しかも、深夜の〇時頃は、干潮に当たっているから」

わたしは言い、説明をはじめた。小野田が船を出したという相模川。その河口あたりは、水深が浅い。川の河口近くは、そうなりやすいのだけれど、相模川は特に河口が浅い。

相模川の少し上流には、マリーナがあり、プレジャーボート、つまりレジャー用の船が多く置かれている。わたしの知人も、そこにボートを置いている。その知人と船を出したことがあるけれど、相模川の河口を出入りするときは、とても気を遣っていた。へたをすると、河口の海底にボートをのり上げてしまうからだ。

特に、海面が大きく上下する大潮の日は大変だ。大潮の日の干潮時、海面は平均的な状態より一メートル以上、下がる。つまり、海がひどく浅くなる。相模川でそうなると、喫水線《きっすいせん》から下が七十センチぐらいのプレジャーボートでも河口の出入りが危険になってしまう。

小野田が不法投棄をしたという日は、〈潮時表〉で見ると大潮にあたる。しかも、深夜の〇時頃は、干潮になっている。

「しかも、あの船は、漁船タイプだった」わたしは言った。相模川に係留されていた船を思い出す。あれは、プレジャーボートではなく漁船タイプだった。漁船タイプの船は、風で横に流されないよう、船底に〈キール〉という出っぱりを持った構造になっている。その分、喫水つまり海面から下の船体部分が深い造りになっている。それだけ、浅い海では海底にのり上げやすい。

「しかも、かなり重い缶を十個近く積んだと小野田は供述しているわ」

重い物を積めば、船はさらに沈む。喫水線から下は、とても一メートルではきかないだろう。そんな、水面から下が深い状態の船が、大潮で干潮の相模川河口から出るというのは不可能だ。つまり、供述は嘘だということになる。

小野田も、たぶん船には詳しくない。その他の誰も、大潮、干潮という点に気づいていない。けれど、あの供述は、間違いなくでっち上げだ。

「そうか……その点には気づかなかった。しかし、いったい誰がなんのために」と疋田。

「それを、わたしが調べる。徹底的に調べ出してやる」わたしは言った。まっすぐに前を向いて舵を握っていた。船は、あい変わらず時速8ノットで夕凪ぎの海を走っていた。

16　餌は自分

「ちょっと借りるね」わたしは、従業員の繁さんに言った。うちの一階にある荷さばき場。そのすみに、使い終わった発泡スチロールのトロ箱が積み重ねてある。わたしは、大きめのトロ箱を五、六個、運びはじめた。

軽トラの荷台に、トロ箱を積んだ。ゴムのロープを、荷台にかけ、トロ箱を固定した。荷台にこういうものを積んだ軽トラ。それは、湘南で一番目立たない車だろう。どこに駐《と》めてあっても、不思議に感じる人はいない。

わたしは、エンジンをかけ、うちの駐車場を出た。

あの容疑者、小野田の家は簡単に見つかった。海沿いの国道134号から少し陸側に入ったところ。住所でいうと辻堂東海岸三丁目。ごく普通の住宅地だ。

ちょっとした庭のある二階家が並んでいる。海が近い土地柄、玄関のわきに、サーフボードなどが立てかけてある家もある。小野田の家は、そんな住宅地にあった。変わったところのない二階家。家のわきに、駐車スペースがある。そこには、屋根をつけていない軽トラが駐まっていた。

会社が倒産したあと、小野田は個人営業をしていたという。住宅地を廻《まわ》り、不要になった家電品を引き取っていたらしい。軽トラは、そのために使っていたものだろう。

わたしは、小野田の家の前をゆっくり走り過ぎる。五十メートルほどいくと、道路は突き当たりになっていた。そこに、青空駐車場があった。かなり広い駐車場。月極《つきぎめ》駐車場のようだ。二十台ぐらいの車が駐まっていた。わたしは、軽トラをUターンさせる。小野田の家の前をまた通り過ぎる。三十メートルほどいって路肩に駐めた。FMヨコハマを聴きながら、しばらく待ってみることにした。

午後四時三十五分。小野田の家から男が出てきたのがミラーに映った。若い男。わりと背が高い。茶色く染めた髪を伸ばしている。小野田の息子、健太かもしれない。男は、道路を歩いていく。五十メートル先にある青空駐車場に歩いていく。五分後。一台の車が、駐車場から出てきた。小野田の家の前で駐まった。BMWのZ4だった。

2《ツー》シーター。色は派手な赤。黒い幌《ほろ》がかかっている。男は、一度車からおりる。家に入っていった。

　わたしは、車の窓から顔を出す。駐まっているZ4を見た。中古だったとしても、かなり程度がよさそうに見えた。中古車屋で買っても、三百万から五百万円はするだろう。

　やがて、男が家から出てきた。家の玄関に鍵をかける。片手にポーチを持っている。Z4のドアを開け、ポーチを助手席に放り込む。車の幌をおろし、オープンにした。運転席に乗り込む。ゆっくりと路肩をはなれた。わたしが乗っている軽トラのわきを走り過ぎた。伸ばした髪を風に揺らして、走り過ぎていく。わたしも、車のギアを入れる。ゆっくりと発進した。相手が派手な車なので、尾行は楽だった。

　Z4は、住宅地を抜け、134号に出た。左折した。わたしも、三十メートルぐらいあけて左折する。海沿いの134号。遅い午後の陽射しをうけ、Z4は東に向かう。磨き込んだらしい赤の車体が、陽射しを照り返している。

　鵠沼《くげぬま》海岸を過ぎる。新江ノ島水族館を過ぎる。江の島を右手に見て、片瀬橋を渡った。片瀬東浜、腰越を過ぎる。やがて、七里ヶ浜が近づいてくる。

　五分後。Z4は、七里ヶ浜の駐車場に駐まっていた。海に面した広い駐車場のまん中に駐まった。わたしは、駐車場の端に軽トラを駐めた。

駐めたＺ４から、男がゆっくりとおりてきた。夏物のジャケットを着ている。細身のスラックス。染めた長髪は、まん中から分けている。いまは薄い色のサングラスをかけている。顔立ちは、わからない。が、遠目に見れば、なかなかいける雰囲気だった。

わたしは、軽トラの運転席から、男を見ていた。状況からして、やつが小野田の息子、健太であるのは確かなようだ。となると、大きな疑問がわき上がる。

小野田は、この四年間、軽トラで細々と個人営業をしていたという。息子の健太も、仕事にはついていなかったらしい。小野田は、五十万円欲しさに不法投棄をしたと供述している。そんな状況で、息子の健太があんな車を乗り回しているのは、どう考えても不自然だ。そのことを、わたしは考えていた。

車をおりた健太は、煙草をくわえ火をつけた。駐車場を、ぶらぶらと歩きはじめた。

夕方の駐車場には、様々な車が駐まっている。いろいろな人たちがいた。海から上がったばかりのウェットスーツ姿のサーファーが、濡れた髪をタオルで拭《ふ》いている。デートにきたらしい二人連れが、水平線を眺めながらぶらぶら歩いている。観光客のような人たちもいる。若い女が、けっこういる。海に面した場所に立ち、夕陽の海に小型のデジカメを向けていたりする。

女の二人連れ、三人連れもいれば、一人で海を眺めている女もいる。たいてい、カジュアルな身なりをしている。湘南観光だ。

健太は、ぶらぶら歩きながら、一人の女に近づいていった。一人で海を眺めている若い女。半袖《はんそで》のポロシャツにジーンズ。肩にトートバッグをかけている。地元の娘《こ》か、東京あたりから来た娘か、それはよくわからない。

健太は、にこやかに何か話しかけている。どうやら誘いをかけているらしい。やがて、健太とその娘は、駐めてあるＺ４に歩いていく。

健太は、Ｚ４に軽く腰をのせ、煙草をふかしながら、彼女と話しはじめた。ここで、こうやって女を引っかけるのに、あきらかに慣《な》れている。ある程度の成果は上げているのかもしれない。彼女の方も、何か笑顔を見せて話している。そこそこ、ルックスがいいようだ。けれど、健太は成功しなかった。十分ほど話したあと、彼女は健太に片手を振る。歩き去っていった。

その夕方、健太は三人の女に声をかけた。が、どれもうまくいかなかった。Ｚ４の効果はなかったようだ。やがて日没。駐車場から人も車も少なくなってくる。健太は

Z4に乗る。駐車場を出ていった。

「ねえ、ちょっと服貸して」わたしは貴美に言った。その夜、十時過ぎだ。

「服って、どんな?」

「男がそそられるようなやつ。カジュアルで、でもそそられるようなやつ。上半身《トップ》だけでいいから」わたしは言った。わたしと貴美では、ヒップのサイズが少し違う。が、いわゆるトップ、上半身に着る物は、同じサイズだ。

「そそられるような、か……。まあ、たくさんあるけど」と貴美。自分のクローゼットを開ける。いろいろ探している。

十分後。服は決まった。いわゆるカットソーだ。半袖のニット。胸ぐりが大きく開いている。いまにも、肩からずり落ちそうなカットだ。これでは、肩ひものついたブラはつけられない。

「じゃ、これ借りるね」

「いいけど、格闘して破ったりしないでよ」

「わかってるよ」

翌日。午後三時半。準備ができた。肩ひものないブラ。その上に、貴美のカットソー。腰にぴっちりとしたストレッチ素材のジーンズをはいた。ジーンズのヒップ・ポケットには、いつものクルー・ナイフＡ３７７を入れた。わたしとしては、かなり念入りにメイクをした。

小型のショルダーバッグを肩にかける。その中には、小さなデジカメを入れた。準備オーケイ。わたしは、部屋を出た。

二十分後。わたしは、七里ヶ浜の駐車場にいた。軽トラは、駐車場の隅の目立たないところに駐めてある。

わたしは、駐車場の海側に歩いていった。初夏の薄陽が射している。駐車場は砂浜よりかなり高い位置にある。海を見おろすかっこうになる。ショルダーほどの波が立っている。二十人ほどのサーファーが波間にいた。上手に波をとらえるサーファーもいれば、下手《へた》なのもいる。わたしの十メートルぐらいわきには、若い女の二人連れがいた。どうやら観光できたらしい。海にデジカメを向けている。そのうち、

「あの、ちょっとシャッター押してくれませんか？」

と、わたしに声をかけてきた。わたしは、うなずく。デジカメをうけとる。海をバックに並んでいる二人にシャッターを切った。彼女たちは礼を言い、歩き去っていっ

た。そのとき、赤いZ4が、駐車場に入ってくるのが視界の隅に見えた。わたしは、そっちを見ないようにした。海風に吹かれて、水平線を見ていた。

五分もかからなかった。やつは餌に喰《く》いついてきた。わたしが水平線に向けて小型のデジカメを向けていると、斜め後ろから声がした。

「シャッター、押してあげようか」という声。わたしは、ふり向いた。健太が立っていた。ほとんど、きのうと同じいでたち。あい変わらず、サングラスをかけている。

「せっかく来たんだから、海をバックに自分の写真も撮ればいい。おれがシャッターを押してやるよ」と健太。なるほど。わたしは胸の中でうなずいていた。一人でこういう所に来ている女に声をかけるには、自然でうまい声のかけ方だ。

「あ、それじゃお願いしちゃおうかな」わたしは言った。カメラをやつに渡した。一、二歩下がる。海を背景にして立った。やつは、カメラをかまえる。わたしは、カメラに向け、ちょっと緊張したような笑顔をつくる。「はいチーズ」と、やつがお決まりの台詞《せりふ》を言い、シャッターを切った。

「ありがとう」わたしは笑顔のままで言った。カメラをやつからうけ取った。

「東京から？」やつが訊いた。わたしは、うなずいた。「江ノ電に、初めて乗ったわ」

と言った。嘘つけ、心の中でつぶやいていた。そんな、さりげない話をしながらも、やつは、わたしを見ている。どうしても、視線がわたしの胸もとに……。大きく胸ぐりの開いたカットソーは、効果を発揮している。

わたしも、やつの顔を見た。二秒後、やっぱりと胸の中でつぶやいていた。茶色に染めた長髪は、まん中で分けている。薄い色のサングラスをかけている。そこそこ背は高い。けれど、顔がまったく駄目だ。知性のかけらも感じられない。薄い色のサングラスの向こうの眼は、トロンとして虚《うつ》ろだった。これまでの人生で、何もしてこなかった人間の眼だった。

それでも、やつとわたしは言葉をかわしながら、ゆっくりと歩きはじめた。いく手に、やつのZ４が駐まっていた。やつは、車の近くまで行くと、「江ノ電もいいけど、軽くドライヴしないか」と言った。Ｚ４の車体に軽く腰をのせる。わたしは、Ｚ４を見た。「これ、あなたの？」と訊《き》いた。やつは、うなずく。

「まあね。最近、乗り替えたんだ」と言った。わたしは、Ｚ４の車体を眺めた。じっと眺める。あきらかに興味を示しているように見えるだろう。だからといって、簡単にのってはいけない。リアリティに欠ける。

「どうしようかなあ……」と言った。「ちょっと、海岸沿いにひとっ走り。どう？」

とやつ。わたしは、さらに一分ほど考えるふり……。そして、「じゃ、ちょっとだけ」と言った。やつが笑顔になった。けれど、サングラスの奥の眼は笑っていない。やつは、助手席のドアを開けた。わたしは乗り込む。

エンジンをかけ、ゆっくりと駐車場の出入口に。小銭を払い、駐車場を出る。左へステアリングを切った。道路は珍しくすいていた。やつはアクセルを踏み込む。加速していく。オープンにしてあるので、風がわたしの髪をはたく。

時速七十キロオーバーで、やつはZ4を走らせていた。地元の人間だから、このあたりで、スピード違反の取り締まりをやっていないことを知っている。

すぐに、腰越を過ぎる。片瀬東浜を過ぎ、片瀬橋を渡る。鵠沼海岸を過ぎる。辻堂海岸も過ぎる。茅ヶ崎市に入った。信号があった。いまは青。対向車はいない。やつは、タイヤを鳴らして右折。松林の中の道に入った。予想通りだった。この先にはモーテルがある。

モーテルの入り口。黒いゴムがすだれのようになっている下を抜けた。もう、部屋の入り口だった。わたしは、「ここって……」と口にした。その頰に冷たい感触。いつの間にとり出したのか、カッターナイフの刃が、わたしの頰に当てられていた。

「声を出したら、その可愛い顔を切り裂く」やつは言った。「わかったら、うなずけ」

やつが言い、わたしは小さくうなずいた。やつは、す早く運転席のドアを跳《と》びこえる。助手席のドアのわきに立つ。また、わたしの頬にカッターの刃を当てた。「おりろ」と言い、助手席のドアを開けた。わたしは、おとなしくおりた。やつは、わたしの片腕をつかみ、顔にカッターの刃を当てている。部屋のドアを開けた。中に入る。たぶん、ごく普通のモーテルの部屋なのだろう。小さなテーブルセットと大きなベッドがある。やつは、わたしの頬にカッターの刃を当てたまま、わたしと向かい合った。薄笑いを浮かべている。

「いい女じゃねえか……」と言った。片手を上着のポケットに入れる。白いヒモをとり出した。そのヒモでわたしの手を縛るつもりなのだろう。

やつが持っているカッターの刃が、わたしの肩あたりに……。わたしが着ているカットソーの肩口を、そっとずらした。肩から、カットソーがずれて落ちる。ブラと胸のふくらみが見えた。やつは、唾《つば》を呑《の》み込んだ。

17　身代わりの山羊《スケープ・ゴート》

やつの視線が、わたしの胸もとにいった。その瞬間を、見のがさなかった。ヘディング。わたしの額《ひたい》が、やつの鼻のあたりを直撃した。サッカーでは、何十点もあげてきたヘディング。やつの体は、後ろに勢いよく倒れた。ベッドのへりに後頭部をぶつけた。床にへたり込んだ。鼻血が、シャツにまで流れ出している。カッターナイフは、手から離れ床に転がっている。

やつは、脳震盪《のうしんとう》を起こしたようだった。気絶している。わたしは、やつの体をうつ伏せにした。やつが持っていた白いヒモで、両手首を後ろで縛った。上着のポケットをさぐる。何も入っていない。尻のポケット。薄いカード入れが出てきた。中を見る。本人の免許証。名前は、やはり小野田健太。あとは、キャッシュカードが三枚ほど。本人の名前になっている。

五分ほどして、やつは意識をとり戻した。頭を左右に振っている。やがて、床の上で上半身を起こそうとした。自分が縛られているのに気づいた。さすがに驚きと恐怖の入りまざった表情をしている。

「さあ、おうちに帰ろうか、健太君」わたしは言った。やつを無理やり立ち上がらせる。

「あんた、警察か……」

「気にしないでいいから」わたしは、やつの尻《しり》を蹴《け》った。やつは、前のめりに倒れた。ドアを出る。Z4の助手席。ドアは開きっぱなしになっている。やつを、助手席に押し込む。わたしは、回り込んで、運転席に乗り込んだ。

すでに、クルー・ナイフをとり出していた。その刃を起こしロックした。

「これからのルールを説明するわ」わたしは言った。「あんたが、おとなしく言うことをきけば、明日の太陽をおがめる。もしさからえば、明日は出血多量の死体で発見されることになる。わかった?」

二、三秒して、やつはうなずいた。かけていたサングラスは、どこかに消えている。まだ、眼の焦点が合っていないようだった。かまわず、わたしはZ4のエンジンをかけた。モーテル代は踏み倒すことにする。発進した。

十五分ほどで、家の前に着いた。あたりは、薄暗くなりはじめていた。わたしは、運転席をおりる。ナイフを片手に助手席の方へ回る。

「家の鍵《キー》は？」

「ポーチの中」とやつが答えた。シートの間に置いてあるポーチを、わたしは手にとる。開けた。中をさぐる。鍵が三つほど洒落《しやれ》たキーホルダーについている。わたしは、やつを車からおろす。玄関の方に連れていく。もう、抵抗する気力はないようだ。わたしは玄関のドアを見た。合いそうなタイプの鍵は、すぐにわかった。それを使い、ドアを開ける。中に入った。ドアを閉める。やつの尻を軽く蹴った。玄関から続く廊下に、やつは転がった。

「さて、健太君、教えてもらおうか、金庫の場所を」わたしは言った。

「金庫……」

「そう。親父さんが、大事な物を入れておく金庫よ。いい子だから教えて」

黙っている。わたしは、やつの右側の尻に、ナイフの先を突き立てた。五ミリほど刺した。やつが何か叫んだ。

「大げさに騒ぐんじゃないわ、この馬鹿息子が。早く教えないと、もっと痛い目にあうわよ」わたしは言った。やつのスラックスの尻に、血がぽつんとにじみ出している。

「だ……台所」やつが、うめくような声で言った。わたしは、やつを引き立てて、廊下をいく。右側に台所があった。そこへ行く。

「で、金庫は？」わたしは訊《き》いた。三、四秒無言でいた。「流しの下《シンク》」と言った。なるほどと思った。リビングの壁にかけてある絵の裏側などというより独創性にとんでいる。

わたしは、シンクに行った。やつの生活がわかるようだった。空になったカップラーメンの容器がいくつも転がっていた。シンクの下、両開きの扉を開く。普通なら調理道具が入っている場所。そこに小型の金庫があった。高さ五十センチほどの金庫だ。暗しょう番号で開けるようになっている。

「番号は？」訊いたが答えない。わたしは、やつの股間にナイフを当てた。「あんたみたいなやつは、いっそ去勢《きょせい》しといた方が世のためね」と言った。

「シャープを押して、6267」やつが言った。金庫の前面にあるキーを、その通り押してみる。カチッと小さな音がした。扉を開ける。まず、そこそこの現金があった。百万円と思える束《たば》が二つ。そして、封筒がいくつかあった。わたしは、それをとり出した。

自動車保険の証書。生命保険の証書。そんなものがいくつかあった。そして、茶色い封筒が一通。開けてみる。土地を売買するための契約書だった。かなり広い土地のようだった。売り主は小野田勝次。買い主は、藤沢市だった。金額は、六千二百万円。わたしは、その契約書を封筒に戻し、手に持った。

健太の手を縛っているヒモをナイフで切ってやる。「早くお医者に行くのね」と言い捨てる。廊下を歩き、家を出た。

Z4を運転し、七里ヶ浜の駐車場に戻る。Z4は、キーをつけたまま放っておく。携帯電話で、テレビ神奈川の疋田にかけた。自分の軽トラで駐車場を出た。

夜七時。由比ヶ浜にあるファミレス。平日なので、駐車場はすいていた。わたしが車を入れると、〈テレビ神奈川〉と描かれた車がすでに駐《と》めてある。わたしも車を駐めた。ファミレスに入る。隅の席に、疋田がいた。コーヒーを飲んでいる。わたしの姿を見ると少し意外な表情をしている。気前よく肌を見せた服とメイクのせいだろう。

「なんか、変？」

「いや、ちょっと……」と疋田。珍しく、とまどったような表情を見せた。

「ちょっとデートしてきたもので」わたしは言った。ウェイトレスにコーヒーを注文する。疋田に、わけを話した。二十分ほどで話し終わった。

「そういうわけで、小野田がこれを持っていたわ」わたしは言った。売買契約書をコンビニでコピーしてきた。それを疋田に見せた。見たとたん、

「つい一ヵ月前ですね」と疋田。わたしも、それには気づいていた。契約書の日付は、約一ヵ月前になっている。疋田は、くいいるように、そのコピーを見ている。

「この土地は、たぶん間違いなく小野田の土地ですね。引き取った家電品の置き場と、部品を溶かす工場が、ここにあったはずです」

「で、そのあとは?」

「会社は倒産したものの、この土地に買い手はつかなかったようです。私たちも行ってみましたが、藤沢市の北のはずれで、ひどく不便な草っ原の中の土地です。住宅にも農地にも使いようがないんで、この四年間、ほったらかしにされていたようです」

「ところが、つい一ヵ月前に、その土地を藤沢市が買っている。どう考えても不自然ね」

「不自然ですね」疋田は言った。「ただ、こうした契約書がある以上、藤沢市がこの土地を買った正式な理由があるはずです。さっそく明日、市議会の議事録などを調べてみます。何か出てくるはずですから」

「よろしく」

翌日。昼少し前。疋田から電話がきた。

「わかりました」と疋田。「その土地は、ゴミ処理場を建設する用地として、藤沢市が買い上げていますね」

「ゴミ処理場……」

「そうです。確かに、ゴミ処理場を新たに建設する計画は以前からあったそうです。そして、この計画は、副市長の牧野が中心になって推進しています」

「やっぱり……」

「牧野は、この土地の安さを理由に、土地購入の決議を市議会で通しています。なんせ、野球場が二つぐらい入る広さの土地が六千二百万ですから、タダみたいなものです」

「市の事業なんだから入札とかは？」

「あったようですが、この安さに勝てるところはなかったようですね。最初からの出来レースとも思えます」

「それで、読めてきたかもしれない。牧野としては、小野田が持っていたタダのような土地を市が買い上げることを条件に取り引きをした。小野田が、不法投棄をしたという嘘の供述をするという取り引きを……」

「そうですね。あり得ます。金に困っていた小野田にしてみたら、売ることをあきらめていた土地がその値段で売れるわけですから。その条件で、警察に出頭する……。そして、私が怪しい物を海に投棄しましたと供述する」

「そう。世の中の注意をそらすための贋《にせ》の犯人。英語で言う〈身代わりの山羊《スケープ・ゴート》〉……」わたしは言った。

「ですね。そうだとすると、土地売買の手つけ金が、市から小野田に支払われていた可能性がある。金庫にあった現金や、息子のBMWも、それで説明がつきますね」

疋田は言った。わたしは、携帯を手にうなずいた。

「もしかしたら、牧野は、小野田という持ち駒《ごま》を、あらかじめ用意してたのかもしれない。白ギスの件で、彼らが追いつめられそうになったときに使う駒として、だいぶ前から用意していたのかもしれない。土地の売買契約を結んだときすでに、小野田との間に密約があったことも考えられるわ」

「ですね。で、沼津港で牛島が白ギスを買ったことがあなたに暴かれた。その時点で、用意してあった小野田という持ち駒を、警察に出頭させた。それなら、あのタイミングのよさもうなずける」

わたしは、うなずいた。「牧野たちの狙いは？」

「人々を不安にさせないという口実の隠蔽《いんぺい》工作でしょう。事件に対しての自分たちの無能さを世間の人々の目から隠す……。福島原発の件で東京電力などがさんざんやってきたことだし、日本中で役人がやってることですよ。そうして、物事を曖昧《あいまい》にしているうちに、牧野としては市長に当選してしまえばいいと考えているようです」

疋田は言った。

「そうね……。けれど、これで、こちらとしては有力な武器を持ったことになる。その一は、駿河湾の白ギスを相模湾のものとして県の水産技術センターに持ち込んだ。その二は、不法投棄したと自白している小野田は、供述した日に船を出せるはずがなく、あきらかに嘘の供述をしている。しかも、使いみちのない土地を藤沢市に買いとってもらっている。それらすべてに証拠がある。牧野たちがおこなった偽装工作は、何もかも告発できる」

わたしは言った。

「その通りですね。ただ、その武器を、どう使ったら一番有効か、少し考える必要がありそうですね。一度に使ってしまうのが最もいい告発のやり方かどうかという点です」と疋田。

「そう。一日二日、作戦を練る必要がありそうね」わたしも答えた。

「アオリイカですか……。いまちょっと品薄で」と、わたしの母。携帯で話している。わたしが一階にある荷さばき場におりていったところだった。「すいませんねえ」と母。携帯で相手にあやまっている。電話を切った母は、繁さんと何か話している。

「アオリイカが、どうかしたの？」わたしは近づいていき訊いた。

「アオリが入荷しなくてねえ。お店からの注文はきてるんだけど……」と母が言った。

「アオリは、剛造さんでしょう？」わたしは言った。この腰越漁港でアオリイカといえば、剛造さん。わたしが自転車野郎にいためつけられ、腰越外科に行ったとき、ひさびさに会った剛造さんだ。

剛造さんは、昔からアオリイカの網をかけていた。港のすぐ外側に、一種の定置網をかけていた。といっても、漁協がかける定置網のように大きなものではない。テニスコート一面分ぐらいの小さな定置網だ。けれど、アオリイカを獲《と》るにはそれで充分らしかった。

アオリイカは漢字だと障泥烏賊と書く。イカの中でも最高級とされている。値段もずば抜けて高い。主に高級な料理店や寿司屋で使われる。

アオリイカは、春から夏にかけて、産卵のため、岸に近づいてくる。それを狙って、岸壁から餌木《エギ》を投げて釣る人もいる。剛造さんの定置網も、漁港の岸壁のすぐ外側に仕掛けられている。水深だと、五メートルから二メートルぐらいのところだ。春から夏にかけてのアオリイカは、そのぐらいの浅場までやってくるのだ。

剛造さんは、その季節にたくさんのアオリイカを獲る。わたしも、その手伝いをしたことがある。毎日、アオリイカは獲れた。そして、春から夏にかけてのアオリイカが、剛造さんの年収のほとんどだったはずだ。ほかの季節は、遊び半分の釣りをしたり、ほかの老いた漁師の手伝いをしたりしていた。漁港の誰からも好かれていた。もちろん、わたしとは、祖父と孫娘のような感じでもあった。うちのモリ水産でも、アオリイカのほとんどは、剛造さんが獲ったものを扱っていた。それなのに、

「剛造さんのアオリが、入荷しない……？」わたしが訊くと、母はうなずいた。「剛造さん、膝《ひざ》をいためてるって噂もきいてたけど」と言った。

「わかった。ちょっと漁協に行ってくる」わたしは言った。

「そうなんだ。剛造さんのアオリが揚《あ》がらなくてさ」と漁協の根本。また、頭をがしがしと掻《か》いた。

「でも、どうして……」

「剛造さんが言うには、アオリが網に入らないらしいんだ。特に、ほら、白ギスが死にはじめた頃からだ。アオリが浅場に寄ってこないって、剛造さんが、ひどく沈んでたよ。この一日二日は、漁協に顔も見せないし」と根本は言った。

わたしは、漁協を出る。すぐ近くの漁港に行ってみた。午後の漁港は静かだった。梅雨のせいだろうか。空は、どんよりと曇っている。湿度が高い。いまにも、雨が降りだしそうだった。港のすみに、剛造さんの伝馬船《てんません》は舫《もや》われていた。生け簀《いす》のついた伝馬船。これで、剛造さんは港を出て、アオリイカの定置まで行っていた。いま、伝馬船は、ぽつんと岸壁に舫われている。

わたしは、剛造さんの家に行ってみることにした。港から歩いて五、六分だ。わたしは、そのままビーチサンダルで歩きはじめた。

歩きながら、考えていた。

魚だけでなく、イカも海水の汚染には敏感だと言われている。

今回、メチル水銀の被害は、深場ではなく浅場で起きている。となると、特に産卵のために浅場に寄ってくるアオリイカが、水質の変化を感じとる可能性は高い。浅場の海が汚染されているのを感じたアオリイカが、近寄ってこなかった。そのため、剛造さんのかけた定置網に入らなかった。そう推測するのが自然だと思えた。アオリイカが網に入らない理由は、ほかに考えられない……。

剛造さんの家に着く頃には、小雨が降りはじめていた。わたしは、早足で家の玄関に向かった。木造モルタルの平屋。玄関のわきには、使い古した網が丸めてある。古いロープのたぐいも置かれていた。玄関のわきにあるボタンを押す。中で、チャイムが鳴っている。けど、玄関は開かない。わたしは、ドアノブを回した。玄関の鍵は、かかっていなかった。

わたしはドアを開け、入った。ゴム長や、漁群サンダルと呼ばれているプラスチック製のサンダルが脱ぎ捨ててあった。古い家に独特のカビくさい空気を感じた。

「剛造さん」わたしは玄関から声をかけた。いつもなら、「おう」という返事がきこえるはずなのに……。

わたしは、ビーチサンダルを脱ぐ。裸足で廊下をいく。五、六メートルいくと、左側に居間がある。居間をのぞいた。最初に目に入ったのは、人の足だった。宙に浮いている両足だった。わたしは、凍りついていた。剛造さんらしい人間が、宙に浮いていた。鴨居《かもい》にかけたロープで、首を吊っていた。

18　ヴァージニア州から来た男

最初に何を叫んだのか、まったく覚えていない。

たぶん、何も叫ばなかった。三、四秒は、ただ、かたまっていた。ロープを切らなければと気づいたのは、そのあとだ。ショートパンツのポケットに手をやった。クルー・ナイフをとり出した。剛造さんの足の下には、椅子が転がっていた。それを戻す。椅子に上がる。ナイフで、ロープを切ろうとした。が、頑丈なロープなので、なかなか切れない。わたしがあせっていたせいもあるだろう。

やっと、ロープが切れた。畳の上に落ちそうになった剛造さんの体をささえようとした。けれど、無駄だった。剛造さんの体と、もつれ合うようにして、畳に転がった。

剛造さんの体は、もう死後硬直が、はじまっていた。陽灼《ひや》けしている顔が、紫色がかっている。眼は、見開いていた。が、うつろに宙を見ていた。

わたしは、剛造さんの体を、まっすぐ仰向けに寝かせた。その首にかかっているロープをはずした。ロープは、定置網に使うごついものだった。漁師らしく、〈舫《もや》い結び〉でしっかりと結ばれていた。

わたしは、硬直している剛造さんの片手を握った。ただ、「ああ……」とだけ声に出していた。ああ……ああ……とくり返しているうちに、涙があふれ出てきた。鼻水も出てきた。わたしは、ただ泣きながら、ああ……ああ……とだけくり返していた。

どのぐらいの時間が過ぎただろう。わたしは、ゆっくりと立ち上がった。部屋のすみにある電話に歩いていく。警察にかけた。用件を言い、切った。剛造さんのそばに戻る。そのまぶたを閉じた。が、完全に閉じることはできなかった。

警官がやってきたとき、わたしの頰はまだ濡れていた。気持ちは、だいぶ落ち着いていた。制服警官が、わたしを立ち上がらせた。ごく簡単に事情を訊《き》いた。一度、パトカーに戻っていった。無線で署に連絡をするのだろう。

やがて三、四人の警官がやってきた。一人が現場の写真を撮りはじめた。わたしは警官の了解をとり、漁協に電話をかけた。根本に話した。根本は絶句している。

救急車がやってきた。剛造さんの体に布をかけ、担架にのせた。剛造さんが家から運び出されようとしているとき、根本が走り寄ってきた。剛造さんの体にかかった布をめくる。剛造さんの死に顔をまじまじと見る。

「なんで……なんでだよ！」と、腹の底からうめくような声で言った。

剛造さんの息子たちも、やってきた。二人とも五十代の半ばぐらい。恰幅《かっぷく》がいい。一人は保険会社に勤めている。もう一人は、家具メーカーに勤めている。そこそこ、いい立場にいるようだ。海辺の町をはなれて長い年月をへたことが、その居《い》ずまいからわかる。

通夜のとき、二人がわたしに話しかけてきた。「父は、なんで自殺をしたんでしょう」と弟。「経済的に困ってというのは、あり得ない。私たちは、いつでも経済的な援助をする用意があったのに」と兄が言った。わたしは、何も答えず、席を立った。通夜の席から外へ出た。二人の息子たちに言いたいことは山ほどあった。けれど、口に出さなかった。たとえ話しても、彼等には意味がわからないと思った。

剛造さんは、金に困って自殺をしたのではない。そこそこの貯金もあったはずだ。いくら網をかけてもアオリイカが獲《と》れない。そんな状況に絶望して自殺したのだと思う。腰越あたりでは、アオリイカといえば剛造さんと言われていた。その漁師としての自分がアオリを獲れなくなった現実をつきつけられたとき、みずから人生の幕を引いたのだと思った。最後まで漁という厳しい現場に身をおくことを選んだ人の死だったのだろう。

定年になったときの退職金や、年金の計算までできているような二人の息子たちに、そのことを言っても、まったく理解できないだろう。剛造さんも、理解して欲しいとは望んでいないだろう。

翌日の告別式。霧のような小雨が降っていた。わたしは、早めに会場の腰越会館に行った。棺《ひつぎ》の中の剛造さんに、最後の別れを言った。会館の受付には、浩一がいた。彼も、いまでは漁協の青年部長なのだという。黒い服を着て、受付をやっている。彼と一瞬目を合わせ、わたしは外に出た。根本が、立ったまま煙草を吸っていた。わたしを見た。

「剛造さんも、お前さんが第一発見者で、喜んでるんじゃないか」と言った。わたしは、うなずきはしなかった。霧雨の中を歩きはじめた。家に戻り、喪服を脱いだ。Tシャツとショートパンツに着替えた。歩いて港に行った。剛造さんの伝馬船《てんません》に歩いていく。乗り込んだ。この船は、息子たちの申し出で漁協に寄附されるという。

わたしは、エンジンをかけた。十五馬力の小さな船外機。そのエンジンがかかった。わたしは、ゆっくりと岸壁をはなれる。防波堤を回り込んで港を出ていく。

この小さな伝馬船には、さまざまな思い出があった。小学生の頃、初めて白ギスを釣ったのはこの船だった。中学生の頃、この船から潜って、初めてタコを突いた。高校生の頃は、よく剛造さんのアオリ漁を手伝った。思い出せば、きりがない。降っている小雨と涙で、わたしの頰は濡れていた。

港から三百メートルほどのところまで出た。わたしは、船を止めた。新聞紙にくるんで持ってきた出刃包丁をとり出した。いつも剛造さんが使っていた出刃包丁。漁師にとっては大事なものだ。この出刃で、剛造さんはいろいろなものをさばいてくれた。カワハギ、鰺《アジ》、イナダ、マゴチ、などなど、思い出は限りない。わたしは、その出刃包丁を、そっと海に入れた。包丁は、光りながら海中に消えていった。雨が降り続いていた。

「わたしに会いたい人……」思わず訊き返していた。剛造さんの告別式のあった夜。〈テレビ神奈川〉の疋田から電話があった。わたしに会いたがっている人がいるという。

その人の名は、日比木《ひびき》。疋田は電話で漢字の説明をした。日比木は、以前、神奈川県警の刑事だったという。

「県警でも有名な切れものの刑事でした。特に、外国人がらみの事件には」と疋田。日比木は、父親の仕事の関係で、中学二年まで、サン・フランシスコで育ったという。当然、英語はネイティヴのように話せる。神奈川県警に入ってからも、主に外国人相手の捜査を得意としていたらしい。

「神奈川県には、横浜港がありますから」と疋田。横浜港では、さまざまな密輸が検挙される。多くの密入国者も網の目をくぐろうとする。そんな現場で、日比木は腕をふるっていたらしい。疋田も、何回か、そんな事件現場の取材をした。日比木とも、よく話をしたという。

「勘《かん》が鋭い上に、行動力もある。凄腕《すごうで》の刑事として、県警ではトップクラスでした」

ところが、その日比木が、五年ほど前から姿を消しているという。〈海外研修〉という名目で、県警から姿を消したという。その五年間どこにいたのかは、わからない。

「これは私の推測なんですが」と、疋田は前置きして話しはじめた。その五年間、日比木は実際に海外にいたのではないか。海外にある情報機関に出向して、研修という名の特殊訓練をうけてきたのではないか。疋田はそう話した。

「そんな日比木さんから、突然に連絡があったんです。そして、あなたに会いたいという。もちろん、魚の大量死に関することが理由だと思います。会いますか？」

「どう思う？」

「彼はいま、国内でもかなり有力な立場にいると考えられます。会うべきでしょう」

「……わかったわ」


翌日。午後六時。テレビ神奈川の車で、わたしは由比ヶ浜に向かっていた。由比ヶ浜の閑静な住宅地。その中にあるイタリアン・レストラン。建物の前にある駐車場に入る。すでに、濃紺のレクサスが駐車していた。運転席には人の姿があった。テレビ神奈川の車も、近くに駐車した。運転している若いスタッフを残し、疋田とわたしは車をおりた。

昔からある大きな屋敷を改装して店にしたらしい。湘南ではよくあるタイプのレストランだ。わたしたちが玄関に近づいていくと、白い服のウェイトレスが中からドアを開けた。

「お待ちです」と言った。店に入る。ひんやりとした空気。音楽はかかっていない。広い店内。ほかの客はいない。奥まった席に、一人の男がいた。わたしたちが近づいていくと、立ち上がった。

「ひさしぶり」と言い、疋田と握手をした。彼は四十代の後半というところだろうか。背が高く、がっしりとした体格をしていた。上質そうな麻の上着。白いボタンダウンのシャツ。ブルーと紺のストライプのネクタイをしている。ほどよく陽灼けしている。髪は、かなり短めにカットしている。ごく普通のサラリーマンには見えない。かといって、警察官にも見えない。どこかのサッカー・チームの監督かコーチと言われればうなずける。そんな男だった。

「銛《もり》さんだね。日比木です」

彼は、力の込もった声で言った。わたしと握手をした。手が大きかった。

わたしたちは席についた。この店は、疋田がよく使うらしい。隠れ家のような店なので、オフレコの取材などをするのに都合がいいと車の中できいていた。その通りだった。

オーダーは、疋田がした。イタリー産の赤ワイン。そしてトリッパ、つまり牛の胃袋をトマト味で煮込んだものだ。ワインがすぐに出てきた。ソムリエが注いで回る。

無駄口はきかなかった。ワインを注いで、すぐにテーブルをはなれた。わたしたちは、どう見ても平和な観光客には見えないようだ。わたしたちは、グラスに口をつけた。

「五年ぶりですね。アメリカですか？」疋田が、ずばりと訊いた。

「そんなところだが、あまり詳しくは話せないんだ、悪いけれど」日比木が微笑しながら言った。

「まず、いまの私がどこに所属しているかについて説明するのが筋だと思うが、これも詳しく話すわけにいかなくてね。内閣、あるいは首相直属の情報機関と思ってくればいい。これさえも、話すことが好ましくないんだが」と日比木。

「アメリカで言えば、ＣＩＡのようなものですか？」と疋田。

「まあ、アメリカにたとえるなら、ＦＢＩとＣＩＡを合わせたようなものと言えるかな」日比木は言った。わたしを見た。

「ハワイのテレビでも毎週のように報道されているから君も知っているだろうが、南米のコロンビアなどでつくられた麻薬がアメリカ本土に流れ込んでいる。コロンビアなどの組織に対していろいろな活動をするのが、海外を担当するＣＩＡ。そして、国内に流入した麻薬について捜査するのが主にＦＢＩ。だが、実際には、これは一連のルートを調査し、潰《つぶ》していく仕事になる。つまり、ＣＩＡとＦＢＩがダブルスを組んでやらなければならない一種のケースだ。このダブルスがうまく機能する場合もあれば、実は、しくじる場合もある」と日比木。

「お互いの縄張り意識?」疋田が訊いた。

「それもあるだろう。大きく言ってしまえば連携《れんけい》ミスということだ。これは、どこの国にもあるよ。情報機関同士のライバル意識から連携ミスが起きる。馬鹿な話だ。特に、いまの日本は、そんなことを起こしているわけにはいかない」

日比木は言った。グラスに口をつけた。

「いまの日本で?」疋田が訊いた。日比木が、うなずく。

「たとえば、小さな島の領有権をめぐって、中国や韓国ともめている。そこで、もし中国か韓国の過激な活動家グループが、日本でテロを起こそうとしたと仮定する。観光客のふりをしたテロリストが日本に潜入したら、誰がどうやって防ぐか。県警?無理だ。警視庁?これもどうだろう。いまや、ものすごい数の外国人が住み、毎日のように出入国している日本は、リトル・アメリカとも言える。そんな日本で、外国人がからんだ深刻な犯罪やテロを未然に防ぐには、それ相当のプロ集団が必要になってきている。まして、東京オリンピックの開催も決まったことだし」

「そこで、いま日比木さんが所属している情報機関が?」

「まあ、そういうことだと思ってくれ。外国人がらみの問題は、かなりデリケートな対応が必要とされる。へたをすると、国際紛争の火種になってしまう。ときには、すべてを秘密裡《ひみつり》にことを片づける必要もある」

日比木が言った。皿に盛られたトリッパが出てきた。わたしたちは、それを小皿にとる。口をつけた。

「うまい。私が主にいたヴァージニア州は、食べ物があまりうまくなくてね」と日比木がフォークを手にして言った。わたしは、胸の中でうなずいていた。ヴァージニア州には、CIAの本部がある。

ひと息ついたところで、日比木がわたしを見た。

「もしよければ、君が知っていることを話してもらえるかな。無理にというわけではないが」と言った。わたしは、疋田を見た。疋田が小さくうなずいた。話してもいいだろうと、その表情が言っている。

わたしは、ときにワイン・グラスに口をつけながら話しはじめた。白ギスの大量死からはじまったこの事態。牧野たちの隠蔽工作。そして、剛造さんの自殺などなど……。

19　周波数69に変波せよ

三十分ほどかけて話した。

日比木は、一切メモをとらない。たぶん、すべて記憶していくのだろう。同時に、メモをとることの危険性も熟知しているようだ。オーダーしたパスタが出てきた。私は話し終わり、ワインでノドをうるおした。

「若い女性がそこまで調べ上げるとは……。うちの機関に欲しいぐらいの人材だね」

日比木が、微笑しながら言った。わたしは苦笑いした。目の前に出てきたボロネーゼをひとくち。

「その藤沢市役所の連中がやったことを、すぐさま告発しなかったのは正解だと思う」と日比木。「そのあたりの証拠は、これから先、その連中をコントロールする場合に使えるだろう」と言った。

「このことに、日比木さんがのり出してきたということは、これが海外がらみの事件だと?」疋田が訊《き》いた。

「そうとは断定できないが、臭うんだ。この件は、悪質な業者の不法投棄などという単純なものではなく、何か特殊な背景がある気がする。その海洋大学の中原教授と同じような印象を私もうけている。何ヵ月もの日数をかけて、メチル水銀が海中に撒《ま》かれた結果という印象が強い」と日比木。

「誰が、それを」疋田が訊いた。

「それはまだ特定できない。が、なんらかの組織が、ある目的を持っておこなったテロ行為《こうい》のような気がする」

「それが、海外がらみだと?」わたしは訊いた。

「あり得るかもしれない。どこの国とは言えないが、これとある共通点を持つ事件が過去にあったものでね」と日比木。

「いますぐにやらなければならないことは、とにかく魚が死んでいる現状を止めることだ。メチル水銀が、どのような手段で海中に撒かれているかを、つきとめる。そして、それを防ぐ。それができれば、被害はある程度のところで収束するかもしれない」

と日比木。わたしを見た。

「これをできるのは、おそらく君しかいない。たとえば、いまこの件を農水省や厚労省に持っていっても、意味がない。彼らは、こういう状況に関して経験を持っていないし、対策の立て方もわからないだろう。それは、警視庁も同じことだ。いわば、新種のテロの可能性があるこういう事態に対して、あまりに経験が乏しい。そんな連中が騒ぎ出せば、テロリストたちはより慎重になり、彼らの存在や狙いをあぶり出すのがより困難になってしまうだろう。ハワイ大学の海洋生物研究所からも情報をもらったが、君は、研究員として、さらに魚類保護官として有能であり、ねばり強く、使命感が強いという」と言った。そんな情報をとれるということは、日比木が、アメリカの有力な機関といまも太いパイプを持っているということを意味する。

「その評価はともかく、やるしかないと思う」わたしは言った。

「そう、やるしかない。ただし、相手がそれなりの組織だとすると、君に危険がおよぶことも考えられる」

「すでに危ない目に遭っているわ」

「確かに。だが、敵はいま想像している以上に手強いかもしれない」

「覚悟はできてるわ」

「……自殺してしまった漁師さんのためにも？」

「それもある。わたしを育ててくれた海のためでもあるわ」

「わかった。幸運を祈る」

最後まで、日比木は彼の所属している組織の名称を言わなかった。連絡用の電話番号だけを教えてくれた。局番からすると、千代田区かその周辺と思えた。

「そこにかけると、まず女性が出る。ただ〈情報室です〉とだけ言う。君は自分の名前を言い、私を呼び出してくれればいい。その場所に私がいたら、すぐ電話に出る。私がいなかったら、その女性に伝言をしておいてくれ」と言った。


翌日。午前九時過ぎ。わたしは腰越漁港の岸壁に立っていた。岸壁のすぐ外側。小さなブイが点々と浮かんでいた。水面には、ブイを結ぶロープも見える。これは、剛造さんがアオリイカを獲《と》るために設置した小型の定置網だ。

いま、主のいなくなった定置網のブイが、さざ波に上下している。初夏の陽射しだけが、海面に照り返している。近くの海面には、死んだ白ギスやメゴチが、白い腹を上にして浮かんでいる。

わたしは、ロープのついた小型のポリバケツを海面に落とした。海水をすくい上げる。ロープをたぐり、岸壁まで上げる。500ccのペットボトルに海水を入れた。

午前十時。ペットボトルを持って家を出た。品川にある海洋大学に向かった。軽トラを走らせ、品川に向かう。心の中には、まだ、悲しみがあった。剛造さんの死を、まだ、うけとめきれていない、そんな気持ちが胸の中にあふれていた。

昼過ぎ。海洋大学に着いた。中原教授の部屋に行った。中原は、出前らしい親子丼を食べていた。わたしの顔をみると、「やあ」と笑顔を見せた。親子丼が中原の好物であることを、わたしは思い出した。あい変わらず、ブラームスが低く流れている。『ブラームスには親子丼』。小説のタイトルには、少し無理がある。

わたしは、肩にかけているトートバッグから、ペットボトルをとり出した。デスクに置く。ごく簡単に説明をはじめた。港のすぐ外側に小さな定置網をしかけていた年寄りの漁師。今年に限り、アオリイカが定置網に入らなくなった。そして漁師本人の自殺。そのことを、さらりと話した。

「その定置網のすぐ近くから採取した海水よ」わたしは言った。

「この海水に含まれるメチル水銀の濃度を調べてほしいわけだね」と中原。わたしは、うなずいた。中原も、箸《はし》を使いながら、うなずいた。食事の邪魔をしては失礼だ。

「わかったら、電話ください」わたしは言うと部屋を出た。

胸の中で、注意信号が点滅しはじめた。

海洋大からの帰り道。湾岸道路B号線をゆっくりと走っていた。ルームミラーを何気なく見る。一台のワンボックスカーが映っていた。シルバーグレイのワンボックス。どこにでもある平凡な車だ。けれど……。わたしの中で、注意信号が点滅しはじめていた。

海洋大に向かっているとき、後ろにああいうタイプの車がいなかったか……。いたような気がする。記憶をたどる。今朝、港の岸壁で海水をくみ、家に戻るとき、あのタイプの車がハザード・ランプを点滅させて、国道134号に駐《と》まっていなかったか……。いたような気がする。ただし、確信はない。どこにでもある車だ。偶然という可能性も高い。

わたしは、軽トラのスピードをわざと落としてみた。時速七十キロから、六十五キロへ。さらに六十キロまで落としてみた。後ろのワンボックスは一瞬近づく。けれど、むこうもスピードを落とした。運転手の顔がわかる距離まで近づいてこない。

わたしが走っているのは、左端の車線だ。時速六十キロは、この車線でも相当に遅いスピードだ。普通なら、後ろを走っている車は、車線変更して追い越していくだろくる。不自然だ。

羽田空港を通り過ぎる。が、ワンボックスは、間隔をあけて尾《つ》いてくる。多摩川トンネルに入った。東京都から神奈川県に入った。やがて、川崎浮島ジャンクションが近づいてきた。わたしは、このジャンクションを直進していく。

後ろのワンボックスは、このジャンクションで湾岸道路からおりた。川崎市内に入っていくようだ。ミラーからワンボックスの姿が消えた。わたしは、また時速七十キロにスピードを上げた。湘南に向かいながら考えていた。

あれは、たぶん尾行だった。高速道路を走るのに、七十キロでは遅すぎる。あのサイズのワンボックスカーなら、軽く百キロ以上出るはずだ。わたしの軽トラならともかく、そんなワンボックスが七十キロで走っているのは不自然だ。しかも、六十キロまで落としたら、相手も六十キロまで落とした。そして、五十メートル以上の距離を保った。尾行。自分の顔も知られず、車のナンバーも読まれないような尾行……。そう考えるべきだろう。

わたしの行動を探《さぐ》るため。あるいは、わたしに警告を与えるため。どっちの可能性もあり得る。わたしは、日比木が口にした危険という言葉を心の中でくり返していた。

翌日。午前十一時過ぎ。海洋大の中原から電話がきた。

「水質検査の結果が出たよ。かなりな濃度のメチル水銀が検出された」と中原。「この濃度だと、アオリイカが浅場に寄ってこなかったのも当然かもしれない」と言った。

「この濃度で、相模湾中が汚染されたら大変なことになる。急いで調べる必要があるな」

「海洋大の調査船は？」

「いま黒潮の状況を調べに伊豆の下田まで行ってしまってるよ、残念だが」

「わかった。こっちでなんとかします」


わたしは急いで家を出た。ペットボトルを持ち、早足で港に行く。岸壁に舫《もや》われているフェニックス29に乗り移った。船の上には、ポリバケツがあることを確認する。エンジンをかけた。GPSや無線のスイッチをONにする。燃料が半分以上あることも確かめる。舫いロープをといた。離岸した。

デッド・スローで港を出る。コンパス方位180度に船首を向けた。江ノ島を右舷《うげん》側に見ながら進む。やがて舵《かじ》を少し右に切る。コンパス方位で210度。相模湾のまん中に向かうコースをとった。

陽射しは強かった。すでに夏を感じさせる南西風が、海面を吹き渡ってくる。うねりは、ほとんどない。わたしは、しだいにガバナー、つまり船のスロットルを押し込んでいく。エンジンの回転数を示す針が、ゆっくりと動いていく。船首が、しだいに上がっていく。船は、22ノットで南南西に走りはじめた。

ふいにブザーが鳴った。

エンジンのオーバーヒートの警告ブザーが、かん高く鳴った。右舷側エンジンがオーバーヒートしていることを示している。水温計を見る。右側の水温計。針が振り切れている。

わたしは、急いでスロットルを戻した。船のスピードが落ちていく。やがて、デッド・スローになった。わたしは両方のクラッチも中立《ニュートラル》にした。船は、海上で止まった。ふり向く。エンジンが納められているハッチ。そのすき間から、白い煙が吹き出している。わたしは、操船していたフライ・ブリッジから下におりた。右舷側のハッチを開けた。白煙が立ちのぼった。エンジン・ルームから、白煙が上がっている。走りはじめて約二十分。相模湾のかなり沖まで出てきている。

わたしは、白煙を上げているエンジンを見ていた。理由はわからないが、エンジンは完全にオーバーヒートしている。いまは、アイドリングの回転数で回っている。が、ここでエンジンをストップさせたら、たぶん焼きついてしまう。しばらく待つことにした。

十五分ほどして、オーバーヒート・ブザーの音が消えた。振り切っていた水温計の針も、百度前後まで戻ってきている。白煙も、だいぶおさまってきた。

これで焼きついたら仕方ない。わたしは、右舷エンジンを止めた。エンジン音が半分になり、かなり静かになった。

さて、どうする。確実にわかっていることは一つ。いま右舷エンジンは使えない。オーバーヒートでどのぐらいのダメージをうけているかは、帰港し、調べてみなければ、わからない。

わたしは、右舷エンジン・ルームのハッチを開いたまま、フライ・ブリッジに上がった。船は海上に停止し、ゆっくりと揺れている。そのとき、無線が鳴った。マリンVHFから男の声が響いた。

「オーバーヒートか、お気の毒だな」と相手が言った。低い声だった。わたしは無線のマイクを握った。トーク・ボタンを押す。

「誰なの」と言った。そう言いながら、周囲の海を見回した。といっても、肉眼で海上の船が見える距離は、せいぜい、1海里《マイル》、千八百メートルぐらいのものだ。その範囲に船影は見えない。

「こんな海のまん中でオーバーヒートとは、ついてないな」また、相手の男が言った。相手が海の上にいるのなら、たぶん高性能の双眼鏡を持っている。相手からはこっちが見えているのだ。だから、こっちが停船したのを見て、無線を飛ばしてきた。

「誰なのよ」わたしは、また言った。

「チャンネル69に変波しろ」と相手が言った。いま話している周波数71は、多くの船が使うチャンネルだ。普通あまり使われない周波数69に変えろと相手は言っている。わたしは、無線機のキーを押し周波数69に変えた。

「変波したわよ」と言った。

「いい子だ。おまけに美人なのに、こんなところでひどい目にあうとはな」と相手。

「右舷エンジンは、もう使えないな」と言った。口調に嘲笑《ちょうしょう》が感じられた。

その瞬間、わたしの頭はめまぐるしく回転した。こっちの船が停船したのを見て、すぐに無線を飛ばしてきた。しかも、〈オーバーヒート〉と口にした。さらに〈右舷エンジン〉と言った。ということは、

「なんか細工をしたのね」わたしは言った。港に舫ってあるこの船に、何か仕掛けをしたのだろう。ある程度の距離を走ると右舷エンジンがオーバーヒートするような細工を……。

　港に舫ってある船は、無防備だ。エンジン・ルームのハッチは誰でも開けられる。船室《キャビン》にも、何も置いていないので、ドアに鍵はかけてない。入ろうと思えば誰でも入れる。この無線の相手が、エンジン・ルームを開けて何か仕組んだ……。

「エンジンに何をしたの？」わたしは言った。

「なに、たいしたことじゃない。それよりもっと面白い趣向がある」男は言った。

「趣向？」

「ああ。あと十分もすれば、いやでもわかるさ」やつは言った。嘲笑まじりの口調だった。落ち着いていて抑揚《よくよう》のない、非情な感じの声だ。あと十分ときいて、わたしは腕時計を見た。

「何を仕掛けたの」と言った。

「まあ、船内を探し回ってみればいい。十分以内で見つけられればの話だが」

　相手が言った。爆発物という言葉が、わたしの頭に浮かんだ。たぶん、それだ。わたしはもう、無線のマイクをはなしていた。急いで下におりる。エンジン・ルームの中をのぞいた。右舷エンジンからも、ほとんど白煙は出ていない。わたしは、エンジン・ルームに上半身を入れる。エンジンの周囲を見る。何か、不審な物がセットされていないか、急いで見て回る。右舷側には、何もない。

左舷側のハッチも開ける。まだ動いているエンジン。その周囲を見る。わたしの背筋には、もう汗が吹き出していた。左舷エンジンのまわりにも、不審な物はない。

キャビンの中だ。わたしは、キャビンのドアを開け、飛び込んだ。つぎつぎと引き出しを開けていく。何もない。息づかいが荒くなってきた。キャビンにあるシート、その下も物入れになっている。クッションをめくる。その下の物入れも、つぎつぎと見ていく。キャビンのテーブルに体をぶつけ転んだ。自分自身に〈落ち着け、とにかく落ち着け〉と言いきかせる。が、汗がどっと吹き出してきていた。体中が、びっしょりと濡れている。キャビンには、何もなかった。

わたしは、またフライ・ブリッジに上がった。マイクを握る。荒い息をしながら、

「何をどこに仕掛けたの」と言った。

「教えてやってもいいが、そんな口のきき方じゃ駄目だな。礼儀ってものが、なってない」と相手。せせら笑っている口調。

「教えてよ！」

「駄目だ。きちんと言え、教えてくださいだろう」

やつが言った。わたしは腕時計を見た。もう十分が過ぎようとしている。流れる汗が眼に入る。

「女なら女らしい口をきけよ。教えてくださいだろう」と、やつ。わたしは、唇をかんだ。「わかったわ。教えてください。何をどこに……」と言った。

「違うな。お願いだから、教えてください、だろう」と、やつ。時計の針は、もう十分を過ぎた。背中を汗が流れる。

「……お願いだから、教えてください」わたしは震える声で言った。とたん、やつの笑い声。

「やっと、まともな口がきけるようになったな」と言った。ブッと無線が切れた。

そのとき、かすかな音を感じた。時計の針が秒を刻むような音だ。わたしは、左舷エンジンも切った。静まり返った。フライ・ブリッジのどこかで、時計が秒を刻む音が、かすかにきこえた。時限装置！　わたしは、す早く、フライ・ブリッジから飛び出す。海面に向かってダイブした。

20　あざ笑う時計

わたしは、頭から海に飛び込んだ。

海面に顔を出す。クロールで約十メートル泳いだ。立ち泳ぎをして、船を見た。もし爆発物が仕掛けられていたら、どうなるのだろう。このぐらい離れていれば大丈夫なのだろうか。少なくとも、爆発物の直撃をくらうことはないだろうと思えた。

わたしは、立ち泳ぎをしながら船を見ていた。もう、海水は冷たくない。どっと汗をかいた体に、水の温度が心地いいぐらいだった。わたしは、腕のダイバーズ・ウォッチを見た。海に飛び込んで、二、三分が過ぎていた。

五分過ぎ、七分過ぎ、十分が過ぎた。何も起こらない。爆発も火災も、何ひとつ起こらない。しだいに体が冷えてきた。

さらに、十五分が過ぎた。もしかしたら、あれは脅しに過ぎなかったのではないか。

そんな思いが頭をよぎりはじめた。船を走らせはじめてしばらくしたらオーバーヒートする、そういう仕掛けは、やろうと思えば、できないことはない。が、そのタイミングに合わせて時限装置のついた爆発物をセットするのは、かなり難しい。

それに、いまわたしがいる海域は、水深にして四百メートル以上ある。相模湾の中でも、このあたりになると大型のサメがいる。体長三メートル以上あるサメ、いわゆる人喰《ひとく》い鮫と呼ばれるホオジロ鮫やハンマーヘッドなどがいる。あまり長い間、立ち泳ぎをしているのは危険だ。

わたしは、平泳ぎで、ゆっくりと船に近づいていった。船尾にあるスイミング・ステップに手をかけた。少し苦労しながら船に上がった。後部のデッキに上がる。何も起こらない。ゆっくりとした足どりで、わたしはフライ・ブリッジに上がった。

耳をすます。まだ時計が秒を刻む音はきこえている。その音は、メーター類が並んでいる、その下あたりからきこえていた。そこには、配線などをいじるために小さめの扉がついている。音は、その中からきこえていた。

何かが起きたら、それはそのときのことだ。わたしは腹をくくった。そっと扉の把《と》っ手《て》に手をのばす。扉を、開けた。

そこにあったのは、目覚まし時計だった。しかもミッキーマウスの顔がついている目覚まし時計だった。それを手にとった。カチッカチッと秒を刻んでいる。ミッキーマウスが笑顔を見せている。あざ笑うように……。

やられた……。わたしは、肩を落とした。

何分かの間、その目覚まし時計を眺めていた。やがて、それをわきに置く。しだいに、気分が落ち着いてきた。とりあえず、命に別状はない。片方のエンジンがかかれば、港に帰ることはできる。時間はかかるけれど……。

いまやるべきこと。それは、とりあえず、海水を採取することだ。

わたしは、ロープのついたポリバケツをとる。船べりからバケツを落とし、海水をくんだ。本来なら、海中あるいは海底近くの海水を採取したいのだけれど、いまはその装置がない。海面の水を採取するだけでも、いちおうの検査はできるだろう。

バケツでくんだ海水を、二つ持ってきたペットボトルの一つに入れた。ペットボトルに、油性のマーカーで（1）と描《か》いた。

沖の海水は、いちおう採取した。わたしは、左舷《さげん》エンジンをかけた。左舷のクラッチを、前進に入れた。俗に言う〈片肺〉で船を走らせはじめた。

両方のエンジンで22ノット出るなら、片方だけなら半分の11ノット出るかというと、そうはいかない。それでは、一基だけ回っているエンジンに負担がかかり過ぎる。出ても、せいぜい7、8ノット。ゆっくりと、ルアーを曳《ひ》いているぐらいのスピードだ。それでも二時間近くあれば、港には帰れるだろう。幸い海は穏やかだ。

北に向けて、ゆっくりと走る。舵《かじ》を握って、わたしは考えていた。

今回、オーバーヒートするようにエンジンかエンジンまわりに何かを仕組んだ。そして、無線での脅し。それは、プロっぽいやり方だった。船のことをかなりよく知っている人間がやったことだろう。一人、あるいは組織で……。無線から流れてきた抑《よく》揚《よう》のない低い声、不気味なほど落ち着いた声を思い出す。あの日比木が言ったことが、早くも現実のものになったようだ。

彼らの目的は、わたしを脅すこと。できれば、今回の件から手を引く気にさせることだろう。確かに、いいように振り回され、弄《もてあそ》ばれた。不快感と一種の屈辱感のようなものが、わたしの胸に押し寄せていた。

わたしは、必死で気持ちを立てなおそうとする。唇をきつく結んだ。こんな状況になったからといって、尻尾を巻いて逃げ出すわけにはいかない。剛造さんのためにも、わたしを育ててくれた海のためにも……。

とろとろしたスピードで、約一時間走った。水深五十から六十メートルの海域まで戻ってきた。この辺までくると、帆《スパンカー》を立てた釣り船があちこちにいる。船を止め、お客に釣りをやらせている。この水深だと、鰺《アジ》・鯖《サバ》狙いの船が多いだろう。浩一の翔洋丸も、このぐらいの水深で釣りをやらせているはずだ。

わたしは、船のクラッチをニュートラルにする。船のいき足を止める。ポリバケツで海水をくんだ。それをペットボトルに入れた。マーカーで(2)と描いた。この近くに翔洋丸は見えない。けれど、そう遠くないところにいるはずだ。わたしは、また船のクラッチを前進に入れた。

「原因は、これだな」とメカニックの亀田《かめだ》さんが言った。

二時間近くかけて、やっと腰越の漁港に戻ることができた。岸壁に船を舫《もや》う。とちゅうから携帯で連絡しておいたので、船のメカニックの亀田さんがすぐに来てくれた。オーバーヒートした右舷のエンジンまわりをしばらく見ていた。やがて、〈これだな〉と言った。

亀田さんが指摘したのは、海水フィルターだった。

船のエンジンは、とり込んだ海水で冷やす。こういう船の場合、船底のとり込み口から、海水をエンジン・ルームにとり入れる。とり入れた海水は、海水フィルターというもので濾過《ろか》される。ゴミなどが濾過され、冷却システムに送られる。

その海水フィルターは、金属製の容器《ケース》にセットされている。亀田さんは、金属製ケースの蓋《ふた》を開けた。その中には、ぐしゃぐしゃに丸まったビニール袋のようなものが入っていた。

「こいつが、海水の流れをさまたげていた。で、走っているうちにオーバーヒートしたんだ」と亀田さん。そのビニール袋をつまみ出した。

たぶん、そのビニール袋のせいで、冷却システムに回っていく海水が、半分か、それ以下になっていたのだろう。その状態でしばらく走っていれば、やがてオーバーヒートする。

しかも、海水フィルターのケースは、ネジを回せば誰にでも開けることができる。つまり、誰でも、舫ってある船のエンジン・ルームに入り込み、ここにビニール袋を入れておくことができるのだ。

「どうしてこんなことに……」亀田さんは、つぶやいた。わたしは、何も答えなかった。いまは、このトラブルについて言いふらしてもはじまらない。

亀田さんは、オーバーヒートしたエンジンを点検している。やがて口を開いた。いくつかの部品は、もう使いものにならない。取り寄せる必要がある。それが届いたら修理に入る。当分、この船は動かせないと言った。わたしは、うなずいた。

まだ午後四時少し前だった。わたしは、携帯をとり出す。海洋大学の中原にかけた。彼は、今夜七時頃まで研究室にいるという。わたしは、採取した海水を持っていくと言った。彼も待っていてくれるという。

わたしは、ペットボトルを持って家に戻った。軽トラに乗り、海洋大に向かった。今回は、尾行に気をつけていた。しょっちゅうミラーを見ていた。が、尾行されている様子はない。

六時四十五分。海洋大に着いた。中原の部屋に行く。彼は、顕微鏡をのぞいていた。わたしを見ると「やあ」と言った。わたしは、二本のペットボトルをとり出し、説明した。（1）と描かれているのが、水深四百メートルほどの相当な沖で採取したもの。（2）と描かれているのが、遊漁船などが多く釣りをしている水深五十メートルから六十メートルあたりで採取したもの。そのことを中原に説明した。彼は、うなずく。

「明日の午前中には、検査を終えて、連絡するよ」と言ってくれた。

鎌倉に戻る。日比木が教えてくれた電話番号にかけた。二回のコール。やがて、女性が出た。日比木が言っていた通り、「情報室です」とだけ言った。わたしは自分の名前を言い、日比木と話したいと伝えた。七、八秒して日比木が出た。

わたしは、彼に話した。東京の海洋大に行ったとき、どうやら尾行されていたらしい。そして、きょう、沖でオーバーヒートした。仕組まれたオーバーヒートだった。さらに無線でのやりとりなど、詳しく話す。

「うむ」と日比木。注意深くきいている様子だった。わたしは、すべて話し終わった。

「どうやら、そこには何かしらプロ集団の存在がある。それが濃厚になってきた。予想していたことだが」と日比木。「そして、その連中にとって、君が本格的にやっかいな存在になってきたと考えたのだろう。だから脅しをかけてきた」

「たぶんね」

「そう、まず間違いない。君は女性だから、そのぐらい痛い目にあわせておけば、この件から手を引くだろうと連中は考えているかもしれない。だが、そうはいかないのだろう？」

「その通りよ」

「しかし、本当に気をつけるべきだ。これでも君がこの件から手を引かないとわかったら、もっと危険な罠を仕掛けてくるかもしれない。きょうの件にしても、君が乗っている船に遠隔操作できる爆発物を仕掛けておくこともできたはずだ。そうなっていたら、君は死んでいたかもしれない」

「確かにやれたかもしれない。でも、きょうはやらなかった。どうしてかしら」わたしは、つぶやいた。日比木は、しばらく考えている。

「これは推測だが、マスコミで有名になった魚類保護官の君を爆死させたら、あまりに大事《おおごと》になり、背後に犯罪組織があることが表面化してしまう。彼らは、それは避《さ》けたかったのかもしれない。彼らは、自分たちの存在を、出来る限り、伏せておきたいのだろう。レーダーに映らないステルス戦闘機のように、自分たちの存在を知られずに行動したいのではないか」

「で、その目的は？」

「はっきりと特定はできない。が、いま起きていることはわかっている。メチル水銀によって、相模湾の特に沿岸が汚染され、白ギスなどの大量死はあい変わらず続いている。港の近くでは特にメチル水銀の濃度が濃く、アオリイカが近寄ってこなくなった。これらの出来事は、その連中の仕業《しわざ》だと推測できる。水質の検査をしようとしている君を脅したことからしても」

「となると、彼らの目的と、どうやってメチル水銀を海中に撒《ま》いたか……」

「それが問題だ。いまはまず、どうやってメチル水銀で海を汚染し、いまも汚染を続けているか、その方法を発見することが大切だ。この前も言ったが」と日比木。「この汚染は、悪徳業者の不法投棄などというレベルの問題ではなく、やはり一種のテロのように思える」と言った。

「テロ……」

「そう。ある連中が、ある目的を持っておこなっているテロ行為《こうい》のような気がするんだ。しかも、その連中にとって、いま君は、やっかいな存在になりはじめているようだ。敵は、かなり手強いプロかもしれない。これからの調査にあたっても、十二分に注意する必要があるな」

「わかった」

翌日。午前十一時半。海洋大の中原から連絡がきた。

「水深四百メートルあたりの海面で採取した海水からは、メチル水銀はほとんど検出されなかった。が、水深五十から六十メートルぐらいの海面で採取したものからは、一定量が検出された」

「濃度は？」

「この前、アオリイカの定置網近くで採取したものに比べれば濃度は低い。すぐさま魚の致死量にいたるほどの濃度ではない。が、これが時間をかけて海底に堆積《たいせき》したり、小型生物の体内で濃縮されれば大きな問題になるだろうな。いまわかるのは、そんなところだ」と中原。わたしはお礼を言い電話を切った。

そのとたん、また電話が鳴った。漁協の根本だった。その声が緊迫している。

「すぐ港に来てくれないか」

21　23ノット

　わたしは、早足で港に向かう。四、五分で着いた。岸壁に、根本がいた。〈第八庄次丸〉という船のそばに立っていた。舫《もや》われている船のそば、岸壁に、そこそこ大きいポリバケツがあった。獲《と》ったシラスを入れるポリバケツ。直径が八十センチぐらいある。

「見てくれよ」と根本。眼でさした。わたしは、ポリバケツを見た。バケツの底に、少しだけシラスが入っていた。〈第八庄次丸〉は、この季節、主にシラス漁をやっている。漁場は、腰越の沖、1海里以内だ。普通なら、このバケツが満杯になるほどのシラスを獲ってきているはずだ。庄次丸の船長、信男《のぶお》さんが口を開いた。

「三、四日前から、シラスが網に入る量が減ってきてたんだ。で、きょうはこれだよ」と、ぼそぼそした声で言った。わたしは、バケツの中に手を入れた。底の方に、ほんの少しいるシラスを、右手ですくい上げた。顔を近づける。すぐにわかった。

「網に入ったとき、このシラスたちは死んでたのね」と言った。信男さんが、うなずいた。シラスは、網を曳《ひ》いて獲る。そのシラスを船に上げたとき、普通のシラスはピチピチと弾《は》ねているはずだ。が、信男さんがきょう獲ったシラスは、そういう状況ではなかったはずだ。長年シラスを獲ってきた漁師なら、それはすぐにわかる。事実、信男さんにもわかったのだろう。いま、信男さんは、暗い表情で、バケツの底にいるシラスをじっと見つめていた。


「信男さんのところはよ、今年高校生になる娘がいるんだ。金がかかるときだってのに……」と根本。うめくような口調で言った。わたしは、うなずいた。信男さんの娘は、舞子《まいこ》という。まだ小さかった頃から知っている。わたしと根本は漁協の事務所にいた。ソファーで向かい合っていた。

「本当に気の毒だとは思うけど、あのシラスは出荷できないわ。すでに海中で死んでるのが、曳き網に入っただけだから」わたしは言った。根本は、わかってるという表情でうなずいた。

「シラスまで、被害が出たか……。原因は、やっぱり不法投棄されたっていうあれか？」根本が、わたしに訊《き》いた。わたしは、無言でいた。

　あの家電品の引き取り業者、小野田はまだ勾留《こうりゅう》されているらしい。警察の船が、毎日ダイバーを使って海底を調べているようだ。市役所の牛島からは、毎日の定時連絡のように、〈ダイバーたちが潜って捜索していますが、不法投棄された物は、まだ発見されていません〉という電話がくる。

　わたしは、〈当たり前じゃないか、不法投棄なんて、あんたらのでっち上げなんだから〉と胸の中でつぶやいていた。この件について市役所の連中と渡り合うのは、タイミングをみる必要があるだろう。最も有効なときに、有効なやり方で、連中を絞め上げればいい。それより、問題は現在も海に撒《ま》かれているだろうメチル水銀だ。


　夕方の漁港。第八庄次丸が舫われている。船の上では、信男さんが網の手入れをしている。海中を曳いて回る網。その繕《つくろ》いをしている。けれど、ここ当分、沿岸ではシラスは獲れないだろう。

　シラスは、イワシなどの幼魚だ。沿岸の海水中にある毒素に気づいて、沖へ逃げ出したと想像できる。あのアオリイカのように……。そして、逃げ遅れたシラスが死に、海中で網にかかった。そう推測できる。この状況では、当分、沿岸でのシラス漁は無理だ。

黙々と網の繕いをしている信男さん。その姿を見ていると、いたたまれない思いが、わたしの胸にこみ上げてくる。けれど、いま、メチル水銀のことを口にしたら、パニックになる。なんといってもメチル水銀は、あの水俣病の原因なのだから……。それは、いま口に出すわけにいかない。わたしは、唇をきつく嚙んで、信男さんの陽灼《ひや》けした横顔を見つめていた。


「ちょっと」わたしは、浩一に声をかけた。たそがれ近い港。浩一の翔洋丸のそばの岸壁だ。仕事を終えた浩一が歩いてくるところだった。浩一は立ち止まり、わたしを見た。

「明日、釣り客を乗せて出る?」わたしは訊いた。浩一は、うなずいた。「ああ、七時に出るよ」と言った。

「よかったら、わたしも乗りたいんだけど、どう?」

「手伝いがいるほど、客の数はいないぜ」

「手伝いってわけじゃなくて、ひさしぶりに翔洋丸に乗るのもいいなと思って」わたしは言った。けれど、それは口実だった。浩一が使っているというコマセの特効薬、オキアミなどのコマセに混ぜて使っているという特効薬のことが気になっていた。頭のすみに引っかかっていた。とりあえず調べる必要があると思えたのだ。浩一は二、三秒して、「まあ、いいけど」と答えた。

翌朝。七時少し前。わたしは肩にデイパックをかけて港に行った。岸壁につけられている翔洋丸に向かって歩いていく。漁協の根本が、岸壁で煙草《たばこ》を吸っていた。わたしの姿を見ると、

「早いな。釣りに行くのか？」と訊いた。わたしは、うなずく。「ひさしぶりに、翔洋丸に乗ってみようと思って。まあ、気分転換」と言った。

三十メートルぐらい先に係留されている翔洋丸を見た。そして少し驚いた。船の上にいる釣り客が、二人ほどしかいなかった。以前の話では、毎日、客が満員のはずだったのに……。わたしの表情に気づいたのか、根本が煙草を指にはさんで口を開いた。

「浩一の船も、急に駄目になっちまった……」と言った。「それは、どうしてなの」と、わたし。

「あいつ、なんかの薬をコマセに混ぜて使ってただろう。それが、徒《あだ》になったらしい」

「徒に？」わたしは訊いた。「なんでも、あのコマセを使って釣ったアジやサバは、食べようとしても、嫌《いや》な臭いがするんだとさ。で、釣り客の間にその噂が広まっちまって、急に、あんなことになったらしい」と根本。

「嫌な臭い……」

「そういうこと。詳しい話は浩一に訊いてみな」根本は言った。わたしは、うなずいた。翔洋丸の方に歩きはじめた。

五分後。二人だけの釣り客を乗せて、船は港を出た。もう陽射しは夏のものだった。波もうねりも、ほとんどない。船は、コンパス方位190度で走りはじめた。わたしは、船の後ろに行った。そこには、大きなポリバケツに入ったコマセがあった。オキアミとイワシのミンチを混ぜたものだ。けれど、その臭いが、普通とは少し違っていた。

オキアミとイワシのミンチのコマセも、けしていい匂いのものではない。どちらかといえば、臭《くさ》いものだ。けれど、このコマセからは、別の臭いも感じられた。何かはわからない。が、特別な薬品臭さのようなものが感じられた。

わたしは、また操船席に戻った。舵《かじ》を握っている浩一のとなりに腰かけた。目の前に、GPSがある。浩一は、ちらちらとGPSの画面を見ながら操船している。水深五十メートル・ラインと六十メートル・ラインの間に、ポイントを示すマークが打ってある。船は、そこに向かっている。そのマークしてある場所が、浩一が毎日のように釣りをさせるポイントなのだろう。

十分ほどでポイントに着いた。

浩一は船を止める。「はい、はじめてください」とマイクを通して言った。左舷《さげん》側に席をとった二人の釣り客たちが、釣りをはじめた。大きなコマセ籠《かご》にたっぷりコマセを入れる。ハリには、〈赤タン〉と呼ばれる餌を刺す。これは、イカを小さく切り、染料で赤く染めたもの。コマセで興奮した魚は、そんな餌でも喰《く》いつくのだ。

釣り客たちは、その仕掛けを海に入れた。沈めていく。浩一は、魚群探知機の反応を見る。いま、魚の群れは海底近くにいる。「底を切ったあたりで、コマセを振ってください」と釣り客たちに言った。釣り客たちは、コマセ籠を一度海底まで落とす。そこから少し巻き上げる。釣り竿をしゃくってコマセを撒く。

当たりはすぐにきた。早過ぎるぐらいだ。釣り竿の先が、ピクピクと動いた。釣り客たちは、電動リールのスイッチを入れた。巻き上げはじめる。やがて、コマセ籠が海面から上がってきた。ハリには、鯖《サバ》がかかっていた。かなり太った鯖だった。「いいサイズじゃないか」と釣り客たちから声が上がった。

やがて、午後一時を過ぎた。釣り客たちのクーラーは、満杯になっていた。「じゃ、沖上がりします」と浩一が言った。釣り客たちが、仕掛けを上げる。船は、腰越の港に向かって走りはじめた。

「ちょっと舵持っててくれないか」と浩一が言った。わたしは、うなずく。浩一と交代して操船席に腰かけた。ステアリングを握った。浩一は、操船席から出ていく。船の後ろの方で何か、片づけをはじめた。

わたしは、船の走っているコースを確認した。そして、計器を見た。回転計、水温計などなど……。そして、GPSに表示されている船速を見た。デジタルの数字が、〈23ノット〉を示していた。時速23ノット出ているということだ。わたしは、エンジンの回転数を示しているタコメーターを見た。

おやっと思った。この回転数で23ノットも出る……。そのことに少し驚いていた。

わたしは、この船を何回となく走らせたことがある。いまのエンジン回転数だと、20ノット出すのがやっとだった。特に夏場は……。それが、3ノットも速く走るとは……。どうしてだろう。心の中に、疑問符が消え残った。

やがて帰港した。釣り客たちをおろす。浩一とわたしは船の片づけをはじめた。手を動かしながら、わたしは浩一に訊いた。「最近、エンジンのオーバーホールとかした？」浩一は、首を横に振った。「いや」と答えた。

船の片づけをしている間、浩一は元気がなかった。釣った鯵《アジ》や鯖《サバ》が、食べようとすると臭う。その噂が広まり、釣り客が激減した。釣り船の営業は、苦しくなっているはずだ。落ち込むのもわかる。

携帯が鳴った。浩一は、ポケットから携帯をとり出す。「あ、田中さん」と話しはじめた。その表情が、すぐに曇った。しばらく話す。「わかりました。じゃ、またお待ちしてます」と言った。

「お客のキャンセル？」訊くと、うなずいた。「明日は、お客ゼロ。開店休業」と吐き捨てるように言った。そして、「明日も、あさってもお客はゼロ。ずっと開店休業！」なかばやけっぱちで言った。まだコマセが残っているポリバケツを持ち上げる。中に残っているコマセを海にぶちまけた。

「わたしたちが別れることになったときも、コマセのことで言い争いをしたね……」わたしは、つぶやいた。浩一が、うなずいた。しばらく考えている。夕陽の色に染まっていく海面を見つめている。

「できるだけコマセを使って、できるだけ客に釣らせりゃ、それでいい。そうしてりゃ、いくらでも稼ぐことができる。そう思って、ずっとやってきたよ……」

「それは、一部分だけ正しかった」

「確かに……。だが、かなりの部分で間違っていたかもしれない。いまになってみると、お前が言ってたことの方が正しかったのかもしれないと思うよ。翔洋丸の評判がここまで落ちてしまうとな……」浩一は言った。クーラーに腰かける。肩を落としている。わたしは、その背中を軽く叩《たた》いた。

「まあ、そんなにへこまないで。若くて体も丈夫なんだから」と言った。「それにしても、すごい臭いね」

わたしは言った。浩一は、大きなポリバケツからコマセを海に捨てた。けれど、船の上には、コマセと薬品の入りまじった臭いが漂っていた。

「コマセに、なんの薬を混ぜたの？」わたしは訊いた。「何って、魚を寄せる薬さ」と浩一。

「それって、どんなものよ。まだ残ってるの？」

わたしは訊いた。浩一は、うなずく。船の片隅から、白いプラスチックの容器を出してきた。五リットルぐらい入りそうな白い容器だった。わたしは、そのキャップをとった。顔を近づける。臭いを嗅《か》ぐ。顔をそむける。

「これか……」

22　泳ぐのは、あなた

それがなんの薬か、すぐにわかった。

ハワイにいるとき、淡水のブラックバスを遊びで釣ることがある。ハワイで淡水の釣りときいて驚く人もいるだろう。けれど、オアフ島の内陸にそこそこ広い淡水域があり、ブラックバスがいる。

海洋生物研究所のスタッフたちは、基本的に釣り好きだ。休みの日、何人かでブラックバスを釣りに行くことがある。わたしも何回か行ったことがある。水辺からルアーを投げる。そのルアーには、大きく分けて二種類がある。まず、金属やプラスチックでできたルアー。もう一種は、ゴムでできた柔らかいルアーだ。ゴムのルアーは、ワーム（ミミズ）と呼ばれている。文字通り、ミミズのような形をしている。その人工のミミズに釣りバリを刺し、キャスティングするのだ。

スタッフの中で、ワームを使うのが好きなタッドという男性がいた。タッドは、バス釣りに行くとき何種類ものワームを用意していた。そして、ときどき、ワームに薬をたらしていた。その薬は、ブラックバスの嗅覚《きゅうかく》を刺激するのだという。何滴か薬をかけたワームを、キャスティングしていた。わたしはワームを使わなかったけれど、タッドが使っていたその薬の臭いはよく覚えている。人間にとっては、けしていい臭いではない。どちらかといえば嫌な臭いだ。いま、浩一が使っているという薬は、それと同じ臭いがしていた。ほとんど同じものだろう。

「この薬を、どのぐらいの量、使ってたの」わたしは浩一に訊《き》いた。「そう……一日分のコマセに、二リットルぐらいかな」浩一は言った。わたしは、一瞬、言葉を失っていた。

ハワイでタッドが使っていたものは、せいぜい数滴だ。しかも、釣り上げたブラックバスは食べない。あくまでゲームフィッシングなので、釣ったらすぐにリリースする。

いくら魚の嗅覚を刺激するからといって、その薬品を、一日の釣りで二リットル……。わたしは、無言になった。そして考えていた。確かに、この薬を二リットルもコマセに混ぜれば、魚の嗅覚はより刺激され、喰《く》いはよくなるだろう。けれど、海底のポイントに撒《ま》かれたコマセは、海底付近を漂い、鯵《アジ》や鯖《サバ》は、それをどんどん口に入れていく。

そういうことを続けていけば、魚が臭くなるのは当然だろう。その魚が何を食べていたかは、その魚の味や香りにあらわれるものだ。

「この薬、どこで手に入れたの」わたしは訊いた。「わりと最近知り合ったボート・サービス屋がいてさ」と浩一。

「ボート・サービス？　どんな」

「金田《かねだ》ボート・サービスっていう会社で、略してKBS。長井港の近くにあるよ。いろいろと親切にしてくれるんで、このところつき合ってる。エンジン・オイルの交換や、いろいろね」

「そのボート・サービスが、この薬を？」訊くと、うなずいた。「アメリカ製の集魚薬で、効果があるって話だった」浩一は言った。

「その会社がこんなに大量に薬を使ってもかまわないって言ったの？」

「まあ、適量でと言ってたけど、欲しいと言えば、いくらでも売ってくれるよ」浩一は言った。わたしは、軽くため息をついた。そのKBSというボート・サービス会社を、わたしは知らない。わりと新しい会社だろう。長井港は、三浦半島のまん中辺にある。いずれにしても、この薬を、そんな大量に売るというのは、無知なのか、あるいは徹底的な儲《もう》け主義の会社だと推測できる。どっちみち、ろくな会社ではないだろう。

翌日。午前十時。わたしは軽トラを運転していた。国道１３４号を葉山から秋谷に向かう。浩一に集魚薬を売っているという、金田ボート・サービスをめざしていた。

頭のすみに、何か引っかかるものがある。最近できたボート・サービスの会社というのが、まず引っかかった。まだ、日本全体の景気は低迷している。特にボートやヨットを扱う業界の景気は、けしてよくはない。船を売買する会社の中には、倒産したのもあるという。こんな時代に、船舶関係の会社ができるというのは、あまり自然ではない。

もちろん、浩一が買っている集魚薬の件もある。その辺を、自分自身で探ってみようと考えた。

梅雨時ではあるけれど、薄陽が射している。わたしは、国道１３４号を南下していく。秋谷を過ぎ、佐島も過ぎる。林ロータリーは直進していく。右側に自衛隊の駐屯《ちゅうとん》地《ち》がある。やがて、荒崎入口の信号が見えてきた。

荒崎入口の信号で右折した。国道134号から、海の方へ入っていく。道路は急に狭くなった。わたしは、細めの道をゆっくり走っていく。長井漁港を過ぎる。すぐ先に、新宿湾という湾と港がある。このあたりには、小さな港が点在している。

またしばらく走ると、漆山《うるしやま》湾という小さな湾がある。その岸壁に、KBSつまり金田ボート・サービスがあった。浩一にきいていた通りだった。

KBSは、予想していたより規模が大きかった。そこそこ広い岸壁がある。岸壁には、一艇《いってい》のプレジャーボートが舫《もや》われていた。かなり大きな倉庫があり、その一階が、ショールームをかねたガラス張りの店舗になっていた。その前には、三台ほどの車が駐《と》まっていた。

わたしは、その近くに軽トラを駐めた。おりる。ガラスの扉を開け、中に入った。店内には、かすかに塗料やプラスチックの臭いが漂っている。広いスペースに、いろいろな商品が並んでいる。棚に並んでいるのは、エンジン・オイル、クーラント、さまざまな塗料の缶などだ。接客用のカウンターがある。カウンターのわきには、いろいろなパンフレットが並んでいた。防舷《フエンダー》用品、各種ライフジャケットなどのパンフレットだ。海外メーカーの製品が、ほとんどだった。

奥の方から、社員らしい男が出てきた。若い男で、青いツナギを身につけている。

ツナギの胸には、〈KBS〉というロゴがついている。「いらっしゃいませ」と言った。

わたしは、「エンジン・オイルのことでちょっと」と言った。とりあえず、何か、ここにきた口実が必要だった。「船とエンジンは、どのようなもので？」と相手が訊いてきた。

わたしは、フェニックスの29。ディーゼル二基がけ。メーカーはボルボと答えた。ここ最近、エンジンの回転がいまひとつ滑らかでない。とりあえず、エンジン・オイルを変えてみようかと考えていると言った。

「ボルボの船内機《インボード》ですね」と相手。「それだと、うちでおすすめしているオイルは、これですね」と、一冊のパンフレットをとり出した。アメリカのメーカーのオイルだった。

「二基ともオイル交換をするとしての見積りを出してみましょうか？」と相手。わたしは「よろしく」と言い、エンジンの型式《かたしき》を言った。ここででたらめなことを言うと、ボロを出してしまう。「ちょっとお待ちください。見積りをつくってきます」と若い社員。奥に引っ込んでいった。トラック用のディーゼル・エンジンぐらいのものが二基あるのだから、オイルの量も交換する費用もかなりになる。

わたしは、立ち上がる。あたりに並んでいる製品を眺めはじめた。浮標《ブイ》やロープがある。錨《アンカー》がある。圧倒的に多いのがプラスチックや金属の缶だ。船に使われているチーク材に塗るチーク・オイル。船体の傷を補修するためのもの。さらに船の底に塗る塗料などなど……。たいていのボート・サービス店なら置いてあるものだった。

若い社員が、戻ってきた。見積り書を持っている。「このぐらいになりますね」と言った。わたしは、その見積りを見た。うなずく。「この金額でオイル交換をやるかどうか、検討してくるわ」と言った。見積り書をバッグに入れた。

「それはそうと」わたしは切り出した。「わたしの知っている船が、ここですすめられた薬を使って魚を集めているんだけど」

「魚を、ですか?」と社員。「そう。コマセに混ぜて魚を寄せる薬」わたしは言った。

「ちょっとお待ちください。社長を呼んできます」と社員。奥に入っていった。あの集魚薬は、どうやら社長の担当らしい。

五、六分して、一人の中年男が出てきた。背が高く、がっしりした体格の男だ。五十歳ぐらいだろうか。陽灼《ひや》けしている。ポロシャツを着て、紺のジャンパーをはおっている。ジャンパーの胸には〈KBS〉のロゴがついている。髪は短く刈ってある。わたしと向かい合う。「金田です」と言い名刺を出した。『金田ボート・サービス　C

EO　金田直己《なおき》』と印刷されていた。

「何か、集魚薬のことで？」と金田が訊いた。「腰越漁港の翔洋丸って知ってるわよね」わたしが言った。金田の眼が、一瞬細くなった。ほんの一瞬だけだったけれど……。

「ああ、翔洋丸さんね」と言った。「あそこの船長からもっと釣り客を集めたいと相談をうけたので、アメリカ製の薬を紹介しましたよ」

「で、その使用法は？」

「まあ、適量にとだけ申し上げました。私どもとしてはそれしか言いようがないわけで……。その後も、船長はだいぶ使われているようですね。十日に一回ほど、あの薬を買いにこられますよ。私どもも商売ですからお売りしていますが……」金田は言った。表情ひとつ変えずに言った。それでわかった。この男に、これ以上何か言っても意味がない。そのことに、わたしは勘づいた。

「いや、ちょっと気になったもので」とだけ、わたしは言った。オイルの件は、また相談にくる。そう言い残して店を出た。背中に金田の視線を感じていた。ていねいな言葉遣いとは裏腹に、ひとの心を見透かすような鋭い視線を……。わたしは、そ知らぬ顔。駐めてある軽トラに歩いていく。

ＫＢＳから帰る途中。わたしの頭の中に、引っかかるものがあった。はっきりとした形にはならない。けれど、どうしても消し去れない何かが、頭の中にあった。わたしは、そのことだけを考えながら、国道１３４号を走っていた。

「相談？」わたしは訊き返していた。鎌倉に戻ってすぐ、副市長の牧野から電話がきた。おり入って相談したいことがあるという。一時間後に腰越の港で会えないかという。わたしは、行くと答えた。

一時間後の午後二時半。わたしは港に行った。すでに黒塗りのセルシオが駐まっている。市の公用車らしく、運転手を残し、牧野が車の外に立っていた。午後の港。人の姿は、ほとんどない。密談には適しているかもしれない。わたしは、牧野と向かい合った。

「警察は、ダイバーを毎日潜らせて、不法投棄された物を探しているが、いまだに見つかっていない」と牧野。いつものバリトンで、「だが、片瀬海岸の海開きは、二週間後にせまっている」と言った。わたしは、やつに言いたいだけ言わせることにした。

「夏の片瀬海岸にとって、海水浴客たちの存在は、とても重大だ」

「海水浴客たちの落とすお金でしょう」

「まあそういうことだ。海の家だけでなく、近隣の店や、鉄道会社にとっても、海水浴の客たちはすごく大事なんだ。……そこで、私はこう考えたんだ。海水浴客たちが泳ぐ海の周囲に、目の細かいネットを張って、その中で海水浴をさせるというのはどうだろう。もし、対策本部のオブザーバーである君も賛成してくれたら、まわりも納得しやすいと思うんだが」

牧野は言った。わたしは微笑した。

「すごくいいアイデアだと思う。でも、一つだけ条件があるわ」

「条件とは？」

「海にネットを張って海開きをする。その海にマスコミを呼び、まず最初にあなたが入ってひと泳ぎする。そうすれば、まわりも納得するんじゃない」わたしは言った。

「どう？」

牧野の顔色が、さっと変わった。

「どうなの？」

「そ、それは……」と口ごもった。言葉につまっている。

「じゃあ、こういうこと？　自分が泳ぐのが嫌な海で、海水浴客を泳がせようっていうの？　まして子供たちまで」

わたしは言った。牧野は、顔を紅潮させている。

「ネット？　笑わせるんじゃないわ。すでにメチル水銀で汚染されてる海にそんなもの張ったって、なんの意味もない。それは、あなた自身だってわかってるはずよ。だから、自分は泳ぎたくない。ただ小細工して、うわべをとりつくろって、海水浴場をオープンしたいってだけでしょう。片瀬や鎌倉の海を、第二の水俣にしたいの！」わたしは言い放った。牧野の紅潮した顔が、しだいに蒼ざめていく。

「どうしてそのことを……。じゃ、いったい、どうしたら……」

「簡単よ。片瀬を中心とした近隣の海水浴場は、すべて立ち入り禁止」

「そんなことをしたら、私は地元の商工会から吊るし上げをくらってしまう」

「吊るし上げられても、塀《へい》の中に入るよりはましでしょう」

「塀の中⁉」と牧野。その声が、裏返っている。「そう留置場。まあ、ああいうところの食事はヘルシーらしいから、あんたのメタボも少し解消するかも」わたしは言った。

牧野は、しばらく無言でいた。やがて、ゆっくりと顔を上げわたしを睨《にら》みつけた。表情が変わっていた。

「私を留置場に入れるだと……。何を根拠に、そんなことを言ってるんだ、この小娘が。副市長のこの私を留置場に入れると。なんの根拠があって……」
開きなおった口調で牧野は言った。

23 夜に潜る

「根拠なら、山ほどあるわ。その証拠も含めてね」わたしは言った。

「まず、白ギスが打ち上がりはじめたあと、牛島を使って偽装工作をした。駿河湾の沼津で買ってきた白ギスを、相模湾のものとして水産技術センターに持ち込んだ」

「あれは……牛島が」

「勝手にやった？　彼は、そう言って罪を自分ひとりでかぶるかしら」わたしは言った。牧野の表情が硬くなった。それが、あり得ないことだと、わかっている。

「そして、次の件。家電品処分業者の小野田が、金につられて片瀬や江ノ島の沖に不法投棄をした。いや、したと言っている。けれど、それは、あなたがシナリオをつくった狂言だった」わたしは言った。うつ向いていた牧野が、ふいにわたしを見た。

「結果から言えば、小野田は海に不法投棄をしなかった。いや、できなかった。その夜は、大潮の干潮で、相模川の河口からあの船を出すことができなかったから。それを実証してみせてもいいけど」

わたしは、それ以上に詳しく説明しなかった。説明しなくても、やつにはわかっているはずだ。牧野は地面に視線を落とした。その眼が、大きく見開かれている。強力なボディブローをくらったボクサーのようだった。

「小野田は、あなたが隠蔽《いんぺい》工作をするための持ち駒《ごま》だった。彼の土地を六千二百万円で買い上げることを条件に、彼は不法投棄で自首した。そうして、世間の目をごまかした。でも、その茶番劇も、場合によってすぐに終わるわ。自分が本当にまずい立場になると思ったら、小野田は簡単に自白するでしょうね。あなたとかわした密約のことを」わたしは言った。「まして、でっち上げた不法投棄の捜査をするために、警察まで動員している。利用された警察が、黙っているとは思えない」

牧野は、かたまっている。

「市議会や、地元商工会から吊るし上げをくらうだけじゃなく、警察はあんたに手錠をかけようとする。いや、たぶんかけるわね」

わたしは言った。牧野の体から、力が抜けるのがわかった。肩を落とす。ゆっくりと、地面に両膝《りょうひざ》をついた。三十秒ほど、そのまま地面を見つめていた。

「どうしたら……」と、うめくような小声で言った。

「あんたが選べる道は一つしかない。海水浴場を立ち入り禁止にすること。商工会からなんと言われようと、危険を承知していながら第二の水俣病をひき起こした犯罪人として刑務所に入るよりはましだと思うけど」

と、わたし。さらに、「そうそう、これはくれぐれも言っておくわ。あんたのような人が九月の市長選に出馬しようとしたら、すべてを世の中にばらす。これだけは、はっきりと言っておくわ」と念をおした。牧野が、わたしを見た。その視線は弱々しかった。虚《うつ》ろでもあった。また地面に視線を落とした。口を開けなかった。

五分ほどして、牧野はのろのろと立ち上がる。公用車で帰っていった。

わたしは、ひとり岸壁に立っていた。牧野は、まず間違いなく、海水浴場を立ち入り禁止にするだろう。市長選に出馬するとも思えない。自分が助かる道が、それしかないのだから。わたしは、そのことを考えながら、目の前の港を眺めていた。そうしているうちに、ふと気づいた。港の風景が、いつも見てきたものと、少し違うことに気づいた。夏のはじめの薄陽が射している午後の港。それは、どこか見慣《な》れたものではない。

なんだろう……。わたしは、眼を細め港を見回していた。一分、二分、三分……。やがて、気づいた。もしかしたら、とんでもなく大きな何かに、気づいた。もしかしたら……。わたしの脈拍は、少し速くなっていた。


その夜。八時過ぎ。

わたしは、港に舫《もや》ってあるフェニックス29の上にいた。船は、この前、オーバーヒートを起こした。いまは、修理部品が到着するのを待っている。港のすみの岸壁に舫われている。わたしは、そのキャビンにいた。

ウェットスーツを身につけた。そして、水中マスクと、ジップロックを持った。

船のデッキに出た。夜の港は、静まり返っている。人の姿はない。舫われている船たちが、かすかに揺れている。わたしは、水中マスクとシュノーケルをつける。船の後部から、そっと海に入った。

海水は、もう夏の温度だった。わたしは、ゆっくりと静かに海面を泳ぎはじめた。平泳ぎで進んでいく。月明かりをたよりに、並んでいる遊漁船の方に泳いでいく。三十メートルほどで、舫われている遊漁船のところまで行った。並んで舫われている遊漁船。その手前から二番目が、浩一の翔洋丸だ。わたしは、翔洋丸のところまで泳ぐ。

シュノーケルから、空気を吸い込む。潜った。翔洋丸の下に潜り込んだ。わたしはもう、クルー・ナイフを手にしていた。翔洋丸。その黒い船底に触れる。ナイフの鋭い刃で、船底を削りはじめた。正確に言うと、船底塗料を削りはじめた。削った船底塗料を、片手に持ったジップロックに入れる。もちろん、海水と一緒にだが、削られた船底塗料がジップロックに入っていく。息が苦しくなったので、一度、浮上した。海面に上がり、シュノーケルから水を吐き出す。そして、空気を吸い込む。

そのときだった。音と振動が耳に届いた。海の中だから、エンジン音とプロペラの振動が、はっきりときこえた。船外機のエンジン音らしかった。

わたしは、急いで翔洋丸の陰に身を隠した。頭から上だけを海面から出して見ていた。やがて、一艘《いっそう》の伝馬船《てんません》が港に入ってくるのが見えた。白い波を立てて港に入ってくる。港内に入ると、スピードを落とした。

伝馬船の上にいるのは、高志《たかし》さんという漁師だった。もう六十歳ぐらいだろう。ひとり、船外機を操作している。高志さんは、港の端の方に進んでいく。たぶん、海に仕掛けた網の点検でもしに行ったのだろう。伝馬船は、遠ざかっていく。エンジン音が消えた。港の隅に船を舫ってエンジンを切ったのだ。

わたしは、また息を吸い込む。潜った。翔洋丸の下に潜り込む。そして、船底塗料をナイフで削りはじめた。ゆっくりと、ていねいに……。

その作業を、三回やった。充分と思えるぐらいの船底塗料が採《と》れた。わたしは、ゆっくり泳ぎはじめた。舫ってあるフェニックス29に向かって平泳ぎで戻っていく。


わたしが、船底塗料に疑問を持ったのには、二つのきっかけがあった。

最初は、きのうだ。浩一が舵《かじ》を握る翔洋丸で、釣り客を乗せて海に出た。あの日の帰り。浩一に頼まれて、わたしは翔洋丸の舵を握った。

そのとき、少し驚いた。タコメーターに表示されているエンジン回転数にしては、船のスピードが速かったからだ。かつての翔洋丸だと、同じ回転数で20ノット出るか出ないか……。特に夏場は、そんなものだ。それが、きのうは23ノットも出ていた。過去にはなかったことだ。浩一に訊《き》いても、エンジンのオーバーホールなどはしていないという。

それは、不自然だった。

そして、きのうの午後。市役所の牧野とやり合ったあと、わたしは港の風景を眺めていた。そのときに感じた違和感。これまでずっと見てきた、夏の初めの港とは、どこか違っている風景……。そのことが意識のすみに引っかかっていた。何が違うのだろう……。その何かの原因は、船底塗料だった。

漁船や遊漁船は、ほぼ一年中、岸壁に係留されている。つまり、海水につけっぱなしになっている。そんな船にとって、大きな問題が船底。正確に言うと、船底に付着するフジツボなどだ。

特に水温が上がってくる春から夏、船底には、さまざまなものが付着する。フジツボ、カキ、イガイなどなど。それらが船底に付着すれば、船底はデコボコになり、船のスピードはひどく落ちる。

それを防ぐためのものが船底塗料だ。船底に塗り、貝類の付着を防ぐ。そのために、以前は、毒性を含む船底塗料が使われていた。昔は、有機錫《すず》などのかなり強い毒性を持つものが船底塗料に含まれていた。その毒性が、貝類の付着を防いでいたのだ。

だから、わたしがまだ子供だった頃は、〈港の中では泳ぐな〉と言われたのを覚えている。港に舫われている船には、船底塗料が塗られている。有機錫などの毒物を含む船底塗料。それらは、船が港の中に舫われている間にも、海中に溶け出していく。そして、港の中の海水を汚染させる。だから、港の中では泳ぐなと大人に言われたものだ。

ところが、ある頃から、海の汚染が社会問題化しはじめた。そして、有機錫など毒性の強い物質を含む船底塗料の販売を、メーカーが自主規制せざるをえなくなった。

有機錫が使えなくなり、現在は毒性の弱い亜酸化銅などが使われるようになっている。つまり、最近の船底塗料は毒性が弱いことになる。そうなれば、船底には貝類が付着する。

その対策として、年に何回か、船底塗料を塗りなおす必要がある。特に、貝がつきやすくなる春から夏にかけて、港のあちこちで船底塗料を塗っている風景が見られたものだ。船をコンクリートのスロープに上げ、船底塗料を塗っている風景。それは、春から夏に向かういま頃のシーズン、港で必ず見られたものだった。

それが見られない。誰も船底塗料を塗りなおしていない。なぜ……。その疑問が、わたしの心に残った。

いま潜水してみた翔洋丸の船底にも、貝の付着らしい手ざわりはまったくなかった。これなら、いまの季節に23ノットの速度が出ても不思議ではない。ということは、よほど進化した船底塗料が開発されたのだろうか……。

わたしは、フェニックス29に上がり、ウェットスーツを脱ぎながら、そのことを考えていた。

翌朝九時半。わたしは、軽トラで家を出ようとした。いちおう、家の前の道路に出てみる。ぶらぶらと散歩をするふり。ゆっくりと港まで歩き、戻ってきた。

家の手前、約五十メートル。ワンボックスカーが、路肩に駐《と》まっている。この前、わたしを尾行してきたのと同じ車種だった。わたしは、そ知らぬ顔。ワンボックスのわきを通り過ぎた。運転席に男がいる。エンジンは、かかっている。運転手の方に視線は向けず、気づかぬふりをして歩き過ぎた。車のナンバーは覚えた。

家に戻る。自分の部屋に入り、車のナンバーをメモした。貴美のドアをノックした。眠そうな顔の貴美が顔を出した。

「午後二時頃まで、車貸してくれる?」と言った。貴美は、うなずく。夕方からは車を使うと言った。「それまでには返すよ」わたしは言った。貴美は、アクビをしながら車のキーをさし出した。わたしは、自分の部屋に戻る。昨夜、翔洋丸から採取した船底塗料と海水が入ったジップロックを持つ。部屋を出た。

家の裏口から出る。貴美のプジョーに後ろから近づいていき乗り込んだ。海岸道路で張り込んでいるワンボックスカーから、このプジョーは見えない。うちの営業用の冷蔵トラックの陰になって見えないはずだ。しかも、五十メートル先からでは、誰が運転しているかもわからないだろう。

わたしは、プジョーのエンジンをかける。ギアを入れる。ワンボックスが駐まっているのと別の方向へ走りはじめた。予想通り、ワンボックスは尾《つ》けてこない。軽トラだけをマークしているらしい。

二十分後。わたしはもう、高速道路に入っていた。湾岸道路B号線。追い越し車線を百十キロで走る。十時四十分には、海洋大学に着いた。中原の部屋。きょうは珍しく、K《キース》・ジャレットらしいジャズ・バラードが流れていた。

わたしは、中原に事情《わけ》を説明した。少々の海水と、削られた黒い船底塗料が入っているジップロックを渡した。中原は、それをじっと見ている。「船底塗料か……」とつぶやいた。その表情が、これまでと少し違っている。「こいつを分析して、わかりしだい連絡すればいいんだね」と言った。

プジョーをとばして、昼過ぎには家に戻った。待機していたワンボックスカーは、もういない。わたしは、プジョーのキーを貴美に戻した。

日比木の番号にかけた。あい変わらず「情報室です」とだけ女性が言った。すぐに日比木が出た。わたしは、尾行目的で張り込んでいたらしいワンボックスカーのナンバーを伝えた。「調べるよ」日比木は言った。
四、五分で携帯が鳴った。日比木だった。
「その車の持ち主は、山本ヒロシという人間だな。三浦市の住所で登録されている」日比木は言った。詳しい住所も言った。その住所は、長井漁港に近い。あのKBSのあたりだ。

それを調べるのに、警察でさえ、もう少し時間がかかるだろう。四、五分で調べてしまう、その事実は、日比木が所属している情報機関の日本における力を意味していた。

「とにかく、君の身辺を探っている。まともな連中ではなさそうだな。十二分に気をつけて」と日比木は言った。


わたしは、歩いて午後の港に行った。

〈第八庄次丸〉の信男さんがいた。港のすみで、きょうも網の繕いをやっていた。わたしは信男さんに近づいていった。

「大変ね、漁ができなくて」わたしは言った。信男さんは、小さく、うなずいた。網を繕う手を止めず、「大変といやあ大変だが、このぐらいでめげてる場合じゃないさ。もっとひどい目にあったこともあるしな」と言った。その眼は、まだ死んでいなかった。がっしりした腕からは、力強さが感じられた。

「ところで、今年は船底塗料の塗りかえをしないの？」わたしは、さりげなく信男さんに訊いた。

「ああ、今年は大丈夫なんだ。浩一が、いい船底塗料を見つけてきてくれたから」

「浩一が？」

「ああ。あいつの翔洋丸で使いはじめた船底塗料がすごくいいっていうんで、みんな使いはじめたのさ。浩一も、漁協の青年部長だから、皆に気を配ったんじゃないか。とにかく、その塗料を塗ったら、フジツボもカキもつかない。一回塗れば一年はもつって話だ。船の燃費が落ちないから助かってるよ」

信男さんが言った。船は、軽油かガソリンで走る。その軽油もガソリンも、このところ値上がりが続いている。漁師も遊漁船も、楽ではない。というより、ぎりぎりの苦しいところでなんとか操業しているのが実情だろう。船底にフジツボやカキが付着しなければ、船の燃費は落ちることがない。そんないい船底塗料があるとなれば、どの漁師もとびつくはずだ。

そのとき、わたしの携帯が鳴った。かけてきた相手は、海洋大の中原だった。

「いま分析結果が出たよ。とんでもない結果だ」

24　冷たい眼

「とんでもない……」わたしは、つぶやいた。

「ああ、とんでもない結果だね。あの船底塗料には、高い濃度でメチル水銀が含まれている。危険な塗料だ」中原が言った。携帯を持つわたしの手に、思わず力が入った。頭のすみで予測していたことではあったのだけれど……。脈拍が速くなる。

「たとえば海外のメーカーが製造した？」

「いや。どの国でもあんな危険な船底塗料に製造許可がおりるはずはない。誰かが、密造したとしか思えないな」中原は言った。

わたしは、岸壁に立ち止まり、携帯を手にしたまま、頭を全力で回転させていた。

「じゃ、相模湾で魚が死んでいる原因は、あの船底塗料……」つぶやくと、「たぶん、間違いないな」と中原が言った。

そうだとすると、ほとんどの謎がとける。いまさっき信男さんからきいた話だと、この腰越漁港の船はみな、あの船底塗料を塗っているという。しかも、かなり前から……。

船が海を走れば、船底塗料は少しずつだけれど削られ、海に散っていく。高濃度のメチル水銀とともに……。ここの港の漁船や遊漁船は、そう遠い沖までは行かない。せいぜい、水深五十から六十メートルまでの海域を走り回っている。特に水深が浅い海域は、船が通る回数が多い。

そうしているうちに、あまり水深の深くない、せいぜい水深三十メートル以内の海底には、より多量のメチル水銀が降り積もっていく。そして、海底の砂地に生息しているゴカイ、ジャリメ、超小型の甲殻類などの体内に生物濃縮されていく。やがて、それを食物としている白ギスなどが死にはじめた……。

しかも、船は海上に出ている時間より、港に舫われている時間が長い。その間も、船底塗料に混入されているメチル水銀は、確実に海に溶け出していく。つまり、港に近い海ほどメチル水銀に濃厚に汚染されていることになる。

自殺してしまった剛造さん。彼がアオリイカを獲《と》るための小型定置網は、港のすぐ外に仕掛けられていた。高濃度のメチル水銀を、生物に独特の嗅覚《きゆうかく》で感じとったアオリイカは、その海域に近寄ってこようとしなくなった。そのため、剛造さんの定置網にはアオリイカが入らなくなった。

信男さんのシラスにしても、そうだ。信男さんの船は、港の岸壁から見えるほど近くで網を曳《ひ》いている。港からそれほど近い海域は、高い濃度で汚染されている。そのために、シラスが死んだ。死なずにすんだシラスも、港の近くから逃げ去っていった。そういうことなのだろう。

船底塗料に混入されている高濃度のメチル水銀が、少しずつ海に溶け出していく。そう仮定すると、ほとんどの疑問が解決する。何ヵ月もかけて、海を毒物に汚染させていく、そのためには、船底塗料に高い毒性を持った物質を混入させておくのは最も効果的で、発見しづらい方法だ。

けれど、誰がなんのために……。

わたしは、携帯で中原にとりあえずのお礼を言った。またすぐに連絡すると言って、電話を切った。網を繕っている信男さんに近づいていく。

「浩一、どこにいるかしら」と訊《き》いた。「さっきは自分の船にいたけどな」信男さんは言った。

「ありがとう」わたしは言い歩き出した。遅い午後の港を半周する。翔洋丸が舫われているところまで行った。岸壁から見ると、浩一は船のデッキにいた。クーラーボックスに腰かけて、缶ビールを飲んでいた。きょうは釣り客がいない。だから飲んでいるのだろう。ゴミバケツには、ビールの空き缶が、かなりの数、入っている。

わたしは、岸壁から船に乗り移った。「よお」と浩一が言った。その眼に、かなり酔いの色が出ている。

「訊きたいんだけど」わたしは、ずばりと切り出した。浩一が、わたしを見た。

「あんたの船が最初に使いはじめ、港のみんなも使ってる船底塗料あるわよね」

「ああ、〈ネイチャー・ブラック〉か……」

「それって、どこで見つけてきたの?」

「見つけてきたっていうか、むこうからきたのさ」

と浩一。少し酔った口調で話しはじめた。それは、去年の秋だったという。港で船の整備をしていると、一人の男が声をかけてきた。若い男で、ボート・サービス会社の者だと、自己紹介したという。

「それが、もしかしてKBSだった」わたしが訊くと、浩一は、うなずいた。近頃、燃料が値上がりして困ってないかと相手が言った。もちろんと浩一は答え、話は、はじまった。その男が、〈いい船底塗料がある〉と言った。外国製の〈ネイチャー・ブラック〉という新製品だという。それを一度塗れば、ほぼ一年間、フジツボやカキの付着を防げる。年に何回も塗る必要はない。経費の節約になるし、一年中、燃費がいい状態を保てるという。

もしよかったら、浩一の船に試しに塗ってみないかと彼は言った。それも、試用だから無料でいいという。浩一は、無料なら試してみようと思い、彼に頼んだらしい。すぐ翌週、スタッフが二人来て、陸に上げた翔洋丸に、新しい船底塗料を塗った。見ていると、かなりぶ厚く塗料を塗ったという。

秋から冬へ向かう。そんな季節でも、海に浮かべっぱなしの船は、船底に貝類が付着する。春や夏ほどではないにしても……。

「ところが、おれの船には、まったく何も付着していなかった。きれいなものだ。これはいいと思い、港のほかの船にもすすめたんだ」と浩一。結果、この港のほとんどの船が、その船底塗料を塗ったという。

「それだけ貝が付着しないということは、塗料の毒性がひどく強いとは考えなかった？」訊くと、浩一は首を横に振った。飲み干したビールの缶を、ゴミバケツに放り込んだ。鋭く耳ざわりな音がした。

「これだけ燃料代が上がってるときに、そんなこと考える余裕があるかよ。みんな、ぎりぎりのところでやってるんだから」と吐き捨てるように言った。立ち上がる。クーラーボックスを開け、新しい缶ビールをとり出した。その体が少しふらついているのは、船の揺れのせいではない。

何かぶつぶつと小声で言っている浩一を残し、わたしは船から岸壁に上がった。早足で歩きはじめた。

家に向かってそのままの早足で歩く。歩きながら、携帯で日比木にかけた。あい変わらず、「情報室です」と女性が言った。わたしは、日比木を呼んでもらった。日比木は、不在だという。「急用なんですけど」わたしは言った。「しばらくお待ちください」と彼女。一分ほど待つ。「では、日比木の携帯電話をお知らせします」と言った。番号を、ゆっくり言ってくれた。わたしは、それを暗記する。電話を切ると、自分の携帯に登録した。何かのときのために〈日比谷〉という名前で登録した。

部屋に戻る。日比木の携帯にかけてみた。コール音、十回。出ない。わたしは、携帯とクルー・ナイフをショートパンツのポケットに入れる。部屋を出た。軽トラに乗り込む。夕方近い道路を走りはじめた。

尾行されている様子はない。わたしは、鎌倉、逗子と国道１３４号を走っていく。行き先は、長井のＫＢＳだ。

この魚たちの大量死。それを仕組んだのがＫＢＳだということは、はっきりとわかった。まだ、理由はわからない。やつらの狙いもわからない。が、とりあえず証拠を押さえておくことが必要だ。浩一が言っていた〈ネイチャー・ブラック〉という船底塗料、メチル水銀が混入されている船底塗料をやつらが持っている証拠を押さえておくことが必要だ。わたしは、軽トラのアクセルを踏み込んだ。葉山、秋谷、佐島と走り抜けていく。


ＫＢＳに着いたときは、もう日没時だった。太陽は、向かい側の伊豆半島に沈んでいる。夕方の残照が、雲の下側を照らしている。

わたしは、会社の前の岸壁に軽トラを駐《と》めた。エンジンを切り、おりた。まだ、店の明かりはついている。シャッターも閉じられていない。わたしは入り口に歩いていった。心は、すでに身がまえていた。ガラス扉を押して入った。しばらくすると、若い社員が出てきた。この前、オイル交換の見積りをつくった社員だった。わたしの顔

を見ると、

「あ、どうも」と言った。「こんな時間だけど、まだいい？」わたしが訊くと、相手はうなずいた。「この前のオイル交換の見積りの件ですね」と言った。

「そう。少し考えたんだけど、あの見積りから、もう少し安くしてもらえることって、できないかしら」わたしは言った。相手は、「少々、お待ちください」と答えた。奥へ入っていった。

わたしは、棚に並んでいる商品のところへ行く。す早く、見ていく。〈船底塗料〉と表示されている棚の前に立った。何種類かの船底塗料があった。それを見ていく。違う、違う、違う……。そして、右端にあった。〈Nature《ネイチャー》 Black《ブラック》〉という缶があった。銀色の地に黒で文字がプリントされた缶。五リットルぐらいの容量の丸い缶だった。棚に並んでいる。わたしは、それに近づいた。商品名の下にプリントされている細かい英文を読もうとしていた。そのとき、

「何か、お探しで？」という声がした。ふり向く。すぐ後ろに金田が立っていた。いつからそこにいたのだろう。静かで冷たい視線を、わたしに向けている。この前と同じ服装をしている。ポロシャツの上に、紺のジャンパー。胸にＫＢＳのロゴがついている。

「船底塗料も、そろそろ塗り替えが必要なもので」わたしは、つとめて平静な口調で言った。金田は、うなずいた。

「船底塗料なら、いろいろとり揃えてあります」金田は言った。言葉はていねいだった。けれど、その眼は、ひややかにわたしを見ていた。相手の心を見透かそうとしている視線だった。

「きょうはもう遅いから、船底塗料のことは、また相談にくるわ」わたしは言った。金田は、あい変わらず、カメラのレンズのような眼で、わたしを見ている。若い社員が、奥から出てきた。書類を持っている。

「オイル交換ですが、あと五パーセントぐらいならお引きできますが」と言った。わたしに新しい見積り書をさし出した。わたしは、それに目を通す。「ありがとう。これで決めることになったら、連絡するわ」と言った。

「連絡、お待ちしております」と若い社員。わたしは、彼にうなずいた。その斜め後ろに、金田が無表情で立っている。じっと、わたしを見ている。わたしは、ガラス扉を開けて店を出た。駐めてある軽トラに歩いていく。

異変を感じたのは、走りはじめて二、三分したときだった。ハンドルがとられはじめた。まっすぐに走りづらくなった。わたしは、ブレーキを踏む。スピードを落とす。軽トラを駐めた。エンジンは切らずにおりた。予想していた通り、右の前輪がパンクしていた。タイヤが完全に潰れている。

あたりを見回した。長井漁港までは、まだ距離がある。道路の片側は、大きな倉庫。片側は民家の屏《へい》だった。街灯がついているけれど、かなり暗い。わたしは、仕方なくスペア・タイヤと工具をとり出した。タイヤ交換をはじめた。

一、二分したときだった。後ろから、小型バイクが近づいてくる音がした。バイクは、すぐ近くで駐まった。「大丈夫ですか?」と若い男の声がした。バイクを駐めておりてくる。わたしは振り向き、

「なんとかなるわ」わたしは言った。また工具を手にした。その瞬間、思い出した。がっしりした体格。その声。どこかできいた声。もしかして、あの砂浜の自転車男……と思った瞬間、後頭部に重い衝撃。わたしは気を失っていた。

遠くなっていく意識のすみで思っていた。このパンクは仕組まれたものだ。KBSの前に駐めていた間に、タイヤに釘《くぎ》でも刺されたのだ……。

25　お楽しみはこれからだ

どのぐらい気を失っていたのか、わからない。

意識が、ゆっくりと戻っていく。眼の焦点が、しだいに合ってくる。茶色いもの……それは、どうやら天井らしい。さらに眼の焦点が合ってきた。錆《さ》びたトタンのような天井が見えた。そのとたん、顔に水がかけられた。バケツか洗面器のようなもので、ざぶっと水がかけられた。

「ほら、お嬢さん、寝てる場合じゃない」という声がした。あの男の声だった。わたしは、顔にかかった水を手でぬぐおうとした。そして、両手が縛られていることに気づいた。頭の上で、両手を縛られている。そして、仰向けに寝ていることもわかった。

顔を左右に動かしてみる。ぼんやりとした視界……。ここは、何かの倉庫か作業場のようだった。さらに視界がはっきりとしてくる。やはり、作業場のようだった。錆びたトタン屋根。壁ぎわには、工具のようなものも見える。広さは、学校の教室ぐらいだろうか。

「さあ、立ってもらおうか」男が言った。縛られている両手が引っぱられる。無理やり、上半身が上に引き上げられた。上半身を起こしたところで、状況がわかった。わたしの両手を縛っているロープは、上の方にある梁《はり》に回されている。そのロープを男が引いているのだ。男がロープを引けば、わたしの両手は引き上げられる。

男が、さらにロープを引いた。わたしの体は、引き上げられていく。両膝《りょうひざ》で立った姿勢。さらに、無理やり立ち上がらされた。体は、まだふらついているけれど、なんとか両足で立った。

男は、自分が引いていたロープを、壁ぎわにある大きな工具台の脚に結びつけた。

わたしの意識は、かなりはっきりしてきた。とりあえず、後頭部を殴られ気絶した。それ以上の負傷はしていないようだ。服も、そのときのままだ。Tシャツ。ショートパンツ。スニーカーも履いている。

視線を動かし、あたりを見回した。確かに、作業場だった。置かれている工具の種類などからして、小型の船や、その艤装品《ぎそうひん》などを修理するための作業場らしかった。小さな錨《アンカー》が、すみに転がっている。ただし、この作業場はずいぶん長い間、使われていなかったようだ。オイルの臭いに混ざってホコリっぽい臭いがする。わたしの頭上にある金属製の梁も、かなり錆びている。男がロープを引くたびに、錆のかけらが、わたしの頭上に落ちてきていた。

「さて」と男が言った。わたしと向かい合った。二十代の後半だろうか。身長は、一七五センチほど。がっしりした体つきをしている。黒いTシャツ。迷彩柄のカーゴパンツをはいている。頭はスキンヘッド。四角ばった顔。目つきがきつい。というより、一種の凶暴さを感じさせる。

「ひさしぶりだが、のんびりと話をしている場合じゃない」と、やつが言った。その声は、やはり、自転車でわたしを痛めつけたあいつだった。

「痛い目にあう前に話してもらおうか。なぜ、金田ボート・サービスを嗅《か》ぎ回っている。何を知っている」スキンヘッドが言った。わたしは、〈頭をはっきりさせろ〉と自分に言いきかせた。この状況は、圧倒的に不利だ。が、まだ駆け引きをする余地はある。やつは、たぶん、暴力が専門なのだろう。それほど頭の回転がよさそうではない。

「金田ボート・サービスには、オイル交換のために行ったのよ」わたしは言った。とたん、「嘘つけ」という言葉と平手が飛んできた。右頬を叩《たた》かれ、頭の奥までジーンとした。歯をくいしばった。

「どっちみち吐くことになるんだ。早くしゃべっちまって楽になった方がいい」と、やつ。「知らないことは、しゃべれないわ」わたしは言った。右の頬は、もう熱を持っている。

とたん、左頬を思いきり叩かれた。歯をくいしばって耐えた。口の中に、血の味がしはじめた。口の中は、切れているようだ。

わたしは、頭をフル回転させた。突っぱり通しても、確かに痛い目に遭うだけだ。最後までしらを切り通したら、やつはわたしを殺すかもしれない。ここは、弱っているふりをするべきだ。そして相手の隙《すき》を突く……。

「許して。知らないことは話せないんだし」わたしは、弱々しさを装った声で言った。

スキンヘッドが、にやりとした。凶暴だったその眼に、別の色があらわれた。それは男が女を見るときのものだった。

「少しは素直になってきたじゃないか」と、スキンヘッド。わたしの体を、じろじろと眺めはじめた。その眼が、好色な光をやどしている。

「この前はあわただしかったが、今夜、時間は山ほどある。お前さんと、もっと親しくなるべきだな」やつは言った。ゆっくりと、わたしの後ろへ回ってきた。後ろから、わたしの体へ腕を回した。

やつの手が、わたしのショートパンツにかかった。ボタンをはずす。チャックをゆっくりとおろしていく。わたしは、身動きしないでいた。男がこういう行為に出ようとするとき、思わぬ隙ができる場合が多い。チャンスがあるとすれば、そこだろう。ショートパンツが、足首まで引きおろされた。やつの手が、下着のショーツにかかった。これも、足首まで引きおろされた。スニーカーを履いた足から、ショートパンツとショーツが引き抜かれた。Tシャツは着ているが下半身には何も身につけていない。

スキンヘッドは、わたしの前に回った。薄笑いを浮かべている。わたしの前に、しゃがみ込んだ。

「さて、本当のお楽しみはこれからだ」

やつが言った。興奮し、声が少しかすれている。やつは、右手の中指を自分の口に入れた。唾液《だえき》で、中指をたっぷり濡らそうとした。その瞬間を、わたしは見逃さなかった。右足で、やつの顎《あご》を蹴《け》り上げた。サッカーで言う、トゥ・キック。スニーカーを履いた足のつま先で、敵の顎を蹴り上げた。中指を口に入れている、その状態で顎を蹴り上げられたやつは、一瞬、かたまった。ゆっくりと後ろにのけぞり、尻もちをついた。

自分の歯で、自分の中指を思いきり嚙んだ。指は、ちぎれていない。けれど、第一関節のあたりから、鮮血がぼたぼたと流れ出している。やつは、左手で右手の手首をつかみ、何か獣《けもの》のようなうめき声を上げている。

「早く止血しないと、出血多量で死ぬわね」わたしは、脅してやった。

「畜生!」やつは吐き捨てた。

そばにあった缶を蹴とばした。缶が床に転がり、液体が流れ出しはじめた。灯油のような臭いがあたりに広がりはじめた。やつは、血だらけの右手で、作業台にあったボロ布をつかむ。左手で、ポケットから百円ライターをとり出す。ボロ布に火をつける。床に流れている油の上に放り投げた。火がつき、あっという間に広がっていく。

スキンヘッドは、血だらけの右手を左手で押さえ、作業場から走り出していった。

やつは、最初から、この作業場ごと燃やしてしまうつもりだったのだろう。だから、蓋《ふた》を開けた灯油の缶を用意していたらしい。

すでに、火はかなり燃え広がっている。嫌な臭いが立ちこめている。その臭いで、わたしは二、三度むせた。むせながらも、助かる方法を考えていた。冷静になれ、と自分に言いきかせる。

わたしの両手を縛っているロープ。これをなんとかしなくては。わたしは、体重をかけロープを引いてみようとした。頭上の梁に回されたロープは、作業台の脚に結びつけられている。引いてみたけれど、作業台は一センチも動かない。上に万力《まんりき》などが置かれている、がっしりとした作業台だった。

あとは、なんとかロープを切るしかない。見れば、ロープはそう太くない。しかも柔らかいタイプのロープだった。

ロープには、いろいろな種類がある。このタイプの柔らかいロープは、しっかりと結ぶことができる。結び目がほどけることはない。けれど、擦《す》れることには弱い場合が多い。

しかも、わたしの頭上。ロープが回されている金属の梁は、かなり錆びかけている。あの梁で、ロープを擦り切るしかないだろう。わたしは、少し背伸びをし、すぐ体を沈めた。一度ゆるんだロープがピンと張る。そのとき、ロープは錆びた梁に擦れるはずだ。それをくり返しはじめた。一回、二回、三回……。

そうしている間にも、火は燃え広がっていく。作業場のすみに積み上げられている古い木片に火がついた。火の勢いは、さらに強くなる。白煙が、作業場に立ちこめてきた。わたしは、白煙にむせながらも、ロープを切ろうとしていた。白煙で、涙が出てきた。

火は、片側の壁にも燃え広がった。わたしの体も、すでに熱を感じはじめた。折れそうになる自分の心を、なんとか奮《ふる》い立たせる。こんなところで焼け死ぬつもりか。なんとか頑張れ。そう心の中で叫びながら、ロープを切ろうとしていた。

ほんの少し、ロープのテンションが減った気がした。もしかしたら、編み込まれているロープの一本か二本が切れたのかもしれない。

けれど、そのとき、恐ろしい物が目に入った。すでに燃えはじめている壁のすぐ近く。何かのボンベがある。ずんぐりとした丸いボンベ。プロパンガスのボンベだろうか。わからないが、とにかくガスボンベのようだった。あれが引火したら、どうなる。

わたしは、必死でロープをゆるめては引いていた。また少し、ゆるくなった。もう少しで切れる。燃えていた壁と天井の一部が焼け落ちた。燃えている壁と天井が、ボンベの上に崩れ落ちた。ボンベが火に包まれる。

まずい。わたしは煙にむせながら、最後の力をふり絞った。ロープをゆるめ、体重をかけて引いた。そのとき、ふっとロープのテンションが消え、わたしは、尻もちをついた。梁に擦れて、ロープが切れた。わたしは、一瞬もためらわなかった。床に落ちている自分のショートパンツをつかむ。立ち上がる。作業場の出入口に駆けた。開けっぱなしの出入口から走り出した。走り出して五秒。その瞬間、重い爆発音。体が風圧を感じた。わたしは頭をかかえ、地面に伏せていた。

さまざまなものが、降りかかってきた。火の粉。木やトタンの破片。小さな金属片などが、わたしのまわりに落ちてきた。わたしは、ひたすら頭をガードしていた。

顔を上げてみた。ふり向く。作業場は、なくなっていた。作業場があったあたりには、あちこちで小さな炎が上がっている。わたしは、大きく息を吸い、吐いた。呼吸は、まだ、ひどく乱れている。あと七、八秒、ロープを切るのが遅れたら、わたしは、こなごなになっていただろう。

わたしは、仰向けに寝転がった。夜空を見上げた。煙のせいで、まだ視界がぼやけている。けれど、夜空に昇った満月だけは、わかった。死の淵から逃がれることができた。その思いだけが胸にこみ上げてきた。涙が少しあふれてきた。また、上空の満月が、ぼやけはじめた。

何分ぐらい過ぎただろう。遠くからサイレンの音がきこえた。消防車らしい。わたしは、涙をぬぐう。体を起こした。幸い、大きな怪我はしていない。片手に握っていた自分のショートパンツ。クルー・ナイフも、携帯も、ポケットに入っていた。

まず、ナイフをとり出す。刃を起こす。一、二分かけて、両手を縛っているロープを切った。両手が自由になった。わたしは、ショートパンツをはいた。わたしが乗ってきた軽トラは、あたりにない。

消防車のサイレンが、近づいてくる。わたしは、ゆっくりと歩きはじめた。道路から、夜の海が見えた。幅の狭い道路を、二百メートルほど歩いた。電柱にある住所表示を確かめる。現在地は、長井漁港に近い。ＫＢＳまでは、歩いて二十分ほどだろう。

わたしは、携帯をとり出した。日比木の携帯にかけた。コール音、十二回。出ない。仕方がない。わたしは、携帯をポケットに入れる。またゆっくりと歩きはじめた。

人や車とすれ違わず、夜道を歩いた。やがて、ＫＢＳが近づいてきた。わたしは、周囲に気を配りながら、岸壁に面して建っているＫＢＳの建物に近づいていった。

建物と岸壁の間には、三台ほどの車が駐まっていた。一台は、わたしが乗ってきた軽トラだった。建物の一階には、明かりがついている。明かりのついた店からは、人が出入りしている。わたしは、身をかがめ、駐めてある車に走り寄る。車の陰に身を隠した。車の陰から、のぞき見る。

金田が、店の入り口から缶を持ち出してくるのが見えた。両手に缶を持って、岸壁に早足でいく。岸壁には、ボートが係留されていた。35フィートぐらいのボートだった。船外機の二基がけ。スピードの出るセンター・コンソーラー型だった。

金田は、両手に持った缶を、ボートのそばまで持っていく。そして、ボートに積み込んだ。満月なのでかなり明るい。その缶が、あの〈ネイチャー・ブラック〉であることは、わかった。あのメチル水銀を混入した船底塗料をボートに積み込んでいる。

それは、何を意味するのか、考えた。

わたしが何者か、彼らはとっくに知っている。そして、わたしがあの船底塗料〈ネイチャー・ブラック〉をじっと見ているところも、金田に目撃されている。いまの時点で考えられるのは、証拠の隠滅《いんめつ》……。その場合、想定できることの一つは、沖で別の船に積み換える。その二は、塗料を沖に捨てる。可能性が高いのは後の方だろう。

KBSの店から、あいつが出てきた。自分の指を噛み切りそうになったスキンヘッドだ。右手に包帯を巻き、左手で缶を持っている。金田と同じように、係留してあるボートに積み込んだ。金田とやつの二人で、その作業を続けている。たぶん、ここにあるあの塗料すべてをボートに積むつもりだろう。そして、たぶん、塗料を海に流す。あるいは、缶ごと捨てる。そのどちらかだろう。

どちらも阻止しなければならない。日比木に連絡がつかないなら、警察に通報することも考えた。が、もう間に合わないだろう。かなりの量の〈ネイチャー・ブラック〉が、すでに船に積み込まれている。そろそろボートを出航させそうな感じだった。たまたま、金田とスキンヘッドが何か言葉をかわした。二人で、建物に入っていく。わたしは、ためらわなかった。車の陰から走り出す。岸壁を三十メートル走った。係留してあるボートに乗り移った。

26　鮫たちのパーティー

操船席のあたりを見回した。もしイグニション・キーがついていたら、エンジンをかけ舫《もや》いをとき、ボートを出してしまえばいい。けれど、キーはついていなかった。

そのとき、やつらが建物から出てくるのが見えた。わたしは、す早く個室トイレのドアを開け、入った。ドアを閉めた。このボートには、中央に操船席があり、キャビンはない。操船席の近くに、個室トイレがある。ボートがかなり大きいので、トイレも狭くはない。わたしは、蓋《ふた》を閉じてある便座の上に腰かけた。

やがて、エンジンのかかる音と震動がした。船外機の二基がけだ。まず片方のエンジンがかかる。すぐ、もう片方のエンジンもかかる。

舫いをといて、岸壁を離れたらしい。ボートの揺れで、それがわかった。どうやら、ボートは、ゆっくりと進んでいる。まだ港の中を走っているのだろう。

五、六分すると、エンジン音が大きくなりはじめた。車でいえばアクセルを踏み込んでいる。少し船首側が上がった。船首が波を叩《たた》いているのがわかる。スピードを上げている。ただし、いまは、かなり大量の船底塗料を積んでいる。〈ネイチャー・ブラック〉の缶を、少なくとも五十個ほど積んでいるのが、ボートに飛び乗ったときに見えた。それだけボートの重量が増えれば、当然、スピードは落ちる。

それでも、ボートはそこそこのスピードで進んでいる。わたしは、腕にはめているダイバーズ・ウォッチを見た。時計のベルトには超小型のコンパスがつけてある。蛍光塗料が塗ってあるコンパス。それを見ると、ボートは、ほぼ真西に走っている。ということは、相模湾の中央に向かっていることになる。やはり、そこで〈ネイチャー・ブラック〉を海に流すか、缶ごと投棄するつもりなのだろう。わたしは、じっと息をひそめていた。

約四十分走った。ゆっくりと、エンジンの音量が下がっていく。ボートのスピードがおちていくのがわかった。微速になる。やがて、エンジン音は、アイドリングの状態まで下がった。

わたしは、トイレのドアをそっと開いた。外の様子をのぞく。ボートは、海面で止まっている。クラッチは〈中立《ニュートラル》〉にしてあるようだ。エンジン音だけが聞こえていた。金田らしい人影が、航海計器を見ている。現在地を確かめているのかもしれない。やがて、

「このあたりでいいか」という声がした。スキンヘッドが、うなずいた。金田と二人で、並んでいる〈ネイチャー・ブラック〉の缶を船べりに運びはじめた。

わたしは、ポケットから携帯をとり出す。トイレの床に置いた。静かにトイレから出る。二人がいるのと逆側から、そっと海に入った。水の冷たさを感じた。広い相模湾のまん中あたりだろう。深さは千メートルをこえているかもしれない。

わたしは、水音を立てないように静かに平泳ぎ。ボートの後部に回っていった。船外機が二基。エンジンはかかっているけれど、クラッチが入っていないのでプロペラは止まっている。わたしは、船外機の一基に手をかけた。船外機の場合、一番下の海中にプロペラがある。その少し上に、海水の取り込み口がある。ごく小さな、スリットの入った取り込み口。比較的小さい。そこから海水を取り込み、エンジンを冷却するようになっている。

わたしは、その取り込み口を、両手でふさいだ。出来る限り、ぴたりとふさいだ。ものの十秒ほどしたとき、ピーッと鋭い音がボートの上で響いた。オーバーヒートの

警告ブザーの音だ。エンジンの冷却系統に海水が入ってこない場合にブザーが鳴る。

「なんだ！」金田の声が船上で響いた。「エンジンを見てこい。ゴミでもついてるかもしれない」とスキンヘッドに言っている。ビニールのゴミなどが、海水の取り込み口にへばりつくことは、よくある。

ボートの上を歩いてくる足音がした。わたしは、取り込み口から両手を離した。片手を船べりにかけた。スキンヘッドが、船外機のところへやってくる。わたしのすぐそばで、船べりにかがみ込む。片手を、海中に入れた。取り込み口に何かついていないか調べようとしている。わたしがここにいることなど想像もしていない。やつは、上半身を大きくのり出し、海中に手を突っ込んでいる。

わたしは、片手でやつのTシャツをつかんだ。思い切り引いた。船べりでかがみ込んでいたスキンヘッドは、頭から海に落ちた。大きな水音がした。

「どうした！」と金田が叫んだ。スキンヘッドは、海面でもがいている。まったく泳げないようだ。ライフジャケットもつけていない。スキンヘッドは、両手両足を海面でばたつかせている。そのせいで、ボートから四、五メートル離れてしまった。

つぎの瞬間、わたしの体の下を巨《おお》きな魚が通り過ぎた。フワリと体が浮き上がるような感覚。何かが足先に軽く触れた。

三秒後、海面でもがいていたスキンヘッドの体が消えた。海中に引きずり込まれた！　わたしは、急いで船べりに手をかけた。船外機と船外機の間の船上に体を引き上げた。

二秒後、恐ろしい声が響いた。絶叫だった。スキンヘッドの頭と片手が、海面から出ている。耳をふさぎたくなる絶叫が、海面に響く。スキンヘッドの頭は、左右に振り回されている。それが月明かりで見えた。何が起きたのか、わたしにはわかっていた。大型の鮫《サメ》が、スキンヘッドを襲ったのだ。鮫は、わたしの下を通り過ぎ、水面で派手な水しぶきをたててもがいているスキンヘッドを襲った。鮫の習性だ。

絶叫を上げたまま、スキンヘッドの頭は、海面で左右に引きずり回されている。やがて、また海中に消えた。何秒かして、頭が海面に出た。もう何も叫んでいない。口は、ぽかりと開いたまま。眼が、うつろに宙を見ている。

さらに十秒後。別のヒレが、海面に見えた。三角形をした鮫の背ビレが、近づいてくる。スキンヘッドの体の近くで、水音がした。獲物にありついたのだ。

わたしは、そっとボートに上がった。金田は、船べりでかたまってしまっている。海面の出来事を、ただかたまって見ている。鮫は、いま三、四匹になっていた。水しぶきを上げ、パーティーがはじまっていた。

わたしは、操船席の方へ、そっと近づいていく。とりあえず、主犯の金田を逃亡させないことが大切だ。両方のエンジンを切って、イグニション・キーを捨ててしまえば、やつはどこへも逃げられなくなる。

わたしは、一歩一歩、操船席に近づいていった。あと一メートル……五十センチ……。もうキーに手が届く。そこで、スニーカーの底がボートの床に擦《す》れる音がしてしまった。

金田がふり向いた。わたしに気づく。す早く、ジャンパーのポケットに手を入れた。わたしがやつに飛びかかるには距離があり過ぎた。金田は、拳銃らしいものをわたしに向けていた。あまり大きくない口径の拳銃だった。ただし、わたしと金田の距離は約三メートル。素人でも相手を撃てる距離だ。

「生きてやがったのか」やつが言った。わたしは無言。やつを睨《にら》みつけた。「あがいても無駄よ。もう当局には連絡してあるわ。すぐに保安庁のヘリがやってくる」わたしは言った。

「どうかな？　それが本当なら、もうヘリがきてもいい頃だ」やつが薄笑いを浮かべて言った。その声をきいて思い出した。わたしが操船していたボートがオーバーヒートして、謎の無線が飛んできた。あの無線を飛ばしてきたのは、この金田だった。そのことに気づいた。

「あんたも、よくやった。が、ここで終わりだ。ここで鮫の餌になる。証拠は何も残らない」拳銃をかまえたまま、やつは言った。わたしの胸に銃口を向けた。引き金をひく……。

そのとき、すぐそばの海面で水音がした。鮫がたてた水音だった。金田が、一瞬、視線を海面に向けた。

その瞬間を、わたしは見逃さなかった。すぐ目の前にあるアクセル・レバーに手をかけた。二つあるレバーを同時に押し込んだ。クラッチが入り、同時にエンジンの回転が急速に上がる。止まっていたボートは、後ろから蹴られたように急発進した。

金田は、体のバランスを大きく崩す。ボートの床に転倒した。けれど、すぐに立ち上がろうとした。片膝《かたひざ》をつく。拳銃を、わたしに向けようとした。わたしはもう、やつのそばに駆け寄っていた。やつが拳銃を握っている右手を、思いきり蹴《け》り上げた。やつの手から拳銃がはなれ、海に落ちた。

誰も舵《かじ》を握っていないので、ボートはでたらめに走る。大きく揺れた。わたしも体のバランスを崩し、尻《しり》もちをついた。そこへ、金田が襲いかかってきた。わたしを押し倒した。両手で首を絞《し》めてきた。思いきり、首を絞めてきた。

わたしも力をふり絞って抵抗した。けれど、やつの力は強かった。首にかかってい
るやつの手をふりほどくことができない。やつは、さらに力を込める。まったく、呼
吸ができず、わたしの頭に血がのぼっていく。意識が遠のきかける。このままでは、
絞め殺される……。
わたしは、右手をショートパンツのヒップ・ポケットに。なんとか、クルー・ナイ
フをつかみ出した。その間にも、意識を失いそうになる。わたしは、最後の力を使い、
ナイフの刃を起こした。右手で握る。わたしの首を絞めているやつの左腕に突き立て
た。ジャンパーを貫通し、ナイフがやつの腕に深く刺さった。
うめき声。わたしの首にかかっていた手から、力が抜けた。わたしは空気を吸い込
んだ。何回も、大きく息を吸い込んだ。新鮮な空気が肺に入ってくる。両肩を大きく
上下させる。
やがて、わたしは上半身を起こした。右手には、まだナイフを握っていた。金田は、
床に尻もちをついていた。ナイフの刺さった左腕を右手で押さえていた。金田は、尻
もちをついたまま、荒い息をしている。わたしも、上半身を起こし、船べりに左手で
つかまり、荒い息をしていた。どちらにも、それほど闘う力は残っていない。
ただ、大きく息を吸っているうちに、わたしには少し力が戻ってきた。揺れるボー

トの上で、ゆっくりと立ち上がる。ボートの船べりに片手でつかまり、立ち上がった。それに気づいた金田も、立ち上がりかけた。わたしに向かってこようとした。わたしは、右足の甲で、やつの側頭部を蹴った。サッカーのゴールにシュートを打つように。足の甲が金田の側頭部をヒットした。やつは、ボートの床に転がった。気絶しただろう。

わたしは、ボートのレバーをゆっくりと戻した。スピードが落ちてくる。やがて、デッド・スロー。わたしは、レバーを中立にした。船は海上で止まった。レバーに手をかけたまま、大きく肩で息をついた。がっくりと、うつ向いた。

呼吸を整えると、わたしはまた動きはじめた。舫い用のロープで、金田の両手を後ろで縛った。もう少し細いロープがあったので、金田の腕を縛り、止血をした。それほど出血してはいないけれど、いちおう止血をした。

わたしは、トイレに入る。携帯を手にした。海に入るためにここに置いた自分の携帯を、ひろい上げた。トイレから出て、日比木にかけた。三回目のコールで彼が出た。わたしは、事情を整理して短く話した。

「わかった。現在地は？」と日比木。

わたしは、携帯を手にしたまま操船席に行った。ＧＰＳで、ボートの緯度・経度を見た。

「北緯35度12分、東経１３９度23分」

「わかった。すぐヘリと船を行かせる」日比木が言った。わたしは携帯をポケットに入れた。

五、六分して、金田の意識が戻った。わたしは、その足を軽く蹴った。

「あんたが、メチル水銀入りの船底塗料を腰越漁港の連中に売りつけた理由は」と訊いた。やつは無言。その表情が、まったく変わらない。わたしは感じていた。こいつは、小物ではない。特殊な訓練をうけたプロなのだろう。

そう考えると、わたしがこうして助かったことが幸運だったと言える。わたしは、ボートの床に座り込み、そんなことを考えていた。一、二度、むせて胃液を吐いた。

やがて、ヘリの爆音が聞こえた。顔を上げる。航行灯を点滅させたヘリが近づいてくるのが見えた。わたしは、また、大きく息を吐いた。何回も何回も、深呼吸をしていた。まだ、胃がむかついていた。

27　魔の手は、国境をこえて

それから、三日が過ぎた。

「すべて、私たちにまかせてくれ」と日比木には言われていた。この事件のほとんどは、世間に公表されず、秘密裡《ひみつり》に処理されるようだ。「政府も、そのことを了承しているよ」と日比木は言った。

腰越漁港の船たちには、船底塗料を塗り替える指示が国から出された。現在塗られているものが、日本では使用を認められていない船底塗料だという理由が示された。腰越の船は、つぎつぎと陸に上げられ、船底塗料の塗り替えがすでにはじまっていた。

海の汚染による魚の大量死については、農林水産省によって対策室が立ち上げられた。この対策室を立ち上げることは、日比木、あるいは彼が所属している情報機関が裏でコントロールしているように思えた。

この件に関して、実際に調査をするのは、東京海洋大学に依頼された。中原教授と数人の研究員、そして、わたしもそのチームに入るように要請された。それも、日比木の指示によるものらしかった。

なぜ、これほど最小限のスタッフで調査をするのか、わたしは日比木に訊ねた。

「なんといっても、メチル水銀といえば、あの水俣病をひき起こした毒物だ。国民の意識の中にも、そのことが忘れられない事実としてあるはずだ。それだけに、相模湾の汚染について発表するのは、慎重の上にも慎重を期す必要がある。そうしなければ、不要なパニックを起こし、相模湾で漁業にたずさわる人々の生活を潰滅《かいめつ》させてしまう危険性がある。いまわれわれが欲しいのは、正確な情報だ。中途半端な情報の断片や憶測が世の中に流出するのだけは避けたい。だから、実際に動く調査チームは、すでに事情を知っている中原教授や君を中心とした精鋭でかためたいんだ」と日比木は言った。

わたしは、うなずいた。チームの中心として調査することを了解した。相模湾で漁業にたずさわる人々の生活を、なんとしても守らなければという強い思いが心にあった。

調査の目的は、大きく分けて二つだった。その一。海水が、どの程度、メチル水銀に汚染されているか。その二、水揚げされた魚たちの、どれがどの程度汚染されているか。この二つだ。

海水の調査には、下田から戻ってきた海洋大学の調査船が使われた。腰越を中心に、相模湾のさまざまな海域の、さまざまな深さで海水を採取した。

相模湾にあるすべての漁港から、水揚げされた魚が集められた。魚の体内に含まれているメチル水銀の量を測定した。

約二週間で、調査の結果は出た。

予想通り、腰越漁港に近く、水深の浅い海域ほど、メチル水銀に汚染されていた。水深六十メートル以上の海域になると、汚染の濃度はぐっと下がる。これは当然の結果だった。汚染の原因は、船底塗料から流れ出したメチル水銀だ。遊漁船や漁船が多く走り回る、水深六十メートル以内の海が汚染されるのは、当然のなりゆきと言える。

魚の汚染も、それにほぼ比例していた。水深三十メートル以内に生息する魚からは、より多くのメチル水銀が検出された。が、それより深い海域に生息している魚のほとんどからは、ごくごく微量のメチル水銀が検出されただけだ。人がその魚を食べても健康にさしつかえない程度のものだった。

その調査結果が出た四日後。記者会見がおこなわれた。農水省の対策室による記者会見だ。この会見のシナリオについて、わたしはすでに日比木から説明をうけていた。基本的に、彼と、その情報機関が仕上げたシナリオらしかった。わたしは、テレビでそれを観ていた。

「今回発生した、相模湾における水銀汚染につきまして」と、農水省の担当者が口を開いた。

発表の内容は、こうだ。藤沢市内の業者が、片瀬海岸の沖水深二十メートルに、産業廃棄物を不法投棄した（ここは、藤沢市の牧野が仕組んだ偽装工作を利用している）。

業者はすでに逮捕されているが、不法投棄の結果、相模湾の沿岸にメチル水銀が拡散した。特に、水深三十メートル以内の海域に生息する白ギスなどの魚が被害をうけ、多くが死んでいる。

ただし、汚染された海域は、ある程度限定されていて、これ以上拡散するとは考えられない。不幸な事態ではあるが、これ以上、被害が拡がる恐れはないものと推測される。

そこで、今後の対策。片瀬海岸を中心とする辻堂海岸から七里ヶ浜海岸は、無期限で遊泳禁止。汚染の濃度を測定しながら今後の対応を決める予定。同海岸の、水深三十メートルまでで獲《と》った魚介類については、販売を禁止。これも、今後は汚染濃度の検査をしながら検討していく予定。

そこまで発表されたとき、記者から質問が出た。「それ以外の場所で獲れた魚は、食べても大丈夫なんですか？」と、当然の質問がきた。

「汚染された海域は、いまのところ限定されています。相模湾全体がメチル水銀で汚染されたわけではありません。水深三十メートルより深いところで水揚げされた魚については、これを食べても健康被害を起こすものではないと思われます」と担当者。

「それは、これからも、きちんと管理されるのですか？」と記者。

「これから先、毎週、調査チームが各漁港に行き、水揚げされた魚の汚染状態を検査します。これは、最低でも今後三年間続けられる予定です」担当者が言った。それは事実だ。海洋大学には、その調査が正式に依頼されていた。

そんなやりとりをテレビで観ながら、わたしは考えていた。

日比木たちがつくったと思われるこのシナリオは、適切であり、説得力もあった。

不法投棄をしたとされる業者の小野田とは、すでに話がついているという。やつは、水質汚濁防止法に違反したとして起訴される。けれど、投棄した物の中身を知らされていなかったという理由で、執行猶予つきの判決がくだるだろうと日比木は言っていた。検察側と日比木たちの間では、すでにその合意ができているらしい。

いまの状況を考えれば、日比木たちが打った手は、ほぼ完璧《かんぺき》に近いと、わたしは思った。

その記者会見があった翌日。テレビ神奈川の疋田から電話がきた。「会見、観ましたか?」と彼。わたしは、もちろんと答えた。〈さすがに日比木さん〉という言葉は、口に出さなかった。口に出さなくても、お互いにわかっている。

「お疲れさまでした。こちらも、おかげで特別番組を制作できることになりましたよ」と疋田。説明をはじめた。海の汚染問題に関して、農水大臣とテレビ神奈川の報道局長によるインタビュー番組を制作することになったという。

「農水大臣……。よく引っぱり出してこられたわね」と、わたし。「もちろん、日比木さんたちの力ぞえだと思いますけどね」疋田は言った。そして、

「どこか、いい船、ありませんかね」と訊《き》いてきた。農水大臣とテレビ神奈川の局長によるインタビュー番組、といっても硬い雰囲気にはしたくないので、スタジオ収録

はしない。いっそ、海に浮かんでいる船の上で収録しようという話に決まったという。大臣のSPや収録スタッフも含め、七、八人乗るので、そこそこの大きさの船が必要だと疋田。「知り合いの船を、紹介してください」と言った。

すぐに、浩一の翔洋丸が頭に浮かんだ。翔洋丸に、いま釣り客はこない。当然、開店休業のはずだ。そんなテレビの収録に使うには、うってつけだろう。

わたしは、知り合いを当たってみると疋田に答えた。電話を切り、浩一にかけた。浩一は、間のびした声を出している。説明すると、すぐに了解した。テレビ番組の収録に使えば、もちろん、使用料は払われる。休業しているよりはいいに決まっている。


十日後。番組の収録が行われた。

快晴。南西の微風。海の上は、穏やかだった。浩一は、水深三十メートルほどのところに錨《アンカー》を打って船を止めた。背景には江の島が入る位置を狙ったようだ。船の上では、局のスタッフたちが収録の準備をはじめた。農水大臣も、船上での収録ということで、ポロシャツに上着という姿だった。

やがて、インタビューの収録がはじまった。船尾の方に腰かけている農水大臣に、テレビ神奈川の局長がインタビューをはじめた。中心となるテーマは、海の汚染をどのようにして防止するかということらしかった。今回の件も含めて、新しい法律をつくる必要があるのでは……などという話が進んでいく。

わたしと浩一は、インタビューが行われている船尾をはなれた。船首の方に行き、船べりに腰かけた。よく晴れて、空にはホイップクリームのような白い雲が浮かんでいる。夏を感じさせる陽射しが、海面に乱反射していた。

「ひさびさに船を出したよ」浩一が、つぶやいた。「やっぱり、釣り客はこない？」訊くと、うなずいた。その横顔には元気がない。「もう、駄目かもしれない」と浩一。わたしは、その肩を叩《たた》いた。

「そんなに落ち込んでないで、いろいろと考えてみたら」わたしは言った。「だいたい、コマセ釣りにこだわってたから、こんなことになっちゃったわけじゃない」とつけ加えた。日本の船釣りも、確実に変わってきている。臭いコマセを撒《ま》く釣りから、新しいスポーツ・フィッシングへ、方向転換している。

「浩一も、思い切って、新しい釣りの方向に舵《かじ》を切ってみたら」わたしは言った。

「もともと、海の上の仕事が好きなんだし、ダメもとで、やってみたら」わたしは言った。浩一は、視線を落としたまま、わたしの話をきいている。きき流しているという感じではない。逆に、わたしの話をききながら、何かを考えているように見えた。

船尾の方では、あい変わらず特別番組の収録が続いていた。

午後二時。収録は終わった。翔洋丸は帰港。農水大臣とSPは、公用車に乗り込み帰っていった。テレビ神奈川のスタッフたちは、機材を船からおろす。局のワンボックスカーに積み込んでいる。疋田が、「お世話さま」と、わたしに声をかけてきた。そして、小声で言った。「副市長の牧野は、辞任しましたよ。表向き、対策本部長の仕事に失敗したことを理由に」

わたしは、眉をぴくりと上げ、微笑した。「いいんじゃない。土地持ちなわけだから、野菜づくりにでも精を出せば」と言った。疋田が、小さく笑い声を上げた。

「知りたいことは、山ほどあるんだろう」と日比木。「事件の真実について」と言った。わたしは、うなずいた。

そろそろ、真夏になろうとしていた。遅い午後の片瀬海岸に、わたしと日比木はいた。この日はたまたま薄曇りで、風も少し涼しかった。数羽のカモメが、頭上に漂っている。わたしも日比木も、缶コーヒーを手にしていた。

「この件は、やはり一種のテロだった」と日比木。あの夜、金田たちがボートで海に捨てようとしていた〈ネイチャー・ブラック〉は、すべて、高濃度のメチル水銀を含んだ船底塗料だった。腰越漁港の船たちに塗られていたものと、まったく同じものだった。それは、すでに日比木から知らされていた。

「もし、君があの船底塗料に気づいていなければ、腰越漁港の船は、あのまま海を走り続け、さらに多量のメチル水銀を海に拡散させていただろう。連中の狙い通りにね」と日比木。さらに続ける。

「あのあとすぐ、私たちはKBSを捜査した。すると、腰越以外の、いろいろな漁港の場所をマークした日本地図が見つかった。つまり、連中は、ほかの漁港にも行き、あのメチル水銀入りの船底塗料を売り込むつもりだった。それは、身柄を拘束したKBSの社員が自白している」

「ほかの漁港にも……」

「ああ。このところ燃料が値上がりして、日本全国どこでも、漁師や遊漁船は苦しい経営をしいられている。そこへもってきて、一年に一回塗るだけですむ高性能の船底塗料があるとなれば、多くの漁船や遊漁船はそれを使いたがるだろう」

「たぶん……」

「そう、たぶんそうなる。あの船底塗料が多くの船で使われるだろう。船底に付着するフジツボやカキを減らして、少しでも船が走るときの燃費をよくしたい。船底塗料を塗る回数を減らして経費をおさえたいという、漁港の連中の弱みにつけ込んだ卑劣《ひれつ》なやり方だ。腰越漁港ではそれが途中まで成功し、被害が出てしまった」

と日比木。わたしは、うなずいた。

「けれど、連中はなぜ相模湾の腰越漁港を狙ったのかしら。たまたま？」

「いまはまだ推測だが、それは偶然ではないだろう。あえて相模湾をまっ先に狙ったと思う。なぜなら、世間への影響力が大きいからだ。首都の東京にある多くの鮮魚店や寿司屋が、相模湾で獲《と》れた新鮮な魚を扱ったり、客に出したりしている。そのことは、毎週のようにテレビ番組を通じて日本中に流されている」

「そうか……」

「そう。三崎から小田原あたりに至る相模湾は、ある意味、日本で一番よく知られた沿岸漁業の海域といえる。もし連中の計画が成功していれば、相模湾の漁業は潰滅的な被害をうけていたかもしれない。それと並行して、国内にあるほかの漁場でも被害が出ていた可能性がある。連中は、それを計画していた。日本の沿岸漁業に、はかり知れないダメージを与えるために」

と日比木。わたしは、彼の横顔を見た。

「で、連中の目的は……」と訊いた。日比木は、缶コーヒーに口をつけた。

「これから先の話は、君の胸の中だけにとどめておいて欲しいんだ」と前置きした。

「たとえば、ある国で、人々は鶏肉《とり》と豚肉を主に食べていたと仮定しよう。そんな国で、鶏たちに疫病《えきびょう》が発生し、大量の鶏が死んだ。当分の間、鶏は食べられないという事態になったとする。そうなると、人々は豚肉を食べざるをえなくなる」ゆっくりと日比木は話しはじめた。

「その結果、人々は豚肉を買いに走る。豚肉は売れに売れる。場合によっては、値上がりするかもしれない。考えようによっては、豚肉を扱っている業者たちにとっては、ひどく儲《もう》かる状況になる。さて、この先が問題なんだが、こういう状況を故意につくる者がいないだろうか」

「故意に……」

「ああ。たとえば、豚肉を扱っている業者たちの中に、悪質な人間がいたとして、その人間が何者かを使って鶏の疫病を発生させる、そんな可能性がないとは言えないだろうか」

「確かに、世の中に悪質な人間は山ほどいるわ」

「その通り。信じがたい卑劣なことをやる人間はいる。しかも、巧妙に冷徹にそれをやってのける人間たちは存在する」

「一種のテロリスト……」

「そういうことだ。テロは、人間や建物を狙うだけではなく、食品に対しても行われようとしている。いわば食物テロだ」

「食物テロ……。今回のメチル水銀の件も？」

「その可能性がある。いまや、世界中で食物テロにかかわっている組織を、私たちは追跡している。もちろん、CIAをはじめとする各国の情報機関と連携しながらね。そんな中で、今回の件も、食物テロの可能性が強いと私たちは考えている」

日比木は言った。わたしも彼も、缶コーヒーをひとくち。

「もし、今回のことが食物テロだったとして、その狙いと、それをあやつっていた連中は……」わたしは訊いた。日比木は、しばらく水平線を見ていた。

「オセアニアにある大国だ。仮に、〈A国〉と呼ぶことにしよう。このA国で牛肉を扱っている業者の一部が、このテロを仕掛けた」

「A国……」わたしは、思わずつぶやいた。意外だった。日比木は何秒か無言……。

「いまや、日本人の魚ばなれは、完全に定着してしまっている。その理由は、とりあえずおいておくとしよう。いまや、日本人の食生活はいわゆる欧米型、肉食中心になってしまっている。特に、牛肉は人気がある。どこの街角にも、牛丼屋のたぐいがある。ビーフを使ったハンバーガー・ショップもある。ファミレスも、牛肉を使った料理を出している。そして、コンビニも……。問題は、その牛肉だ。もちろん、日本でも牛肉は生産されている。しかし、日本での牛肉自給率は、約四割に過ぎない。六割の牛肉は輸入物で、そのほとんどがA国から輸入された牛肉だ。アメリカ産の牛肉は、あのBSE以後、影が薄い。つまり、日本中の牛丼屋や、ファミレスや、ハンバーガー・ショップ、コンビニなどで消費されている牛肉のほとんどがA国産と言ってもいいだろう。A国にとっても、畜産物を輸出している相手国のナンバー1《ワン》は日本で、その畜産物の中の一位は牛肉だ。これは、A国に否《ひ》があるわけではなく、自然のなりゆきで、ここまできたということだろう」

と日比木。

「問題は、その先だ。A国で牛肉を扱っている業者たちにとって、日本が最大の市場であることは間違いない。そんなA国で牛肉を輸出している業者たちの中に、もしひどく悪質な人間がいたとしたらどうだろう。しかも、その業者の牛肉のかなり多くが日本に輸出されているとしたら……。たとえば、いま現在、その業者が年間二百億円の牛肉を日本に輸出しているとして、それを三百億円にできないかと考えたとしたら、何をたくらむ」

「日本人が、もっと牛肉を食べるように仕向ける」

「そのためには？」

「……日本人の魚ばなれを、さらに加速させる」わたしは答えた。その瞬間、頭の中でＬＥＤ電球が光った。

「その通り。日本人の魚ばなれは進み、日本の沿岸漁業は、すでに相当なダメージをうけたボクサーのようになってしまっている。そこへ、とどめの一発を叩き込めば、日本人の魚ばなれはより決定的になり、結果、牛肉が売れる。牛肉の国内生産はもう頭打ちだから、輸入牛肉、つまりＡ国産の輸入量がぐんぐん伸びることになる。実にわかりやすい話だ」

28　海に祈りを

「この事件が食物テロだと、最初から気づいていたの？」わたしは訊いた。日比木は、小さく首を横に振った。

「初めから気づいていたわけじゃない。ただ、このところ世界のあちこちで食物テロが発生しているので、常に注意していた。たとえば、二年前にはアメリカのある州でレタスが全滅した。これは、あきらかな食物テロだったことをＦＢＩがつきとめている。そのように、いろいろな規模の食物テロが発生している。そのテロリストたちも、小さなグループだったり、多人数のテロリスト集団だったり、さまざまだ。こんな時代だから、私たちも、食物テロのことをいつも頭のすみに置いているよ」

「そこで、今回の事件……」

「ああ。白ギスが打ち上げられはじめた頃には、まず様子を見ていた。けれど、大量死が止まらず、その理由もわからないとなると、頭の中で注意信号が点滅しはじめた。海に毒物が流されていることは確かだ。だが、その方法がまったく特定できない。それは、悪徳業者による不法投棄などというレベルではなく、何者かが巧妙に仕組んだテロのように感じられた。そこで、海と魚のプロである君に会ったわけだ。そうしているうちに、君の周囲に危険が迫ってきた。あとは、君も知っての通りだ」

微笑しながら、日比木は言った。

「テロの火種がA国にあったことは、いつ気づいたの」

「日本の漁業がダメージをうけたら、どの国のどの業界が利益を得るかと考えた。ちょうど、そんなことを考えて街を歩いているとき、ふとファミレスの前を通ったんだ。そのファミレスには、〈A国産ビーフ・フェア〉というPRの大きなポスターが出ていた。それを見たとき、ピンときた。これかもしれないと」

「なるほど……」

「私は、すでに所轄署の人間でも、県警の人間でもない。けれど、何事も現場ではじまり現場で終わるという心がまえは変わっていないつもりだ」と日比木。かすかに照れたような表情を浮かべた。

「そのファミレスのポスターを見て私がA国産牛肉に疑いを持ったのは、いま思えば君が船底塗料に疑いを持ったのと同じ頃だった。私は、すぐA国政府や情報機関とコンタクトをとりはじめた。そうしているうちに、君が、命がけの闘いで連中の計画を挫折《ざせつ》させた。その直後から、私たちの機関とA国の情報機関は緊密に連携しながら捜査を進めている。その結果、あの〈ネイチャー・ブラック〉がA国で密造され、なんらかの違法ルートで日本に持ち込まれていたことがわかった。A国のテロ組織や、その連中に仕事を依頼した会社の正体も、間もなくあぶり出されるだろう」

「ということは、A国のテロ組織が、金田を使って日本でのテロ活動を？」

「いや、金田本人が、国際的なテロ組織の一員だった可能性が高い。金田の身柄を拘束したと同時に、KBSも捜査した。すると、金田の写真が貼られた偽造パスポートが何冊も出てきた。押されているスタンプを見ると、いろいろな国に出入国しているよ。特にこの三、四年はA国への出入国が多い。いまは各国の情報機関と連絡をとり合いながら捜査している最中だが、金田が国際的なテロリスト集団の一員であることはほぼ間違いないようだ」

「金田の経歴は調べた？」

「もちろん。上智《じょうち》大学を卒業して、ある大手商社に入っている。六、七年は海外出張に飛び回っていたようだが、二十九歳で退社。その後の経歴が、一切たどれていない。

本人はもちろん供述していない。これもいまのところは推測だが、仕事で海外を回っているときに、国際的なテロ組織の一員になったことが考えられる。かなり高い確率でね」日比木は言った。

「あのKBSは、約一年半前に有限会社として設立されている。いちおう合法的に設立された会社だ。金田のやり方はしたたかだ。もし君に見破られなかったら、あの〈ネイチャー・ブラック〉を日本中の漁船に使わせるつもりだったようだ。苦しい経営をしている漁師や遊漁船の弱みにつけ込んで、結果的には彼らの漁場を死滅させる、なんとも巧妙で卑劣なやり口だな」珍しく怒りを含んだ口調で日比木は言った。

「今回の事件は、公表されない？」

「たぶん、そうなる。秘密裡《ひみつり》に処理されるだろう、日本側でもA国側でも。なぜなら、こういうテロ事件を公表したら、それを模倣《もほう》したテロが次つぎと再発するからだ。それだけは避けたい」と日比木。わたしは、うなずいた。

「あのレベルの危険なテロリストには、それを処分するそれなりの方法があり、私たちがそれをやる。君は、そのことを気にする必要はない」

と日比木。缶コーヒーをひとくち飲んだ。

「それにしても、この件であらためて思い知らされたのは、日本の食物自給率が、あまりに低いことだな。少し大げさに言ってしまえば、日本人のほとんどは輸入食料品があるから生活ができている。私が大学生のとき、第一次産業、つまり農業、漁業が弱体な国は、国家としての底力がないと教えられたものだが、いまの日本がまさにそれだ。たとえオリンピックを開催しようと、国としての基礎体力がないと思う。基礎体力がない弱点だらけの国だから、今回のような食物テロの標的になったりもする。そういうことだろう。そして、このようなテロが本当に終焉し、二度と起こらないとは誰にも言えない」

少し苦さを含んだ口調で、日比木は言った。わたしは、小さく、うなずいた。海岸町に住んでいると、よくわかる。漁師のほとんどが年寄りだ。息子が後を継ぐことは本当に少ない。死んでしまったあの剛造さんのように……。わたしは、缶コーヒーに口をつけながら、そのことを思っていた。コーヒーが、ほろ苦かった。日比木も缶コーヒーを飲んだ。

「いやな事件だったが、君のおかげで、被害は最小限に抑《おさ》えることができた」

「……でも、たくさん死んだし、傷ついたわ。多くの魚がまだ死んでいる。剛造さんは、もう帰らない。相模湾の海は、まだ汚染されている」

「そうだな。その海が一日も早くもとの姿に戻るように、祈るだけだな」と日比木。

「要人を銃で撃つテロは多い。が、今回、テロリストたちに撃たれたのは海であり魚たちだ。真の被害者は、海と魚たちだという特殊なテロだとも言えるな」

つぶやくように日比木は言った。わたしは、かすかに、うなずいた。薄曇のすき間に、太陽が姿をあらわした。陽射しが海面を照らす。海面は、柚子《ゆず》のような色に染まっていた。

わたしは、そんな海をじっと見つめていた。今回の事件では、魚が死んだ。老漁師が命を絶った。そして、相模湾の海の一部が死んだ。そんなことを考えながら、わたしは心の中で、〈どうぞ、やすらかに〉と、つぶやいていた。静かな祈りとともに……。

さらに、三週間が過ぎた。相模湾内で測るメチル水銀の濃度は、わずかだけれど下がりはじめていた。事態は、ゆっくりだけれど収束の方向にむかっていた。海洋大の調査チームは、毎日、海に出ていく。わたしはもう、チームを離れてもよさそうだった。わたしは中原教授の許可をとり、ハワイに戻ることにした。

ハワイに帰る日。昼過ぎ。わたしは、剛造さんのお墓に行った。お墓は、相模湾を望む丘の上にあった。初めていくので、お寺の住職に場所を教えてもらった。そのお墓は、小さく、古びていた。けれど、それはそれで剛造さんらしいなと感じさせた。わたしは、持ってきたコスモスの花を、お墓にそなえた。あと、剛造さんが好きだったウイスキーの角瓶をお墓の前に置いた。十分ほどかけて、墓石を水で洗った。終わる。〈じゃ、天国でもアオリイカ獲《と》り、頑張って〉と胸の中でつぶやいた。手を合わせる。にじみそうになる涙をこらえた。夏の終わりを感じさせる風が、コスモスの花を揺らしていた。

「つぎ帰ってくるときは、エルメスのお財布がいいなあ」とステアリングを握っている貴美が言った。「はいはい、忘れなければね」と、わたしは答えた。

夕方五時半。貴美が運転するプジョーで、わたしは成田空港に向かっていた。今夜九時過ぎの便にわたしは乗る予定だった。少し渋滞している横浜横須賀道路を走っていく。わたしは、退屈しのぎにテレビをつけた。この車についているカーナビはテレビにもなる機種だ。

ちょうど釣り番組がはじまったところだった。土曜日の夕方、いつもやっている釣り番組だった。何気なく画面を観たわたしは、思わず、えっと胸の中でつぶやいていた。画面に映っているのは、あの翔洋丸だった。若い男のアングラーと、若い女性アングラーが二人乗っている。彼らの持っているタックルからして、キャスティングでシイラでも狙うようだ。

船は小さな鳥山を見つけた。三人のアングラーが、いっせいにルアーをキャストする。ルアーが着水。まず男性アングラーのルアーにヒットした。ロッドが曲がる。海面で、七十センチほどのシイラがジャンプした。男性アングラーは、上手だった。二分ほどのファイトでシイラを船べりに寄せる。浩一が、網《ネット》を出してシイラをすくい上げる。五秒ほどカメラに向かって魚を見せると、海にリリースした。

すぐ、女性アングラーにもヒットした。カメラに向かって魚を見せると、海にリリース。

そんなシーンが続いた。鳥山、潮目などを見つけるとルアーをキャスト。シイラがかかると、ファイトし、船べりに寄せる。そんなルアー・ゲームが続く。陽射しの強さからして、二、三週間前の真夏にロケしたようだ。

やがて、一日の釣りを終え帰港する。舫《もや》った船の上。女性アングラーが浩一にインタビューをはじめた。

「こちら翔洋丸さんは、ルアー・フィッシング専門で、当分の間、営業するとか」と女性アングラー。

「そうですね。九月一杯はシイラをやります。十月に入ったら、カツオやイナダ、これもルアーでやります」と浩一。

「わかりました」と女性アングラー。「ルアー・フィッシングなら、腰越漁港の翔洋丸さん。きょうはどうもありがとうございました」彼女が言い、画面に予約先として浩一の携帯の番号が大きく映し出された。わたしは、それをじっと観ていた。たぶん、ひどく真剣な表情で……。そんなわたしの横顔を、貴美がちらちらと見ている。

〈料金所まで五百メートル〉の標識が見えた。ステアリングを握っている貴美が言った。「Uターンするなら、早目に言ってよ。成田の近くまで行っちゃってから戻るなんてごめんだからね」と言った。車は、まだ神奈川県内を走っている。成田までは二時間ぐらいかかるかもしれない。

〈料金所まで三百メートル〉の標識が頭上を走り過ぎていく。わたしの心は大きく揺れていた。やがて、料金所。プジョーは、ETCのレーンに入った。バーが上がり、料金所を抜けた。その先。中央分離帯の工事をしていた。作業の人たちが働いていた。そこだけ分離帯はない。

「Uターン！」わたしは言った。貴美は、鋭くクラクションを鳴らす。作業している人たちが、あわてて左右によける。貴美は、タイヤを鳴らしてUターン。分離帯のすき間を抜け、対向車線に入った。走ってきたメルセデスがクラクションを鳴らした。が、かまわずアクセルを踏む。もう一度、ETCレーンを走り抜けた。いま来た方向に突っ走りはじめる。

「やるもんだ」と、わたし。

「まかせといて」と貴美。

腰越に着いたのは、六時三十五分だった。もう、夕陽が沈もうとしていた。陽射しは、ほとんど真横から射している。岸壁に駐《と》まったプジョーから、わたしはおりた。舫ってある翔洋丸に歩きはじめた。

浩一は、舫った船の上にいた。釣り客は帰っていったらしい。浩一は、ホースから出る水で、船のデッキを洗っていた。そのデッキに、コマセを入れるポリバケツは、もう影も形もない。

いま船を洗っているということは、六時頃に帰港したのだろうか。わたしの姿を見た浩一に、

「ずいぶん遅くまで沖にいたんだ」と訊いた。「ああ、きょうはシイラの群れがなか

なか見つからなくてさ……。もう、くたくた」と浩一。陽灼《ひや》けした顔。白い歯が光った。

確かに疲れているようだった。けれど、その表情には、かつてなかった充実感のようなものが、はっきりと感じられた。

「ビールを一杯飲むぐらいの元気はある？」訊くと、彼はうなずいた。「あと五分で片づけは終わるよ」と言った。

今度は、わたしがうなずいた。岸壁に立ち、空を見上げた。たそがれの空。広がっているのは、ウロコ雲だった。近づきつつある秋を感じさせる、少しひんやりとした風が港を渡ってくる。わたしの耳にさがっている小さな銀のピアスが、かすかに揺れた。

あとがき

あれは、何年前になるだろう。

僕は、漁港を歩いていた。相模《さがみ》湾沿いの小さな漁港を、ゆっくりと歩いていた。顔なじみの釣り船屋に向かっていた。

釣り船の船長から、カツオ釣りのポイントをきこうと思っていた。

時は、十月の初旬。カツオの群れが相模湾の中にも回遊してくる頃だ。僕の船も、夏のカジキ釣りを終え、狙いをカツオに変えたところだった。が、カツオの群れは移動が早い。二、三日で釣りのポイントが大きく変わってしまう。

そこで、最新の情報が必要になる。翌日、船を出そうと思っていた僕は、そのNさんという船長にカツオの回遊場所をきこうと思っていた。

Nさんは、初老の船長で誠実な人柄だった。釣れそうにない日は、客を断わって船を出さないこともある。プレジャーボートの船長である僕にも、嫌な顔ひとつせずに情報を教えてくれるのだ。

僕は、釣り船屋の前にやってきた。けれど、店は閉じている。午後の四時。普通なら、釣りを終えた客たちでにぎわっている頃だ。けれど、店の出入口は閉じられ、一枚の貼り紙があった。

〈誠に申し訳ないのですが、

八月末をもちまして、

釣り船の営業を終了致します。

長年の御愛顧に感謝します。〉

Nさんらしい几帳面《きちょうめん》な字で、そう書かれていた。紙は、すでに陽にやけ、片側がはがれかけていた。僕の胸の中に、ずしりとしたショックと、同時に〈やはり〉というつぶやきがあった。

顔見知りの漁師が通りかかったので、事情をきいてみた。彼によると、Nさんは一ヵ月ほど前に船を処分した。埼玉だか群馬だかに住んでいる息子の所へ引っ越していったという。

「燃料は上がる一方で、こう魚が獲《と》れなくなっちゃ、やっていけないさ」初老の漁師は、苦渋と諦《あきら》めの入り混った口調で言った。

僕は、あらためて、Nさんが残した貼り紙を眺めた。人生のほとんどを過ごした海を離れる気持ちは、どんなものだったのか……。僕は目を細め、はがれかけている貼り紙を見つめた。ひんやりと涼しい秋の風が、紙の端を揺らせていた。

言うまでもなく、日本の海は衰退《すいたい》に向かっている。海、魚、それらを生活の糧《かて》とする人々に生き延びる道はあるのだろうか。

僕の家の前に拡がる相模湾も、この三〇年間に進んできた衰弱はひどいものだ。Nさんだけでなく、廃業したり転業したりする漁業関係者は後をたたない。その原因の多くが、いわば人災だと僕は感じている。

社会派の作家を名のるつもりは、さらさらない。が、目の前の海が死に向かっていくことを実感していると、何か書かなければと思わざるをえなくなった。日本の海にまつわる深刻な問題を、告発するとは言わないけれど、せめて少しでも多くの人に知って欲しいと思いペンをとった。

とはいえ、小説なので面白くなければならない。そこで僕は〈海洋ミステリー〉という形をとった。湘南《しょうなん》に育った一人のジャジャ馬娘が、〈魚類保護官〉として事件に立ち向かう。

ミステリーなので、これ以上、内容を書くのは野暮というものだろう。

男まさりの行動力を持った、若く美しい彼女の活躍を楽しんでもらえればいい。作品を読んだあと、日本の海に対する何らかの感慨がわき上がるとすれば作者としては嬉《うれ》しく思う。

この作品を世に送り出す過程は、KADOKAWA編集部の伊知地香織さんとのミックスダブルスだった。今回の文庫化にあたっては、同編集部・宮下菜穂子さんの力が不可欠だった。ご両人には、ここに記して感謝したい。

最後に、この一冊を手にしてくれたすべての読者の方に、ありがとう。また会えるときまで、少しだけグッドバイです。

秋深まる相模湾を眺めつつ　喜多嶋　隆

※このあとにある僕のファンクラブ案内ですが、そのあとにお知らせがあります。

〈喜多嶋隆ファン・クラブ案内〉

〈芸能人でもないのに、ファン・クラブなんて〉とかなり照れながらも、熱心な方々の応援と後押しではじめたファン・クラブですが、はじめてみたら好評で、発足して20年以上をむかえることができました。

このクラブのおかげで、読者の方々と直接的な触れ合いの機会も増え、新刊のかんそうなどがダイレクトにきけるようになったのは、僕にとって大きな収穫でした。

〈ファン・クラブが用意している基本的なもの〉

①会報……僕の手描き会報。カラーイラストや写真入りです。僕の近況、仕事の裏話。ショート・エッセイ。サイン入り新刊プレゼントなどの内容です。

②バースデー・カード……会員の方の誕生日には、僕が撮った写真を使ったバースデー・カードが、直筆サイン入りで届きます。

③ホームページ……会員専用のＨＰです。掲示板が中心ですが、僕の近況スナップ写真などもアップしています。ここで、お仲間を見つけた会員の方も多いようです。

④イベント……年に何回か、僕自身が参加する気楽な集まりを、主に湘南でやっています。

⑤新刊プレゼント……新刊が出るたびに、サイン入りでプレゼントしています。

⑥ブックフェア……もう手に入らなくなった過去の作品を、会員の方々にお届けしています。

★ほかにも、いろいろな企画をやっているのですが、くわしくは、事務局に問い合わせをしてください。

※問い合わせ先
FAX　046・876・0062
Eメール　coconuts@jeans.ocn.ne.jp

※お問い合わせの時には、お名前、ご住所をお忘れなく。当然ながら、いただいたお名前、ご住所などは、ファン・クラブの案内、通知などの目的以外には使用いたしません。

★お知らせ

僕の作家キャリアも36年をこえ、出版部数が累計５００万部を突破することができました。そんなこともあり、この10年ほど、〈作家になりたい〉〈一生に一冊でも本を出したい〉という方からの相談がきたり、書いた原稿を送られてくることが増えました。

その数があまりに多いので、それぞれに対応できません。が、そのことが気にかかっていました。そんなとき、ある人から〈それなら、文章教室をやってみてもいいのでは〉と言われ、なるほどと思いました。少し考えましたが、ものを書きたい方々のためになるならと思い、ＦＣ会員でなくても、つまり誰でも参加できる〈もの書き講座〉をやってみる決心をしたので、お知らせします。

すでに講座ははじまりましたが、大手出版社から本が刊行されることが決まった受講生の方もいます。

喜多嶋隆の『もの書き講座』
（主宰）喜多嶋隆ファン・クラブ
（事務局）井上プランニング

（案内ホームページ）http://www007.upp.so-net.ne.jp/kitajima/〈喜多嶋隆のホームページ〉で検索できます
（Eメール）monoinfo@i-plan.bz
（FAX）042・399・3370
（電話）090・3049・0867（担当・井上）
※当然ながら、いただいたお名前、ご住所、メールアドレスなどは他の目的には使用いたしません。

★ファン・クラブ会員には、初回の受講が無料になる特典があります。

本作品はフィクションです。実在のいかなる組織、個人とも、一切関わりのないことを付記します。（編集部）

本書は二〇一四年二月、小社より刊行されました。

海《うみ》よ、やすらかに

喜多嶋《きたじま》 隆《たかし》

平成29年 11月25日　初版発行

発行者●郡司 聡

発行●株式会社KADOKAWA
〒102-8177　東京都千代田区富士見2-13-3
電話 0570-002-301（ナビダイヤル）

角川文庫 20642

印刷所●旭印刷株式会社　製本所●株式会社ビルディング・ブックセンター

表紙画●和田三造

ISBN978-4-04-106261-6　C0193

角川文庫発刊に際して

角川源義

第二次世界大戦の敗北は、軍事力の敗北であった以上に、私たちの若い文化力の敗退であった。私たちの文化が戦争に対して如何に無力であり、単なるあだ花に過ぎなかったかを、私たちは身を以て体験し痛感した。西洋近代文化の摂取にとって、明治以後八十年の歳月は決して短かすぎたとは言えない。にもかかわらず、近代文化の伝統を確立し、自由な批判と柔軟な良識に富む文化層として自らを形成することに私たちは失敗して来た。そしてこれは、各層への文化の普及滲透を任務とする出版人の責任でもあった。

一九四五年以来、私たちは再び振出しに戻り、第一歩から踏み出すことを余儀なくされた。これは大きな不幸ではあるが、反面、これまでの混沌・未熟・歪曲の中にあった我が国の文化に秩序と確たる基礎を齎らすためには絶好の機会でもある。角川書店は、このような祖国の文化的危機にあたり、微力をも顧みず再建の礎石たるべき抱負と決意とをもって出発したが、ここに創立以来の念願を果すべく角川文庫を発刊する。これまで刊行されたあらゆる全集叢書文庫類の長所と短所とを検討し、古今東西の不朽の典籍を、良心的編集のもとに、廉価に、そして書架にふさわしい美本として、多くのひとびとに提供しようとする。しかし私たちは徒らに百科全書的な知識のジレッタントを作ることを目的とせず、あくまで祖国の文化に秩序と再建への道を示し、この文庫を角川書店の栄ある事業として、今後永久に継続発展せしめ、学芸と教養との殿堂として大成せんことを期したい。多くの読書子の愛情ある忠言と支持とによって、この希望と抱負とを完遂せしめられんことを願う。

一九四九年五月三日

角川文庫ベストセラー

キャット・シッターの君に。　喜多嶋　隆

1匹の茶トラが、キャット・シッターの芹と新しい依頼主、カメラマンの一郎を出会わせてくれた……猫によってゆっくりと癒され、結びついていく孤独な人々の心をハートウォーミングに描く静かな救済の物語。

地図を捨てた彼女たち　喜多嶋　隆

恋、仕事、結婚、夢……人生のさまざまな局面で訪れるターニングポイント。迷いや不安、とまどいと闘いながら勇気を持ってそれぞれの道を選び取っていく女性たちの美しさ、輝きを描く。大人のための青春短編集。

みんな孤独だけど　喜多嶋　隆

誰もがみな孤独をかかえている。けれど、だからこそ自然と心は寄り添う……。都会のかたすみで、南洋の陽射しのなかで……思いがけなく出会い、惹かれ合う孤独な男と女。大人のための極上の恋愛ストーリー！

かもめ達のホテル　喜多嶋　隆

湘南のかたすみにひっそりとたたずむ、隠れ家のような一軒のホテル。海辺のホテルに集う訳あり客たちが心に秘める謎と事件とは？　若き女性オーナー・美咲が彼らの秘密を解きほぐす。心に響く連作恋愛小説。

恋を、29粒　喜多嶋　隆

あるときは日常の一場面で、またあるときは非日常の空間で——恋は誰のもとにもふいにやってくる。その続きはときに切なく、ときに甘美に……。様々な恋のきらめきを鮮やかに描き出した珠玉の恋愛掌編集。